Kurt Palm Die Besucher

Kurt Palm

Die Besucher

Roman

Residenz Verlag

Bibliografische Information der Deutschen Bibliothek
Die Deutsche Bibliothek verzeichnet diese Publikation in der Deutschen Nationalbibliografie; detaillierte bibliografische Daten sind im Internet über http://dnb.d-nb.de abrufbar.

www.residenzverlag.at

Umschlaggestaltung: Michaela Mandel
Lektorat: Günther Eisenhuber
Typografische Gestaltung, Satz: Ekke Wolf, typic.at
Schrift: Minion Pro
Gesamtherstellung: CPI Moravia

ISBN 978-3-7017-1587-9

Für Anna, Stefan, Zula, Zwillek, Sphinx und Dworschak.

Und die siebzehn magischen Weintrauben. Und Miguelita.

Was ist das Leben? Ein Schlag ins Gesicht mit einem nassen Handtuch.

Joan Aiken, »Die Kristallkrähe«

I

I'm lost in the confusion.

R.E.M., »Hope«

Martin Koller konnte nicht schlafen. Seit Stunden wälzte er sich im Bett hin und her und versuchte krampfhaft, eine halbwegs bequeme Schlafposition zu finden. Aber es nützte alles nichts. Das Rauschen in seinem linken Ohr wurde immer lauter, und er hatte das Gefühl, als würde jeden Augenblick sein Schädel explodieren. Sieben Tage und Nächte ging das jetzt schon so, und Martin spürte, wie ihn langsam seine Kräfte verließen. Die Digitalanzeige auf der abgegriffenen Konsole, die in einer Vorrichtung neben seinem Bett steckte, leuchtete schwach. Martin sah, dass es erst halb neun war. Zwei Stunden zuvor hatte ihm die Nachtschwester Schlaftabletten gegeben, aber trotz der erhöhten Dosis schaffte er es nicht, die Lärmmauer in seinem Ohr zu durchbrechen und in ruhigere Zonen seines Gehirns vorzudringen.

Wenn das so weitergeht, werde ich noch verrückt, dachte er. Martin spürte, wie sein Herz vor Angst schneller zu schlagen begann. Er schaltete das Licht über seinem Bett ein und griff nach dem kleinen Fläschchen auf dem Nachttisch. Sonia, eine der indischen Krankenschwestern auf der Station, hatte ihm dieses Öl gegeben und gemeint, dass es bei Panikattacken beruhigend wirken würde. Sie hatte Martin erzählt, dass sich ihr Mann, der unter schweren Herzrhythmusstörungen litt, damit immer die Brust einrieb, sobald sich bei ihm ein neuer Anfall ankündigte. Sonia und ihr Mann Harideo stammten aus dem Bundesstaat Rajasthan. Harideo arbeitete ebenfalls im Krankenhaus, und zwar »tief unten in der Wäscherei«, wie sie sich ausgedrückt hatte. Ein wenig gewundert hatte sich Martin, dass er dieses Öl – *es unterstützt die Selbstheilungskräfte des Organismus und fördert damit die Gesundung von Körper, Geist und Seele* – von einer Krankenschwester bekommen hatte und nicht von einem Arzt. Andererseits hatte ihm am Vortag Schwester Grazyna einen Madonnenanhänger samt einer Broschüre über *Die Wunder Unserer Lieben Frau von der Heiligen Linde* im polnischen Marienwallfahrtsort Święta Lipka geschenkt. Offenbar war man auf der HNO-Station des Krankenhauses alternativen Heilmethoden gegenüber also durchaus aufgeschlossen.

Martin knöpfte seine Pyjamajacke auf und massierte das Öl unterhalb der linken Brust in die Haut ein. Er bezweifelte zwar, dass es etwas half, aber in seinem gegenwärtigen Zustand hätte er sich wahrscheinlich sogar einer Geistheilerin anvertraut. Er drückte die Hand gegen die Brust und spürte die pochenden Schläge seines Herzens. Sofort machte sich wieder die Angst in ihm breit, dass sich sein Zustand nicht mehr bessern würde. Er erinnerte sich, dass der Arzt bei der letzten Visite etwas von einem Infarkt im Innenohr gesagt hatte, und überlegte, was das bedeuten könnte. Ein Infarkt ist ja schließlich keine Kleinigkeit. Also kann es durchaus sein, dass es länger dauert, bis sich die ganze Sache wieder normalisiert hat. Er versuchte sich zu beruhigen, was ihm aber nicht gelang. Er griff nach dem Menüzettel, der neben dem leeren Geschirr auf dem Tablett lag, und fragte sich, in welchem Stadium der Zersetzung sich die vier Gänge seines Abendessens bereits befanden:

1 Scheibe Leberkäse
1 Erdäpfelpüree
1 Bummerlsalat
1 Joghurtdressing
614 KCal.

Er drehte den Zettel um und schrieb auf die Rückseite: *10. November: Mein neues Leben: Nie wieder Stille. Eine Horrorvorstellung. Gefangen im Labyrinth der Angst und des Erdäpfelpürees. Scheiße, Amen!*

Am Nachmittag hatte er im Aufenthaltsraum neben dem Schwesternstützpunkt ein zerfleddertes Buch gefunden, in dem die schematische Darstellung eines Innenohrs abgebildet war. Merkwürdigerweise war in der entsprechenden Erläuterung ebenfalls von einem Labyrinth die Rede: *Das Innenohr ist ein komplex gestalteter Hohlraum im Felsenbein, der als knöchernes Labyrinth (Labyrinthus osseus) bezeichnet wird. Es ist von einem Knochenmaterial umgeben, das nach dem Zahn-*

schmelz das härteste Material im menschlichen Körper ist.

Martin hatte zwar keine Ahnung, worum es hier im Detail ging, aber das mit dem Labyrinth leuchtete ihm irgendwie ein. Wahrscheinlich war ein Fremdkörper in das Labyrinth seines Innenohrs gelangt und fand nicht mehr hinaus. Wie dieses Ding aber dort hineingekommen war und was es dort suchte, war ihm freilich ein Rätsel.

Über die Ursache seines schweren Hörsturzes hatten sich die Ärzte bisher in Schweigen gehüllt. Die häufigste Antwort, die er auf seine diesbezüglichen Fragen erhielt, lautete: Stress. Ein Assistenzarzt, den er gleich am ersten Tag auf dem Gang angesprochen hatte, meinte allerdings, dass Stress eine doch eher unspezifische Diagnose sei. Eine Einschätzung, die Martin Koller durchaus teilte.

Natürlich hatte er Stress. Wer hatte den nicht? Die serbische Putzfrau, die jeden Tag um sechs Uhr in der Früh sein Zimmer putzte – was er ihr aber meistens verbot, weil er den Lärm, den sie dabei machte, nicht aushielt –, hatte wahrscheinlich genauso viel Stress wie die indische Nachtschwester mit dem herzkranken Mann. Und der pakistanische Zeitungsverkäufer, der vormittags die Zimmer abklapperte, hatte sicher nicht weniger Stress als der österreichische Assistenzarzt, der oft sechsunddreißig Stunden ohne Unterbrechung arbeitete. Martin vermutete, dass Stress für die behandelnden Ärzte deshalb die naheliegendste Diagnose war, weil er als Journalist einen Beruf ausübte, der landläufig mit Stress in Verbindung gebracht wurde.

Er drückte den Knorpel seines linken Ohrs gegen den Gehörkanal. Es war, als wäre sein Ohr nicht nur betäubt, sondern auch mit Watte vollgestopft. Dazu kamen dieser unerträgliche Druck und das Rauschen, durch das er alles nur noch verzerrt wahrnahm. Das war auch der Grund, weshalb er sein Zimmer nicht mehr verlassen wollte. Die Ärzte hatten ihm zwar geraten, »zur Entspannung« nach unten in eine dieser deprimierenden Cafeterias zu gehen, aber Martin war froh, wenn er alleine sein konnte.

Zwei Tage zuvor hatte er einen Test gemacht und war ins Erdgeschoß gefahren, um am Geldautomaten im Foyer seinen Kontostand zu überprüfen. Es war die Hölle gewesen. Nicht nur, dass er seine eigenen Schritte asynchron hörte, verwirrten ihn die vielen unterschiedlichen Geräusche derart, dass er das Gefühl hatte, von seiner Umwelt komplett abgeschnitten zu sein. Es war, als würde er sich in einem eigenen Lärmuniversum bewegen. Als er dann am Bankomaten einen jungen Mann sah, dessen linker Arm amputiert worden war, dachte er: Wenn ich könnte, würde ich meinen Hörsturz gegen seinen amputierten Arm tauschen. Dass dem jungen Mann die Bankomatkarte ständig zu Boden fiel und dass er beinahe in Tränen ausbrach, weil ihm die einfachsten Handgriffe Probleme bereiteten, war Martin gar nicht aufgefallen.

Draußen flog ein Rettungshubschrauber vorbei. Obwohl die Fenster geschlossen waren, war das Motorengeräusch unerträglich laut, und Martin war froh, als der Hubschrauber wieder im Nebel verschwand. Er dachte an den Mann mit dem amputierten Arm und fragte sich, ob man ihn wohl auch mit dem Hubschrauber ins

Krankenhaus gebracht hatte. Martin betrachtete nachdenklich seinen Arm.

Er ging zum Fenster und sah hinaus auf die nächtliche Dachlandschaft. Vom fünfzehnten Stockwerk erinnerte das nebelverhangene Dachgewirr an die Kulisse eines Horrorfilms aus den zwanziger Jahren. Das monotone Geräusch des niederprasselnden Regens war für Martin einigermaßen erträglich. Sobald er sich allerdings das gesunde Ohr zuhielt, hörte er keinen Regen mehr, sondern nur noch ein bedrohliches Rauschen. Das linke Ohr war tot. Tot wie sein Spiegelbild im Fenster. Mit den schwarzen Bartstoppeln und den wirr abstehenden Haaren sah er aus wie ein Obdachloser. Seit er hier war, hatte er nicht mehr geduscht und die Körperpflege auf ein Minimum reduziert. In seinem gegenwärtigen Zustand hätte er weder das Brummen des Rasierapparats noch das Plätschern der Dusche ausgehalten. Auch die Klospülung betätigte er nur nach dem Scheißen. Aus diesem Grund roch es im WC auch immer leicht nach Urin. Unter anderen Umständen wäre ihm das wegen der Putzfrauen peinlich gewesen, aber jetzt war ihm das gleichgültig.

Durch sein Spiegelbild hindurch sah Martin auf die Häuser der Stadt, und er beneidete die Menschen, die zufrieden in ihren Wohnungen saßen und keine Ahnung von Hörstürzen hatten. Allerdings wunderte er sich, dass nur in ganz wenigen Fenstern Licht war. Das Bild erinnerte ihn an die Oper *Die tote Stadt,* die er einige Wochen zuvor gesehen hatte. Paula hatte ihn mitgeschleppt, und er war peinlich berührt gewesen, als er bei der Arie *Glück, das mir verblieb* eine Gänsehaut bekam.

Musst du einmal von mir gehn,
glaub, es gibt ein Auferstehn.

In der Ferne hörte er die Folgetonhörner von Feuerwehrautos und die Sirenen von Polizeifahrzeugen. Er dachte an die jüngsten Brandanschläge, verdrängte den Gedanken aber gleich wieder.

Martin setzte sich auf die Bettkante und stierte auf den grauen Boden aus Linoleum. Das kann doch nicht sein, dass ich mit meinen zweiundvierzig Jahren bereits am Ende angelangt bin. Er spürte, wie sich sein Magen zusammenzog. Bleib ruhig und reiß dich zusammen, du darfst jetzt nicht hysterisch werden. Er stand auf und ging im Zimmer auf und ab. Vor dem Kreuz über der Tür kniete er sich nieder und faltete die Hände. »Oh Gott, hilf mir«, murmelte er. Er hoffte, dass nirgendwo im Zimmer eine Kamera installiert war.

Im Bad wusch er sich das Gesicht mit eiskaltem Wasser. Er sah in den Spiegel und betrachtete sein linkes Ohr, das von außen ganz normal aussah. Vielleicht sollte ich mir dieses verdammte Ohr einfach abschneiden und es einem Hund zum Fraß vorwerfen.

Er ging zurück in das Zimmer und nahm ein Buch aus der Lade seines Nachttischchens. *Satanische Fausthiebe* hieß das Werk, das von einem gewissen Franz Pigarella stammte. Der Titel bezog sich auf einen Brief Martin Luthers, in dem dieser von einer schweren Hörsturz-Attacke berichtete, die er mit *satanischen Fausthieben* verglich. Auch hinter den damit verbundenen quälenden Ohrgeräuschen vermutete Luther den *schwarzen, zottigen Gesellen aus der Hölle.*

Für einen HNO-Patienten war Pigarellas Buch alles

andere als ermutigend. Daran änderte auch die Tatsache nichts, dass der Autor immer wieder versuchte, einen optimistischen Ton anzuschlagen. Aber irgendwie schien Pigarella selbst nicht zu glauben, was er über die Heilungschancen bei Tinnitus, Drehschwindel und Hörsturz schrieb. Halbherzige Versuche in diese Richtung wurden sofort zunichte gemacht durch Schilderungen wie jener Jean-Jacques Rousseaus, der über seinen ersten Hörsturz schrieb: *Als ich eines Morgens, an dem es mir schlechter ging als sonst, eine kleine Tischplatte auf ihrem Fuße richtete, fühlte ich in meinem ganzen Leibe einen plötzlichen, fast unvorstellbaren Aufruhr. Ich kann es nur mit einer Art Sturm vergleichen, der sich in meinem Inneren erhob und im selben Augenblick durch alle Glieder tobte. Meine Arterien begannen derart heftig zu schlagen, daß ich das Klopfen nicht mehr fühlte, sondern sogar hörte, vor allem die Kopfschlagader. Dazu ein starkes Ohrenbrausen, so daß es wie ein drei- und vierfacher Lärm war, nämlich ein tiefes, dumpfes Sausen, ein helleres Rauschen wie von fließendem Wasser, ein schrilles Pfeifen und das geschilderte Pochen, dessen Schläge ich leicht zählen konnte, ohne mir den Puls zu fühlen oder meinen Körper mit den Händen zu berühren. Dieser innere Lärm war so groß, daß er mir mein bisher gutes Gehör raubte und mich zwar nicht ganz taub, aber so schwerhörig machte, wie ich es seither bin. Man kann sich meine Überraschung und meinen Schrecken denken!*

Bei Martin war es kein *Sturm im Inneren* gewesen, sondern ein unbestimmtes Angstgefühl, das ihn erfasst hatte, als er am 3. November spät in der Nacht vor dem Fernseher saß und sich *Raging Bull* von Martin Scorsese ansah. Wie üblich hatte er nach der Arbeit ein Bier getrunken und später beim Abendessen mit Paula die Weißweinflasche fast im Alleingang geleert. Im Laufe der Jahre hatte es sich irgendwie ergeben, dass Martin beim Essen mindestens doppelt so viel trank wie seine Frau. Obwohl Paula und er das wussten, vermieden sie es tunlichst, über dieses Thema zu sprechen. In den letzten Jahren hatte sich Martin zwar ab und zu gefragt, ob er Alkoholiker sei, die Frage aber stets verneint. Auch beim Aufnahmegespräch im Krankenhaus hatte er gelogen und gesagt, dass er nur »gelegentlich« Alkohol trinke. Dabei konnte sich Martin gar nicht mehr an den Tag erinnern, an dem er zuletzt keinen Alkohol getrunken hatte.

Aber das spielte alles keine Rolle mehr, denn das Einzige, was Martin seit einer Woche beschäftigte, war das quälende Geräusch in seinem Ohr und die damit verbundene Angst, dass alles noch schlimmer werden könnte. Ihn interessierte weder, was in der Redaktion vor sich ging, noch, ob Bayern München verloren hatte – worauf er jedes Wochenende ohnehin meist vergeblich hoffte. Nicht einmal Sex interessierte ihn.

Als ihm bewusst wurde, dass er in all den Tagen kein einziges Mal an seine schwer kranke Mutter gedacht hatte, erschrak er und schaltete schuldbewusst sein iPhone ein. Er wählte die Nummer seiner Schwester und schickte ihr eine SMS. *wie geht es mama? lg martin.*

Sofort schaltete er sein Handy wieder aus. Es reicht ja, wenn ich morgen einen Blick in die E-Mails werfe, dachte er, und er hoffte, dass ihm keiner seiner Arbeitskollegen oder Freunde eine SMS geschickt hatte. Paula hatte er bereits am ersten Tag seines Krankenhausaufenthalts gebeten, allen zu sagen, dass er auf keinen Fall besucht werden wolle.

Martin saß auf dem Bett und starrte auf die gegenüberliegende Wand. Sie lag im Halbdunkel und starrte zurück. Neben dem Rauschen in seinem linken Ohr hörte er leicht verzerrt das monotone Brummen der Klimaanlage und das Prasseln des Regens. Seitdem er das Licht über dem Bett eingeschaltet hatte, waren gerade einmal zwanzig Minuten vergangen. Er fragte sich, wie er die nächsten Stunden überstehen sollte, ohne durchzudrehen. Die Nachtschwester hatte ihm auf seine Bitte hin zwar eine stärkere Schlaftablette gegeben, aber selbst diese zeigte keine Wirkung. Fernsehen konnte er nicht, weil ihm der Ton Schmerzen bereitete. Und lesen wollte er nicht, weil er sich nicht konzentrieren konnte.

Er musste an einen Satz denken, über den er sich zwei oder drei Wochen zuvor mit Paula unterhalten hatte. Paula, die an einem Gymnasium Deutsch und Musik unterrichtete, hatte ihn beim Abendessen gefragt, ob er je etwas von Theodor Fontane gelesen habe. Martin hatte verneint. Er erinnerte sich zwar vage an eine Verfilmung von *Effi Briest*, aber das war alles, was er von Fontane kannte. Paula sprach über den Roman *Der Stechlin* und zitierte irgendwann einen Satz, an den Martin jetzt denken musste: *Das Leben ist kurz, aber die Stunde ist lang.* Martin rechnete sich aus, dass bis zum morgendlichen Besuch der Putzfrau noch neun Stunden vergehen mussten. In neun Stunden konnte man von Wien nach New York fliegen oder in einem Bett im fünfzehnten Stockwerk eines Krankenhauses liegen, an die Wand starren und dabei langsam verrückt werden.

Martin schob die Pyjamahose hinunter und massierte seinen Pimmel. Früher, als er noch alleine gelebt hatte, funktionierte die Onanietherapie bei Schlaflosigkeit meist ganz gut. Seitdem er aber mit Paula zusammenwohnte, musste er notgedrungen auf diese Einschlafhilfe verzichten. Stattdessen trank er einfach mehr Alkohol. Jetzt spürte er allerdings überhaupt nichts, wenn er seinen Pimmel berührte. Ach, du heilige Scheiße, bin ich jetzt auch noch impotent geworden? Martin warf einen verunsicherten Blick auf sein runzeliges Ding und zog sofort wieder die Hose hinauf. Er überlegte, ob er sich auf seinem iPhone Pornos ansehen sollte, aber selbst dazu fehlte ihm die Lust. Zwei Tage zuvor hatte er es einmal versucht, war aber immer nur auf Schmuddelseiten gelandet, wo durchgeknallte Hausfrauen zwischen zwanzig und sechzig ihre Mösen in irgendwelche Billigkameras hielten. Es war einfach nur erbärmlich.

Einer der Assistenzärzte hat doch gestern gesagt, dass die Infusionen auch noch später wirken könnten. Martin versuchte sich zu beruhigen und griff nach dem Blatt Papier, auf dem er sich zuvor bereits ein paar Notizen gemacht hatte: *21 Uhr 07: Worauf ich hoffe: Selbstheilungskräfte; Akupunktur.* Er dachte angestrengt nach, aber mehr fiel ihm dazu nicht ein. Er strich die beiden Wörter wieder durch und schrieb darunter: *Schas im Wald.*

In dem Buch von Pigarella stand, dass es bei Hörsturz und Tinnitus zunächst einmal darum gehe, die tieferen Ursachen dieser Erkrankung herauszufinden: *Diese Zeiten schwerster innerer Not können eine Chance sein, unerledigte Angelegenheiten aufzuarbeiten. Die Krankheit als »Scheinlösung« erzwingt das notwendige Herausreißen aus gefährlichen Situationen.*

Martin musste die Passage zweimal lesen, um sie zu verstehen, und fragte sich, was der Autor mit *unerledigten Angelegenheiten* und *gefährlichen Situationen* meinte. Er griff nach dem Zettel, der dem Mittagessen beigelegt gewesen war –

1 italienische Gemüsesuppe
1 Sauce Concassée mit Reibkäse
1 gebr. Knacker
1 Bummerlsalat
1 French-Dressing
1 Marillenobersroulade
1058 KCal.

– und schrieb auf die Rückseite in Großbuchstaben *UNERLEDIGTE ANGELEGENHEITEN.* Dann dachte er nach und notierte:

- *Versöhnung mit dem Bruder*
- *Mama besuchen und mit ihr reden*
- *Neues Auto kaufen*
- *Fensterdichtungen auswechseln*

Aber Martin merkte, dass er sich nicht konzentrieren konnte. Der Druck im Ohr und das Rauschen quälten ihn so sehr, dass er Zettel und Kugelschreiber erschöpft zur Seite legte. Er atmete tief durch und überlegte, ob er sich von der Nachtschwester noch eine Schlaftablette geben lassen sollte. Ohne Rücksprache mit dem diensthabenden Arzt würde sie ihm aber keine aushändigen, und da der Arzt wahrscheinlich bereits schlief, standen seine Chancen schlecht. Vor ein paar Tagen hatte Martin die indische Nachtschwester Anandita so lange um eine stärkere Schlaftablette angebettelt, bis sie schließlich den Arzt weckte. Der hatte Martin aber nur angeschnauzt, dass er kein Theater machen und sich gefälligst wieder hinlegen solle.

Die Krankheit als »Scheinlösung« erzwingt das notwendige Herausreißen aus gefährlichen Situationen. Das würde also heißen, sinnierte Martin, dass mich die Krankheit vor einer Gefahr gerettet hätte? Das ist doch absoluter Schwachsinn. Okay, ich bin nicht besonders glücklich mit meinem Leben, aber wer ist das schon? Deshalb aber von einer *gefährlichen Situation* zu sprechen, ist doch absurd. Ich kapiere das alles nicht. Wenn der Hörsturz tatsächlich die logische Folge meines bisherigen Lebens wäre, müsste jeder in meiner Umgebung einen Hörsturz haben. Am meisten irritierte Martin, dass die Ärzte bisher keine organische Ursache für seine Leiden gefunden hatten. Sie hatten seinen Kopf in die Röhre gesteckt, hatten seine Halsschlagadern mit Ultraschall untersucht, hatten ihm Blut abgenommen – und immer hieß es: »Alles ist in bester Ordnung.« Aber Martin wusste, dass nichts in Ordnung war, schon gar nicht in *bester* Ordnung.

Wieder stieg die Angst in ihm auf, und er fragte sich, ob er die restlichen vierzig Jahre seines Lebens in diesem Zustand würde verbringen müssen. Martin zwang sich, an etwas Schönes zu denken. Er stellte sich vor, dass er auf der kleinen griechischen Insel Kasos mit einer Flasche Retsina am Strand saß und den Sonnenuntergang beobachtete. Er versuchte zu lächeln, aber es gelang ihm nicht. Es gelang ihm nicht, weil er wusste, dass er mit diesem Geräusch im Ohr nie mehr einen Sonnenuntergang würde genießen können. Überhaupt würde er nichts mehr in seinem Leben genießen können. *You can run, but you can't hide.*

Eine fette Fliege flog auf das Fenster zu und stieß gegen das Glas. Sie wollte nicht wahrhaben, dass sie nicht mehr weiterkonnte, und blieb irgendwann einfach sitzen. Martin hatte keine Ahnung, woher die Fliege gekommen war. Er stand auf, griff nach ihr und fragte sich, ob auch Fliegen einen Hörsturz bekommen können. Dann kippte er das Fenster und entließ sie in die regnerische Nacht. Wahrscheinlich würde sie vom nächsten schweren Tropfen erschlagen werden.

Er ging im Zimmer auf und ab und spürte, wie sich pure Verzweiflung in ihm breit machte. Er nahm einen Kugelschreiber und schrieb in Großbuchstaben *KEINE ANGST!* auf seinen linken Unterarm. Er betrachtete die beiden Worte, aber er hätte genausogut *GUTEN APPETIT!* schreiben können.

Das erste Gefühl, an das ich mich erinnere, war Angst. Angst, dass die Eltern sterben könnten, Angst, alleingelassen zu werden, Angst, nicht geliebt zu werden. Angst, Angst, Angst. Martin dachte nach. Sind das die unerledigten Angelegenheiten, die Franz Pigarella in seinem Buch meinte? Er ging ins Bad und wusch sich die beiden Worte mit Seife herunter. Das ist doch alles Schwachsinn. Ich habe ein ganz normales Leben geführt, wie jeder andere Mensch auch, und die anderen haben auch keinen Hörsturz bekommen. Verdammte Scheiße noch einmal!

Martin setzte sich auf die Bettkante und schloss die Augen. Das Geräusch in seinem Ohr war jetzt so laut, dass er am liebsten mit dem Kopf gegen die Wand gerannt wäre. Er konnte verstehen, warum sich Vincent van Gogh aus Verzweiflung über seinen Tinnitus das rechte Ohr abgeschnitten hatte. Oder war es das linke gewesen? Wie auch immer. Genützt hatte es ihm bekanntlich nichts, denn eineinhalb Jahre später schoss er sich eine Kugel in die Brust.

Als langjähriger Ministrant und Mitglied der Katholischen Jungschar war Martin mit dem Neuen Testament einigermaßen vertraut. Er erinnerte sich vage an ein Evangelium, in dem die Rede davon war, dass man sich lieber eine Hand oder einen Fuß abhacken oder ein Auge ausreißen solle, bevor man mit ihnen eine Sünde begehe. Jetzt erst fiel Martin auf, dass in diesem Evangelium das Ohr nicht erwähnt wurde. Auch hieß es im Alten Testament ausdrücklich *Aug um Aug, Zahn um Zahn* und nicht *Aug um Aug, Ohr um Ohr.*

Vor einer Woche war sein Leben noch in normalen Bahnen verlaufen. Plötzlich, von einer Minute auf die andere, war es damit vorbei gewesen. Wie und warum das alles passiert war, war Martin ein Rätsel. Und zwar ein großes Rätsel. Irgendeinen Auslöser für diesen Infarkt des Innenohrs musste es doch gegeben haben. Mit seinen Ohren hatte er noch nie größere Probleme gehabt. Er konnte sich nicht einmal erinnern, ob er als Kind die obligaten Mittelohrentzündungen gehabt hatte. Und selbst wenn, würde das längst nicht erklären, weshalb er jetzt hier saß und sklavisch dazu verdammt war, auf dieses Geräusch in seinem Ohr zu hören.

Martin ließ den Abend des 3. November noch einmal Revue passieren. Nach der Arbeit war er mit seinem Kollegen, dem Fotografen Clemens Berndorfer, noch auf ein Bier gegangen. Eigentlich waren es zwei gewesen, aber das war ja nichts Ungewöhnliches. Zu Hause hatte er mit Paula dann Lasagne gegessen und dazu den größten Teil einer Flasche Weißwein getrunken. Auch das war nichts Ungewöhnliches. Anschließend hatte sich Paula in ihr Arbeitszimmer zurückgezogen, und Martin hatte sich mit einer Flasche Bier vor den Fernsehapparat gesetzt. Die Sendungen auf ORF 1 *(Willkommen Österreich – Idioten ist nichts verboten)* und ORF 2 *(Der Bergdoktor – Das Drama in der Gletscherspalte)* bewiesen einmal mehr, dass die Fernsehlandschaft in Österreich längst einer Wüste auf einem öden Planeten glich.

Martin hatte von einem Sender zum anderen geschaltet und war schließlich bei *Raging Bull* hängen geblieben. In der Mitte des Films hatte er das Gefühl bekommen, dass mit seinem linken Ohr etwas nicht stimmte. Es fühlte sich an, als wäre es verstopft. Er gähnte ein paar Mal, was aber nichts nützte. Dann kam ein Rauschen dazu, und Martin wurde ein wenig nervös. Er stand auf und hüpfte von einem Fuß auf den anderen, so, wie er es als Kind nach dem Baden getan hatte, wenn Wasser in die Ohren gekommen war. Wie Rumpelstilzchen, das ums Feuer tanzte. Paula kam aus ihrem Arbeitszimmer und fragte, was los sei. »Nichts«, antwortete Martin, »ich gehe jetzt ins Bett, ich bin müde.«

In der Nacht wurde ihm dann allmählich klar, dass in seinem Kopf etwas Eigenartiges vor sich ging. Was es war, wusste er nicht. Am nächsten Morgen blieb er im Bett liegen, bis Paula die Wohnung verlassen hatte. Er überlegte, ob er sofort ins Krankenhaus fahren sollte, entschied sich dann aber doch für die Redaktion. Während der morgendlichen Sitzung sah er ständig auf die Uhr und hörte nur mit einem Ohr zu. Aus diesem Grund bekam er auch nur am Rande mit, dass in seinem Ressort ein neuer Volontär eingestellt werden sollte. Nach der Sitzung bat er einen Kollegen, seinen Artikel fertigzuschreiben, und fuhr direkt ins Krankenhaus.

Wegen des Regens war die U-Bahn komplett überfüllt. Obwohl es erst kurz nach elf war, sahen die meisten Menschen abgekämpft und erschöpft aus. Diejenigen, die nicht telefonierten oder eine Gratiszeitung lasen, starrten ins Leere. Einige husteten, ohne sich die Hand vor den Mund zu halten. Die feuchte Luft im Waggon verstärkte den Geruch nach Zigaretten, Schweiß und abgestandenem Essen. Martin hoffte inständig, diesen deprimierenden Ort bald verlassen zu können.

Wenig später saß er in der Notaufnahme auf einem harten Plastikstuhl. Er brauchte einige Zeit, um sich in dem Durcheinander zurechtzufinden. Vor der Urologie krümmte sich ein Mann im Rollstuhl, ohne dass jemand Notiz von ihm genommen hätte. An der Wand neben der Gynäkologie lehnte eine schwangere Frau, die mit den Tränen kämpfte. Auf der Bank neben der Orthopädie saß ein nach vorne gebeugter Mann, der in einem fort »Bosche Moi« stöhnte. Vor der Augenabteilung wartete ein junger Bursche in einer blauen Arbeitsmontur, dessen rechtes Auge mit einer blutdurchtränkten Bandage verbunden war. Und neben Martin saß ein vielleicht fünfjähriger türkischer Junge, der aus dem linken

Ohr blutete und vor Schmerzen brüllte. Die Beruhigungsversuche seiner Mutter halfen da nicht viel.

Eine Putzfrau schob stoisch ihren Wagen durch den Gang und wischte mit ihrem Mopp den von den nassen Straßenschuhen verdreckten Boden auf. Durch das ständige Kommen und Gehen wurde der feuchte Boden aber nur noch dreckiger. Als sie um Martins Füße herumwischte, konnte er auf dem Namensschild ihrer grünen Uniform den Namen *Slavenka Rukavina* lesen.

Martin fühlte sich elend und fragte sich, ob es nicht besser gewesen wäre, einfach nach Hause zu gehen. Aber wegen der Angst, die in ihm aufstieg, entschied er sich, weiter zu warten. Nach drei nervenaufreibenden Stunden wurde schließlich sein Name aufgerufen.

Martin wurde gebeten, auf einem Behandlungsstuhl Platz zu nehmen. Eine Krankenschwester lehnte mit verschränkten Armen am Tisch und wartete auf Anweisungen. Die behandelnde Ärztin war nicht älter als dreißig und hieß laut Namensschild *Dr. Franziska Krommer.* Sie warf einen kurzen Blick in die Patientenmappe und stellte routinemäßig ein paar Fragen.

»Seit gestern Abend hören Sie also schlecht auf dem linken Ohr und haben ein starkes Rauschen. Ist das plötzlich gekommen oder haben Sie das schon länger?« Die Ärztin griff nach einer Stimmgabel.

»Nein, nein, das ist ganz plötzlich gekommen, beim Fernsehen, und ich habe keine Ahnung, was das überhaupt sein könnte. Aber für mich –«

»In Ordnung«, sagte Doktor Krommer und schlug mit der Stimmgabel gegen ihr Knie. Sie hielt die Gabel zuerst an Martins rechtes, dann an sein linkes Ohr. »Und, was hören Sie?«

»Na ja.« Martin war verunsichert. »Rechts höre ich diesen Ton normal, aber links habe ich gar nichts gehört.«

Die Ärztin schaltete ihre Stirnlampe ein und schaute Martin in den Mund, die Nase und die Ohren. »Da kann ich nichts erkennen. Haben Sie als Journalist viel Stress im Beruf?«

Martin zuckte mit den Schultern. »Schwer zu sagen, wahrscheinlich schon, ich weiß nicht.«

Doktor Krommer klopfte mit einem winzigen Gummihammer auf die Knochen hinter Martins linkem und rechtem Ohr. »Und?«

»Rechts höre ich etwas, aber links höre ich nichts.«

»Sie machen jetzt bitte einen Hörtest und kommen dann wieder zu mir. Wahrscheinlich haben Sie einen Hörsturz. Außerdem sehen Sie so aus, als ob Sie ein Burnout hätten.« Die Ärztin stand auf und überreichte der Krankenschwester die Mappe.

Eine halbe Stunde später studierte Doktor Krommer das Audiogramm, das ihr die Krankenschwester gegeben hatte. »Ja, wie ich vermutet habe. Fünfzig dB im Tieftonbereich, das sieht nach einem schweren Hörsturz aus. Schwester, fahren Sie bitte mit Herrn Koller auf die Station. Ich rufe oben an, dass für Sie ein Bett hergerichtet wird.«

»Entschuldigen Sie, aber was heißt das?« Martin war verwirrt. »Sie meinen, dass ich hierbleiben muss? Aber ich weiß ja gar nicht, was ein Hörsturz ist. Was passiert denn jetzt mit mir? Außerdem muss ich ja zurück in die Redaktion. Ich habe schließlich einen Job, der –«

»Herr Koller«, sagte die Ärztin, während sie sich die Hände wusch, »so wie ich das sehe, haben Sie einen schweren Hörsturz, verbunden mit einem Burnout. Es ist gut, dass Sie gleich zu uns gekommen sind, aber die Details müssen Sie mit den Kollegen auf der Station besprechen. Wir sehen uns morgen bei der Visite. Jetzt muss ich mich um die anderen Notfälle kümmern. Alles Gute.«

Beim Aufnahmegespräch auf der Station hatte sich wenig später herausgestellt, dass bis auf ein Einzelzimmer alle Betten belegt waren. Für Martin, der keine Zusatzversicherung hatte und demnach in einem Dreibettzimmer hätte liegen müssen, war das ein Glücksfall gewesen. Das Röcheln und Schnarchen der frisch Operierten hätte er in seinem Zustand wahrscheinlich nicht ertragen.

Martin starrte an die Wand und stellte sich die drei Patienten vor, die im Nebenzimmer in ihren Betten lagen und litten. Wann immer er sein Zimmer verließ, um sich Tee oder Mineralwasser zu holen, stieß er auf Männer und Frauen, denen irgendwelche Kanülen aus dem Kehlkopf hingen oder deren Ohren einbandagiert waren. Die meisten von ihnen trugen die blau gestreiften Pyjamas oder Nachthemden des Krankenhauses und sahen darin aus wie Insassen eines Gefängnisses. Und gewissermaßen waren sie ja auch Gefangene, Gefangene ihrer Krankheiten. Obwohl Martin bereits seit einer Woche auf der Station lag, hatte er es bisher vermieden, sich mit diesen Patienten zu unterhalten. Ihre Geschichten hätten ihn nur noch mehr deprimiert.

Die digitale Uhr auf der Konsole neben seinem Bett zeigte an, dass es noch nicht einmal halb zehn war. In den letzten sieben Nächten hatte er es jeweils auf durchschnittlich zwei Stunden Schlaf gebracht, und er fragte sich, wie lange er es noch aushalten würde, ohne durchzudrehen. Martin schloss die Augen und versuchte, sich auf etwas anderes zu konzentrieren. Er stellte sich vor, dass die junge Krankenschwester mit den langen, roten Haaren hereinkam und sich vor ihm auszog. Aber jedes Mal, wenn sie begann, die Knöpfe ihrer weißen Schwesterntracht zu öffnen, wurde das Rauschen in seinem Ohr so laut, dass es seine ganze Aufmerksamkeit auf sich zog. Nach mehreren Versuchen gab Martin frustriert auf und ging ins Bad.

Er wusch sich mit kaltem Wasser das Gesicht und starrte in den Spiegel. Die tiefliegenden Augen erinnerten ihn an seinen Vater, der an seiner Stelle wahrscheinlich nicht einmal zum Arzt gegangen wäre. Der hätte die Zähne zusammengebissen und so getan, als wäre nichts geschehen.

Martin wurde wütend, als er daran dachte, dass sein Vater sich in den vierzig Jahren, die er Vorarbeiter im Eternitwerk in Rödt gewesen war, seine Lungen ruiniert hatte. Dass er schließlich an einem kleinzelligen Lungenkarzinom gestorben war, war für einen Arbeiter der Eternitwerke nichts Außergewöhnliches. Der Primar der Lungenstation, auf der sein Vater behandelt wurde, hatte zwar gemeint, dass Asbest als Ursache des Krebses mit hoher Wahrscheinlichkeit in Frage komme, wollte aber nicht ausschließen, dass auch der jahrzehntelange Zigarettenkonsum seines Vaters Auslöser der Krankheit hätte sein können. Das war auch der Grund, weshalb im Totenbeschauschein als Todesursache nicht die Berufskrankheit *Asbestose*, sondern *multiples Organversagen* stand. Dieser auf den ersten Blick unbedeutende Eintrag führte in weiterer Folge dazu, dass Martins Mutter keine Zusatzpension bekam.

Martins Vater war im Sommer 2001 im fünfundsechzigsten Lebensjahr gestorben, und während Martin mit einer gewissen Abscheu sein Spiegelbild betrachtete, fragte er sich, ob er sich bei seinem Vater je für das bedankt hatte, was der für ihn getan hatte. Aber Martin musste nicht lange nachdenken, um zu wissen, wie die Antwort auf diese Frage ausfallen würde. Als er 1999 um Weihnachten herum erfahren hatte, dass sein Vater an Krebs erkrankt war, war Martin dreißig und sein Verhältnis zu seiner Familie alles andere als gut gewesen. Den Familienkonflikten wich er aus, indem er so selten wie möglich nach Hause fuhr. Auf diese Weise ersparte er sich auch die zermürbenden Auseinandersetzungen um sein abgebrochenes Studium. Trotz der ständigen Ermahnungen seiner Eltern, etwas »Ordentliches« zu studieren oder gleich einen »ordentlichen Beruf« zu ergreifen, hatte sich Martin – wohl auch aus Protest – für das völlig sinnlose Studium der Publizistik und Politikwissenschaft entschieden. Dass er schließlich bei einer Tageszeitung doch noch einen Job als Innenpolitikredakteur bekam, hatte sein Vater nicht mehr erlebt. Sollte er die Schuldgefühle seinem toten Vater gegenüber ebenfalls auf die Liste mit den *UNERLEDIGTEN ANGELEGENHEITEN* setzen? Laienpsychologische Scheiße, dachte Martin. Das darf doch alles nicht wahr sein! Bin ich jetzt schon vollkommen bescheuert?

Martin setzte sich auf einen Stuhl in der Ecke des Zimmers und betrachtete seine Hausschuhe aus Schafwolle. Paula hatte sie ihm bereits bei ihrem ersten Besuch mitgebracht. Samt Pyjama, Toilettetasche und einem Buch mit dem Titel *Der Mann, der seine Frau mit einem Hut verwechselte*. Paula hatte ihm das Buch kommentarlos überreicht, und Martin hatte sich gefragt, ob sie ihm damit etwas sagen wolle. Da er das Buch aber bisher nicht einmal aufgeschlagen hatte, würde er das wohl erst später erfahren. Oder auch nie.

Nachdem ihn die Betrachtung seiner Patschen auch nicht weiterbrachte, überlegte er, was er machen würde, wenn alles wieder so wäre wie vor einer Woche. Ich würde vor Freude einen Luftsprung machen, mich anziehen, die Nachtschwester umarmen und mit dem Taxi nach Hause fahren. Dann würde ich die beste Flasche Rotwein öffnen, zwei Pizzen bestellen und mit Paula bis in die frühen Morgenstunden trinken und reden. Und vielleicht würden wir ja sogar wieder einmal miteinander vögeln.

Ein hoher Pfeifton riss Martin aus seinen Gedanken. Es klang so, als wäre das Ventil eines Heizkörpers verstopft. Da es in seinem Zimmer aber gar keinen Heizkörper gab, ging er ins Bad, fand aber auch dort nichts, was als Quelle für dieses unangenehme Pfeifen in Frage gekommen wäre. Im Bad wurde Martin schlagartig bewusst, dass sich die Lautstärke des Tons nicht verändert hatte. Er hielt sich das linke Ohr zu und brach in Panik aus. Der hohe Ton kam aus seinem Inneren. Martin begann am ganzen Körper zu zittern und setzte sich auf die Klomuschel. Dann ging er zurück ins Zimmer und trank aus der Mineralwasserflasche, so viel er konnte. Er stellte sich vor, dass das Wasser die negativen Energien aus seinem Körper herauswaschen würde. Er legte sich hin und vergrub seinen Kopf unter dem Polster mit der billigen Schaumstofffüllung, aber dadurch wurde alles nur noch schlimmer.

Martin hatte das Gefühl, als hätte sich eine Ratte in seinem Ohr eingenistet. Eine Ratte, die ihn nach und nach von innen auffraß. Aber gleichzeitig wusste er, dass dieses Bild falsch war, denn eine Ratte würde irgendwann einmal mit dem Fressen aufhören oder einfach platzen. Nein, nein, das, was er gerade durchmachte, war schlimmer als eine Ratte im Ohr: Es waren Grüße aus dem Vorhof der Hölle.

Die Sumpflandschaft, die Martin nur schemenhaft wahrnahm, erinnerte ihn an das Moor in der Nähe seines Heimatortes Schwarzmoos. Er wusste zwar nicht, vor wem er flüchtete, aber er spürte mit jeder Faser seines Körpers, dass er sich in einer lebensbedrohlichen Situation befand. Er lief, so schnell er konnte, aber jeder Schritt, den er im sumpfigen Boden machte, kostete ihn enorm viel Kraft. Zu seinem Schrecken musste er schließlich feststellen, dass er nicht nur immer langsamer wurde, sondern auch keine Luft mehr bekam. Sein Mund war voll Sand, den er trotz verzweifelter Versuche nicht ausspucken konnte. Als er hinter sich eine dunkle

Gestalt erblickte, die ihre Hände nach ihm ausstreckte, stieß er einen lauten Schrei aus.

Martin stand in der Mitte des Krankenzimmers und zitterte am ganzen Körper. Er atmete schwer und wimmerte wie ein kleines Kind. Wenig später öffnete sich die Tür und die Nachtschwester schaltete das Licht ein.

»Herr Koller, was ist denn los mit Ihnen?« Schwester Anandita nahm ihn am Arm und führte ihn zu seinem Bett.

Martin sah die indische Nachtschwester entgeistert an, und erst als er auf der Bettkante saß, wurde ihm klar, wo er sich befand. Automatisch griff er sich an sein linkes Ohr, in dem die Terrormaschine auf Hochtouren lief.

Schwester Anandita reichte ihm ein Glas Wasser. »Hier, trinken Sie, das wird Sie ein wenig beruhigen.«

Er leerte das Glas in einem Zug. Die Nachtschwester schenkte nach.

»Haben Sie schlecht geträumt?«, fragte sie und schüttelte die Bettdecke aus. »Kommen Sie, legen Sie sich hin.«

Martin stellte das Glas ab und lehnte sich an das Betthaupt. Im Rücken spürte er die kalten Metallstangen. »Ich halte das nicht mehr aus«, murmelte er und ließ den Kopf auf die Brust sinken. »Ich glaube, ich drehe bald durch.«

Schwester Anandita knöpfte Martins Pyjamajacke auf und griff nach dem Fläschchen mit dem Schmerzöl. »Ich werde Sie damit ein bisschen einreiben. Schwester Sonia sagt, dass dieses Öl bei ihrem Mann wahre Wunder wirkt.«

Martin spürte, wie Schwester Anandita das Öl mit langsamen Bewegungen unterhalb seiner linken Brust in die Haut einmassierte. Er schloss die Augen und hatte seit Langem wieder einmal das Gefühl, dass ihm etwas gut tat. Er hörte den gleichmäßigen Atem der Nachtschwester und hoffte, dass sie bei ihm blieb. Sie war zwar mindestens zehn oder fünzehn Jahre älter als er, trotzdem hätte er gerne ihr Gesicht gestreichelt oder ihre schönen schwarzen Haare berührt, die zu einem langen Zopf geflochten waren.

Nach einigen Minuten stand Schwester Anandita auf und blieb am Fußende des Bettes stehen. »Wenn Sie möchten, kann ich Herrn Doktor Hittmayer bitten, dass er Ihnen einen Arzt von der Neurologie vorbeischickt. Vielleicht kann der Ihnen ja etwas zur Beruhigung geben. Was meinen Sie?«

Martin sah, dass es noch nicht einmal dreiundzwanzig Uhr war. »Ich bezweifle zwar, dass das etwas hilft, aber von mir aus«, sagte er müde.

»In Indien gibt es ein Sprichwort, Herr Koller: Der Zweifel ist das Wartezimmer der Erkenntnis.« Schwester Anandita lächelte und schloss leise die Tür hinter sich.

In Martins Kopf herrschte ein viel zu großes Durcheinander, als dass er den Sinn dieses Sprichworts auch nur ansatzweise verstanden hätte. Zweifel? Wartezimmer? Erkenntnis? Er stand auf, ging ins Bad und pinkelte in die Klomuschel. Wie seine Haut roch auch sein Urin unangenehm nach Kortison. Es war ein bitterer, leicht stechender Geruch, der ihn selbst beim Wasserlassen daran erinnerte, dass er krank war. Er ersparte sich den Blick in den Spiegel und ging, ohne sich die Hände zu waschen, zurück ins Zimmer.

Wäre er bei Kräften gewesen, hätte er sich in Erwartung des Neurologen wenigstens die Zähne geputzt, aber in seinem momentanen Zustand war es ihm vollkommen egal, ob er wie ein kranker Hund aus dem Mund stank. Martin zog den Vorhang zur Seite und blickte hinaus in die regnerische Nacht. Nur vereinzelt waren erleuchtete Fenster zu erkennen. Die meisten Fenster waren tot. Auf der Spitze eines Krans blinkte müde eine Signallampe, deren Lichtschein vom Nebel fast verschluckt wurde. Martin wollte den Vorhang gerade schließen, als plötzlich ein riesiger Schwarm Krähen direkt vor seinem Fenster vorbeiflog. Es mussten hunderte Vögel sein, die von zwei Seiten kamen und sich zu einer eigenartigen Formation vereinigten, ehe sie wieder aus seinem Blickfeld verschwanden. Er wunderte sich, dass Krähen um diese Zeit überhaupt noch unterwegs waren, aber vielleicht waren sie ja auch nur auf der Suche nach einem trockenen Schlafplatz.

Möglicherweise hat der Neurologe ja tatsächlich ein Mittel, das mir hilft, dachte Martin und setzte sich an den kleinen Tisch in der Ecke. Außer einem Pfeffer- und einem Salzstreuer sowie einigen Zuckerpäckchen mit aufgedruckten Sternzeichen war der Tisch leer. Martin schob die Päckchen hin und her, ohne dass die unterschiedlichen Anordnungen irgendeinen Sinn ergeben hätten. Auf einem der Zuckerpäckchen war über sein Sternzeichen zu lesen: *Der Löwemann wirkt auf Frauen sehr anziehend. Er bewundert schöne Frauen, mag aber nicht, wenn sie laut reden oder sich auffallend kleiden.*

Für die Löwefrau ist nichts wichtiger, als von Männern verehrt und begehrt zu werden.

»Verfickte Idioten«, murmelte Martin und warf das Päckchen in den Abfalleimer.

Etwa eine Viertelstunde später klopfte es an der Tür und eine Ärztin betrat das Zimmer. Sie war Mitte dreißig, hatte kurzgeschnittene, brünette Haare und trug eine Brille mit blauer Umrandung. Sie war Martin vom ersten Augenblick an unsympathisch.

Die Ärztin gab Martin die Hand. »Guten Abend, Herr Koller. Mein Name ist Doktor Brenner. Kollege Hittmayer hat mich gebeten, bei Ihnen vorbeizuschauen.« Sie legte Martins Patientenmappe auf den Tisch und setzte sich ihm gegenüber. »Seit wann genau haben Sie diese Schlafstörungen?«, fragte sie, während sie einen Blick in die Mappe warf.

»Das ist heute die siebte Nacht, glaube ich, also, ich bin seit vergangenen Freitag hier. Und das Problem ist, dass selbst die Schlafmittel nichts nützen.« Martin beobachtete die Ärztin, die sich nachdenklich über ihr Kinn strich, nachdem sie die Lektüre beendet hatte.

»Die Nachtschwester hat mir gesagt, dass Sie gerade eine Panikattacke hatten.« Mechanisch schob sie ein paar Zuckerpäckchen zur Seite.

»Keine Ahnung«, antwortete Martin leicht gereizt. »Ich weiß nicht, ob das eine Panikattacke war. Ich weiß nur, dass ich bald durchdrehe, wenn das so weiter geht. Haben Sie Erfahrung mit Hörsturzpatienten?«

»Eigentlich nicht«, antwortete die Ärztin und machte eine bedauernde Geste. »Also, bei Panikattacken kann ich natürlich helfen, aber den Hörsturz kann ich nicht behandeln. Das machen ja die Kollegen hier auf der Station. So wie ich das sehe, brauchen Sie dringend ein Antidepressivum und ergänzend dazu einen Tranquilizer. Haben Sie Medikamente dieser Art schon einmal genommen?«

Martin schüttelte energisch den Kopf. »Nein, natürlich nicht. Ehrlich gesagt, habe ich auch Angst davor. Ich weiß ja überhaupt nicht, wie diese Medikamente wirken.«

Doktor Brenner lächelte mitleidig, und Martin spürte, wie seine Abneigung ihr gegenüber mit jeder Sekunde zunahm. Diese blöde Kuh soll verschwinden, dachte er. Er hoffte, dass ihm Schwester Anandita vielleicht doch noch eine stärkere Schlaftablette geben würde.

»Sie nehmen jetzt bitte ein Antidepressivum, einen Tranquilizer und eine Beruhigungstablette. Das sollte fürs Erste reichen. Die weitere Vorgangsweise wird man morgen bei der Visite mit Ihnen besprechen.« Sie griff in die Tasche ihres weißen Arztkittels und legte drei angebrochene Medikamentenschachteln auf den Tisch. Nacheinander drückte sie jeweils eine Tablette aus den Blisterpackungen. »Sie können die Tabletten mit etwas Wasser auf einmal nehmen, aber dann sollten Sie gleich ins Bett gehen, weil sie sehr schnell wirken.« Doktor Brenner erhob sich und steckte die Medikamentenschachteln wieder ein. Sie nahm die Mappe und reichte Martin die Hand. »Alles Gute. Diese Tabletten werden Ihnen sicherlich helfen.«

Martin gab ihr die Hand, ohne aufzustehen. Er war froh, dass er sich die Hände nach dem Pinkeln nicht gewaschen hatte. »Ja, danke, auf Wiedersehen.« Er wartete, bis sie das Zimmer verlassen hatte, und starrte auf die Tabletten. Nach wenigen Augenblicken stand er auf, füllte ein Glas mit Wasser und schluckte die Pillen, ohne lange zu überlegen, hinunter. »Scheiß drauf«, murmelte er und legte sich ins Bett. Er vergrub seinen Kopf unter dem Polster und wünschte sich, durch die Matratze und den Boden immer tiefer zu sinken, um irgendwann in der Erde zu verschwinden.

Um sieben Uhr wurde er vom Geräusch eines scheppernden Geschirrwagens und einem »Guten Morgen« mit serbischem Akzent geweckt. Auch wenn sich sein Kopf so anfühlte, als ob er in Watte verpackt wäre, wusste er aufgrund des Rauschens in seinem Ohr und des speziellen Geruchs sofort, dass er sich im Krankenhaus befand. Er blieb regungslos liegen und wartete, bis die Stationshelferin das Zimmer wieder verlassen hatte. Er hielt sich das linke Ohr zu und hörte, dass es draußen immer noch regnete. Das Zimmer lag im Halbdunkel, und Martin hätte am liebsten weitergeschlafen, aber der Druck auf seiner Blase zwang ihn zum Gang auf die Toilette.

Nachdem er sich die Hände gewaschen hatte, setzte er sich an den Tisch und las, was es zum Frühstück gab:

1 Bio-Fruchtjoghurt
1 Alma Vollrahmgervais
1 Brotaufstrich Inzersdorfer rauchzart
1 Gurkerl
1 Diätmargarine
1 Stk. Bio-Kornspitz

1 Stk. Bio-Vollkornbrot
565 KCal.

Neben dem Datum 11.11.11 stand: *Wir wünschen einen guten Morgen!*

Er nahm den Zettel und schrieb auf die Rückseite: *Das Leben ist beschissen. 11.11.11, Faschingsbeginn. Alles sehr lustig.* Er schob das Tablett zur Seite und legte sich wieder ins Bett. Wenig später klopfte es heftig an die Tür und eine Putzfrau polterte mit ihrem Wagen und dem Wischmopp ins Zimmer. »Grieß Gott, ich derfen putzen?«, fragte sie pro forma, bevor sie gemächlich das Wasser auf dem Boden zu verteilen begann. Martin drehte sich zur Seite und schloss die Augen.

Kurz nach acht wurde erneut die Tür geöffnet. Der Primar betrat, mit einigen Ärzten und Krankenschwestern im Schlepptau, das Zimmer. »Guten Morgen!«, grüßte er beschwingt und ließ sich vom Assistenzarzt stichwortartig über den Patienten Martin Koller informieren. »Schwerer Hörsturz links fluktuierend. *Solu Dacortin* absteigend. Auf *Lasix* nicht angesprochen. Panikattacke letzte Nacht. Antidepressiva und Tranquilizer. Allgemeinzustand stabil.«

Der Primar, den Martin schon längere Zeit nicht gesehen hatte, nickte nach jedem Halbsatz mechanisch und griff nach der Patientenmappe. Er überflog den Inhalt und übergab das Konvolut gleich wieder seinem Untergebenen. »Herr Koller«, sagte er und stützte sich dabei am Metallgestell des Bettes ab, »wir haben getan, was wir können, und ich bin mir auch sicher, dass Sie die Sache bald wieder im Griff haben werden. Sie bekommen ab sofort Kortison zur oralen Einnahme. Infusionen können wir Ihnen nicht mehr geben, weil das wegen der Nebenwirkungen zu gefährlich wäre. Alles Weitere steht im Patientenbrief, den Sie in zwei Stunden beim Stützpunkt abholen können.« Er beugte sich vor und streckte Martin die Hand entgegen. »Auf Wiedersehen, Herr Koller, und alles Gute.«

Martin reichte ihm reflexartig die Hand und stammelte: »Aber, es ist ja gar nicht besser geworden. Ganz im Gegenteil, ich habe das Gefühl, dass es mit jedem Tag schlechter wird.«

Der Primar machte eine beschwichtigende Geste und zwang sich zu einem Lächeln. »Ihr Hörsturz verläuft fluktuierend, das ist ganz normal. Das kriegen wir schon hin, keine Sorge.«

Damit drehte er sich um und ging zügig Richtung Tür. Die Ärzte und Krankenschwestern folgten ihm dicht gedrängt. Martin glaubte, vom Primar beim Hinausgehen das Wort »Ersteklassepatient« mit einem vorwurfsvollen Unterton gehört zu haben. Schwester Grazyna, die als Letzte das Zimmer verließ, blieb kurz in der Tür stehen: »Ich komme nach der Visite gleich zu Ihnen, Herr Koller. Bleiben Sie so lange im Bett. Sie können auch noch in Ruhe Mittag essen.« Dann schloss sie die Tür, und außer den verhallenden Schritten und dem Regen, der gegen das Fenster prasselte, hörte Martin nur das quälende Rauschen in seinem Ohr.

Während er auf die Bettdecke starrte, wurde ihm schlagartig bewusst, dass sein Schicksal den Ärzten vollkommen gleichgültig war. Er war einer von fünzig oder sechzig Patienten auf der Station, die letztendlich nur störten. »Kehlkopfkrebs? Pech gehabt. Hätten Sie weniger geraucht, dann wären Sie jetzt nicht hier.« »Hörsturz? Ihr Problem. Hätten Sie mehr auf Ihr inneres Gleichgewicht geachtet, dann müssten Sie jetzt nicht hier herumliegen.« Je früher ein Patient nach Hause ging, desto lieber war es den Ärzten. Aus den Augen, aus dem Sinn. Die Kranken waren in erster Linie Träger von Funktionsstörungen, die nach dem *ICD-System* klassifiziert wurden:

C32 – Kehlkopfkrebs
H91.2 – Hörsturz, idiopathisch
H90.3 – Hörverlust, Schallempfindungsstörung, beidseitig
H90.4 – Hörverlust, Schallempfindungsstörung, einseitig

Martin brauchte einige Zeit, um sich darüber klar zu werden, was die Worte des Primars bedeuteten. Er stand auf und öffnete die Vorhänge. Die Vorstellung, in wenigen Stunden bei diesem Sauwetter nach Hause gehen zu müssen, verstärkte seine innere Unruhe. Er sah auf die Uhr. Es war siebzehn Minuten nach acht, und draußen war es noch immer diesig. Der Himmel war wolkenverhangen, und die Sonne hatte keine Chance, durch die massive Nebeldecke durchzudringen.

Wenn er nach dem Mittagessen nach Hause fuhr, würde er in eine leere Wohnung kommen. Paula hatte freitags bis fünfzehn Uhr Schule und wäre frühestens um halb vier daheim. Er überlegte, ob er sie anrufen und eine Nachricht auf ihrem Handy hinterlassen sollte, verwarf den Gedanken aber wieder. Der Primar hatte gemeint, dass er keine Infusionen mehr bekommen würde. Weshalb hatte ihm das keiner der Assistenzärzte zuvor gesagt? Natürlich, die brauchen das Zimmer. Darum hat der Primar beim Hinausgehen auch etwas von einem »Ersteklassepatienten« gemurmelt.

Martin schaltete sein iPhone ein und wurde beim Anblick der vielen bunten Icons so nervös, dass er es gleich wieder ausschaltete. Allein die Vorstellung, die vielen E-Mails und Kurznachrichten der letzten Tage lesen zu müssen, machte ihm Angst. Jetzt, wo er bald die schützenden Mauern des Krankenhauses würde verlassen müssen, dämmerte ihm, dass er seit einer Woche keinen Kontakt mit der Redaktion gehabt hatte. Von Paula hatte er zwar erfahren, dass sich Clemens Berndorfer Sorgen machte, aber wie die anderen auf seine Abwesenheit reagierten, wusste er nicht.

Wie ging es eigentlich seiner Mutter? Er griff nach dem iPhone und setzte sich an den Tisch. Am rechten oberen Rand des Mail-Icons war in einem roten Kreis deutlich die Zahl 176 zu erkennen. Martin wusste zwar, dass der Großteil dieser Nachrichten sofort im Papierkorb landen würde, trotzdem löste diese Zahl eine gewisse Panik in ihm aus. Er tippte auf das Icon, und bereits die Absender der ersten Mails erinnerten ihn mit allem Nachdruck daran, dass man draußen auf ihn wartete. Clemens Berndorfer hatte mindestens zehn Mails geschickt, die wollte er aber erst zu Hause lesen. Er suchte in der Absender-Spalte nach dem Namen seiner Schwester und fand ihn auch gleich. *Mail empfangen am 10. 11. 11 um 22:17.* Seine Schwester hatte ihm also sofort auf seine SMS geantwortet.

Lieber Martin, Mama geht es gar nicht gut und ich habe endlich meine Kur bewilligt bekommen. Ich habe mehrmals versucht dich zu erreichen, aber es war unmöglich. Paula hat mir gesagt, daß du im Krankenhaus bist. Das tut mir Leid. Ich bin aber in der Zwickmühle. Ich bin total fertig und brauche dringend die Kur, aber wenn du dich ab Sonntag Abend nicht zumindest für eine Woche um Mama kümmern kannst, muß ich die Kur absagen. Bitte schau, daß Du kommen kannst!!! Für später habe ich eine slowakische Krankenschwester, die mir helfen wird. Melde Dich sobald wie möglich.
Liebe Grüße (auch von den Buben)
Babsi

Martin stand auf und raufte sich die Haare. Ihm wurde bewusst, dass seine Mutter wahrscheinlich sterbenskrank war. Dutzende Bilder schossen ihm durch den Kopf. Seine Mutter, die ihm als Kind das Knie verband. Seine Mutter, die vor dem Einschlafen mit ihm betete. Seine Mutter, die ihm die Brust einrieb, wenn er krank war. Seine Mutter, die ihm doch noch einen zweiten Löffel Sanostol gab. Seine Mutter, die ihm die Schuljause einpackte. Seine Mutter, die ihm eine Hose schneiderte.

Martin spürte, wie seine Augen feucht wurden. Das darf doch nicht wahr sein, jetzt bin ich zweiundvierzig Jahre alt und werde wegen meiner Mutter plötzlich sentimental wie ein altes Weib. Er wurde wütend, aber die Tränen flossen weiter.

Plötzlich stand Schwester Grazyna im Zimmer. »Herr Koller, es ist gut, dass Sie weinen. Glauben Sie mir, Gott wird Sie erhören und Ihnen helfen.« Ihre Augen glänzten vor Freude.

Martin drehte den Kopf zur Seite und wischte sich die Tränen aus den Augen. Er genierte sich und wäre am liebsten im Erdboden versunken. Schwester Grazyna nahm ihm gegenüber Platz. »Hier, Herr Koller, ich habe noch etwas für Sie.« Sie reichte ihm ein Heft. »Das wird Ihnen Kraft geben.« *Wege zu Gott. Ein Buch für alle, die nach Wegen suchen.* Auf dem Umschlag war eine Sonnenblume abgebildet, in deren Mitte ein Schmetterling saß. Martin kam sich vor wie im Religionsunterricht in der Volksschule und wusste nicht, was er sagen sollte.

»Sie müssen positiv in die Zukunft blicken und fest an Gott glauben, dann wird sich alles andere von selbst ergeben.« Schwester Grazyna lächelte selig. »Herr Doktor Hittmayer bereitet gerade die Entlassungspapiere für Sie vor und wird anschließend persönlich mit Ihnen die weitere Vorgangsweise besprechen. Bis zum Mittagessen können Sie selbstverständlich noch hier bleiben. Lassen Sie sich ruhig Zeit. Wir brauchen das Zimmer für den Ersteklassepatienten erst um dreizehn Uhr.« Die Krankenschwester stand auf. »Ich komme nach dem Mittagessen noch einmal vorbei, um mich zu verabschieden. Ich werde für Sie beten!« Sie nickte ihm aufmunternd zu und verließ das Zimmer.

Martin sah ihr nach und fragte sich, ob das Krankenhaus in der Zwischenzeit von der Kirche übernommen worden war oder ob Schwester Grazyna bloß eine übereifrige Katholikin mit einem besonders ausgeprägten Sendungsbewusstsein war. Er nahm das Heft, zerriss es in lauter kleine Schnipsel und spülte sie die Toilette hinunter. Das gurgelnde Geräusch drang verzerrt in seine Ohren und erinnerte ihn an seine ausweglose Situation.

Martin setzte sich an den Tisch und warf noch einmal einen Blick auf die Absender der eingegangenen E-Mails. Als er einen bestimmten Namen las, begann sein Herz schneller zu schlagen. In der Betreffzeile standen lediglich drei Fragezeichen. Er schluckte und überlegte, ob er die Mail überhaupt öffnen sollte. Seit mindestens drei Monaten hatte er von Sandra nichts mehr gehört, und er konnte sich gar nicht mehr erinnern, wann er zuletzt mit ihr telefoniert hatte.

Hallo Martin, wo bist Du? Wie? Wann? Wo? Melde Dich! Bald!!!
Küsse, Sandra

Ach, du heilige Scheiße, dachte Martin und griff sich reflexartig an seinen Pimmel. Wenn er von Sandra etwas hörte, was ohnehin selten genug vorkam, wurde sein Penis üblicherweise sofort hart. Aber dieses Mal tat sich gar nichts. Er schob die Vorhaut zurück und massierte mit Daumen und Zeigefinger seine Eichel. Es half nichts. Er betrachtete das Smegma auf seinen Fingern und verzog angewidert das Gesicht. Das Zeug roch nach ranzigem Käse. Martin ging ins Bad und wusch sich die Hände gründlich mit Seife. Er schaute in den Spiegel und fragte sich, wie Sandra wohl auf sein Aussehen reagieren würde. Wahrscheinlich würde sie sofort die Flucht ergreifen.

Vor vier Jahren hatte Martin Sandra Aschenbrenner bei einer Pressekonferenz in Graz kennengelernt und war mit ihr noch in derselben Nacht ins Bett gegangen.

Sandra war damals einunddreißig Jahre alt gewesen, und nachdem alles völlig unkompliziert abgelaufen war und sie keine Fragen gestellt hatte, hatte sich Martin eingeredet, dass alles in bester Ordnung sei. Als er drei Monate später wegen eines Interviews neuerlich nach Graz fahren musste, hatte er sich fest vorgenommen, Sandra nicht anzurufen. Nachdem er mit seiner Arbeit fertig war, wählte er dann »einfach so« doch noch ihre Nummer, und bereits eine Stunde später lagen die beiden im *Hotel Daniel* im Bett und vögelten bis zum Einbruch der Nacht. Martin fuhr dann mit dem Zug zurück nach Wien und tat so, als wäre nichts geschehen. Als er zu Hause mit Paula Wein trank – genaugenommen trank nur er Wein, weil Paula wegen seiner späten Rückkehr schlecht gelaunt war –, hatte er Sandra bereits vergessen. Das redete er sich zumindest ein. Wieder ein paar Monate später hatte es Sandra so eingerichtet, dass sie nach einem Termin in Wien übernachten musste, und obwohl Martin drei ihrer Anrufe ignoriert hatte, hatte er es irgendwann nicht mehr ausgehalten und war dann schließlich bei ihr im *Hotel Triest* im Bett gelandet. Und trotzdem hätte Martin auf die Frage, ob er ein außereheliches Verhältnis habe, immer noch mit Nein geantwortet. Obwohl Sandra in der Zwischenzeit längst mitbekommen hatte, dass Martin verheiratet war, stellte sie weiterhin keine Fragen. Ihr genügte es offenbar, mit Martin Koller vier- oder fünfmal im Jahr in irgendeinem Hotel ein paar Stunden im Bett zu verbringen. Warum das so war, wusste Martin nicht. Es war ihm auch egal. Hätte sich Sandra nicht mehr gemeldet – und die Initiative ging ja fast immer von ihr aus –, wäre ihm das auch egal gewesen. Oder auch nicht.

Während Martin vor dem Spiegel stand, empfand er plötzlich eine diffuse Sehnsucht nach Sandras Körper. Gleichzeitig hatte er Angst vor einem Treffen mit ihr, weil er befürchtete, impotent zu sein. In den nächsten Tagen würde er ihr mitteilen, dass er sie bis auf Weiteres nicht mehr sehen könne. Martin machte den Hörsturz dafür verantwortlich, dass er mit Sandra nicht mehr würde vögeln können, und wurde noch wütender auf seine Krankheit. Er schlug mit der Faust ein paar Mal heftig auf sein linkes Ohr, aber das Rauschen und Brummen in seinem Kopf wurde dadurch auch nicht leiser.

Martin ging zurück ins Zimmer und setzte sich an den Tisch. Nach Sandras Mail und der deprimierenden Nachricht seiner Schwester scrollte er die Absenderliste mit einem gewissen Unbehagen durch. Als er sah, dass nicht nur sein Arbeitskollege Clemens Berndorfer, sondern auch sein Chef mehrere Mails geschickt hatte, schaltete er das iPhone kurzerhand wieder aus und verstaute es in seinem Spind. Er fühlte sich wie ein Tier im Käfig, hatte aber keine Ahnung, wie er aus diesem Käfig je würde entkommen können. Hatte er in seinem Leben etwas Wesentliches übersehen? War er bei einer entscheidenden Kreuzung falsch abgebogen? Weit hinten in seinem Kopf begann ein vager Gedanke Form anzunehmen, aber Martin wehrte sich sofort dagegen, weil er befürchtete, dass ihn dieser Gedanke irgendwo hinführen könnte, wo er nicht hin wollte.

Die Aussicht, in zwei Tagen zu seiner Mutter nach Schwarzmoos fahren zu müssen, steigerte das Gefühl der Hilflosigkeit. Bei seinem Vater hatte er es irgendwie noch geschafft, der Konfrontation mit dem Tod auszuweichen, aber jetzt lief offenbar alles darauf hinaus, dass er mit seiner sterbenskranken Mutter allein sein würde. Als sein Vater im Krankenhaus von Rödt gestorben war, war Martin in Wien gewesen. Er hoffte inständig, dass er sich auch im Falle seiner Mutter rechtzeitig aus dem Staub würde machen können.

Während er seinen Gedanken nachhing, fiel ihm sein Bruder Gerhard ein. Warum fährt der eigentlich nicht nach Schwarzmoos? Er wurde wütend, weil es Gerhard offenbar wieder einmal geschafft hatte, sich jeglicher Verantwortung zu entziehen. Gerhard war vier Jahre älter als Martin und lebte als Anlageberater in München – zumindest behauptete er das. Martin hatte zwar nie ganz durchschaut, womit sein Bruder tatsächlich sein Geld verdiente, aber genaugenommen war ihm das auch egal.

Nachdem Martin vor zweiundzwanzig Jahren nach Wien gezogen war, war der Kontakt irgendwann einmal abgerissen. In Martins Augen war sein älterer Bruder ein Versager, der es allerdings immer wieder geschafft hatte, seine Eltern davon zu überzeugen, dass er auf dem richtigen Weg sei, und deshalb »nur noch dieses eine Mal« ihre Unterstützung brauche. Weshalb seine Eltern so naiv waren und ständig auf Gerhards Mitleidsmasche hereinfielen, war Martin immer schon ein Rätsel gewesen. Diese Skrupellosigkeit seines Bruders, der natürlich genau wusste, dass seine Eltern wenig Geld hatten, war auch einer der Gründe gewesen, weshalb Martin immer seltener nach Hause fuhr. Die unaufhörlichen Klagen seiner Mutter über den »armen Gerry« waren Martin irgendwann einmal derart auf die Nerven gegangen, dass er den Kontakt zu seiner Familie auf ein Minimum reduzierte.

Kurz nach elf wurde die Tür geöffnet und eine Stationshelferin stellte mit einem monotonen »Mahlzeit« das Tablett mit dem Mittagessen auf den Tisch. Das Essen bestand aus:

1 Apfelmus
1 Petersilcremesuppe
7 Stk. Powidltascherl
1 Nektarine
634 KCal.

Martin aß lustlos die Petersilcremesuppe und drei der sieben Powidltascherl. Er überlegte, ob er die restlichen vier und die Nektarine mit nach Hause nehmen sollte. Während er die Oberflächenstruktur der Nektarine betrachtete, hörte er auf dem Gang jemanden das Wort »Faschingsbeginn« rufen. Sofort begannen ein paar Leute laut zu lachen. Martin sah auf die Uhr. Es war elf Minuten nach elf, und zum Glück lag er nicht im Sterben, sonst hätte es sein können, dass ein Cliniclown mit roter Nase bei der Tür hereingeschaut und lustige Späße mit ihm gemacht hätte. In diesem Fall hätte es aber auch sein können, dass Martin Koller zum Mörder geworden wäre.

Etwa eine halbe Stunde nach dem offiziellen Faschingsbeginn betrat Schwester Grazyna lächelnd das Zimmer und setzte sich zu ihm an den Tisch. Sie warf einen Blick in Martins Patientenmappe und machte plötzlich ein trauriges Gesicht. »Ich sehe, dass Sie verwitwet sind, Herr Koller. Das tut mir aufrichtig leid.«

»Ich, verwitwet? Das ist doch Unsinn. Ich bin verheiratet. Wo steht, dass ich verwitwet bin?« Martin war verwirrt.

Die Krankenschwester deutete auf den entsprechenden Eintrag auf dem Datenblatt, und dort stand tatsächlich: *Familienstand: verwitwet.*

Martin schüttelte den Kopf. »Das stimmt ja gar nicht. Ich habe nie gesagt, dass ich verwitwet bin. Wer hat denn das da hingeschrieben?«

»Kein Problem«, antwortete Schwester Grazyna beruhigend, »ich werde das am Computer gleich ausbessern, da hat sich die Aufnahmeschwester einfach geirrt. Aber das freut mich natürlich, dass Sie verheiratet sind, Herr Koller. Machen Sie sich einen schönen Abend mit Ihrer Frau, und Sie werden sehen, dass Sie sich gleich wohler fühlen werden. Aber vorher sollten Sie unbedingt noch duschen und sich rasieren.«

Martin hatte sich in den letzten Tagen tatsächlich kaum gewaschen, aber dass er bereits derart stank, dass ihn Schwester Grazyna darauf ansprechen musste, war ihm jetzt peinlich. Auch wegen Schwester Anandita, die ihn am Voraband mit dem Schmerzöl eingerieben hatte und ihm dabei ziemlich nahe gekommen war.

Schwester Grazyna legte zwei lose Blätter auf den Tisch. »Herr Doktor Hittmayer hat den Patientenbrief bereits geschrieben. Er lässt sich entschuldigen, weil er dringend in den OP musste.« Sie reichte Martin einen Kugelschreiber. »Hier müssten Sie bitte unterschreiben.«

Martin unterschrieb, ohne sich den Patientenbrief durchgelesen zu haben.

»Ja, und hier ist das Rezept, da ist genau angegeben, wie viel Sie von welchem Medikament nehmen müssen.«

Sie sah auf ihre Armbanduhr. »Ich habe um zwölf Dienstschluss und muss dann leider gehen. Herr Koller, ich wünsche Ihnen alles Gute. Ich bin überzeugt, dass Ihnen der Glaube helfen wird. Ich werde für Sie beten.« Schwester Grazyna erhob sich und gab Martin die Hand. »Auf Wiedersehen.«

»Danke für die Betreuung«, sagte er und stand ebenfalls auf. »Auf Wiedersehen möchte ich nicht sagen. Also danke nochmals und auf Wiedersehen. Nein, nur danke.«

Nachdem die Krankenschwester das Zimmer verlassen hatte, las Martin den Patientenbrief, in dem es in der *Zusammenfassung* hieß:

> *Unter o.g. Infusionstherapie konnte keine bleibende Verbesserung des Hörvermögens erzielt werden. Aufgrund ausgeprägter Schlafprobleme und zeitweise auftretender Panikattacken wurde ein psychiatrisches Konsil veranlasst, in welchem eine akute Belastungsreaktion diagnostiziert und eine Therapie mit Trittico, Rivotril und Zoldem verordnet wurde.*
> *Herr Martin Koller konnte am 11.11.2011 in gutem AZ nach Hause entlassen werden.*

Unterschrieben war der Brief von Doktor Bernd Ramsauer (Assistenzarzt) und Doktor Reinhard Hittmayer (Oberarzt).

Da *AZ* wohl nur Allgemeinzustand heißen konnte, waren die Ärzte also der Meinung, dass es Martin *allgemein* gut ging. Er schüttelte den Kopf und wusste, dass er von medizinischer Seite wohl keine Hilfe mehr zu erwarten hatte. Möglicherweise half ja wirklich nur noch beten.

II

Listen to the devils in my ear.

R.E.M., »Suspicion«

Im Taxi auf dem Weg nach Hause fühlte sich Martin, als wäre er zu seinem eigenen Begräbnis unterwegs. Der Gestank nach kaltem Rauch in dem überhitzten Wagen und der süßliche Geruch, der von den Ledersitzen ausging, passten perfekt zu der deprimierenden Grundstimmung. Wohin er durch die regennassen Scheiben auch blickte, er sah nur Grau: Die Hausfassaden, die Straßen, sogar die Gesichter der Menschen, die sich wie Marionetten bewegten – alles war grau. Die Weihnachtsbeleuchtung, die in diesem Jahr bereits Anfang November installiert worden war, verstärkte die bedrückende Atmosphäre. Zum Glück schwieg der Taxifahrer, denn das Letzte, was Martin jetzt gebraucht hätte, wäre ein Gespräch über das Wetter oder »die Ausländer« gewesen.

Vor seiner Wohnungstür zog Martin seine durchnässte Jacke und die nassen Schuhe aus. Paula hätte es nicht gerne gesehen, wenn er mit dem nassen Zeug die Wohnung betreten hätte. Er sperrte die Tür auf und holte seine Hausschuhe, die er aus dem Krankenhaus wieder mitgenommen hatte, aus dem Plastiksackerl. Auf der Pinwand neben der Eingangstür hing neben einem Opernspielplan, dem Werbefolder von einem Pizzaservice und einem Zettel mit *wichtigen Telefonnummern* auch ein Lottoschein. Soweit Martin erkennen konnte, hoffte Paula, mit verschiedenen Kombinationen ihres und seines Geburtsdatums Multimillionärin zu werden. Martin war überrascht, weil er sich nicht erinnern konnte, dass Paula jemals Lotto gespielt hatte.

In der Wohnung war es kühl. Martin stellte das Thermostat auf zwanzig Grad. Er hörte, wie im Bad die Therme ansprang und ein brummendes Geräusch von sich gab. Er hielt sich das gesunde rechte Ohr zu und hatte das Gefühl, neben sich zu stehen.

Es war dreizehn Uhr. Ihm blieben also noch etwa zweieinhalb Stunden, bis Paula nach Hause kommen würde. Martin ging ins Wohnzimmer und setzte sich auf das Fauteuil, auf dem er vor acht Tagen gesessen hatte, als das merkwürdige Geräusch in seinem Ohr zum ersten Mal aufgetreten war. Er starrte auf den toten Fernsehapparat und überlegte, was er in den nächsten Stunden tun sollte. Am meisten graute ihm vor dem Lesen der E-Mails und der SMS auf seinem Handy. Jetzt, wieder in seiner gewohnten Umgebung, empfand er diese Nachrichten als gewaltige Bedrohung. Es war, als würden aus seinem Laptop und seinem iPhone Fangarme nach ihm greifen. Er fragte sich, ob das Zauberwort »online« in Wirklichkeit nicht bedeutete, dass man an der Leine gehalten wurde wie ein Hund und sich nicht mehr frei bewegen konnte.

Vor Paulas Rückkehr musste er sich unbedingt noch duschen und rasieren. Die Vorstellung, dass er ihr ungewaschen gegenübersäße oder später mit ihr im Bett läge, löste eine gewisse Beklemmung in ihm aus. Er hoffte inständig, dass Paula keine Lust auf Sex hatte.

Martin stand auf und ging ins Schlafzimmer. Auf Paulas Nachtkästchen lag ein Buch. Es war von Paul Auster und hieß *Unsichtbar*. Paula hatte sich angewohnt, Sätze, die ihr wichtig erschienen, vorne in ihre Bücher hineinzuschreiben. Martin war neugierig, ob sie bereits etwas Notierenswertes gefunden hatte. Er schlug das Buch auf und fand einen einzigen Satz: *Sex ist der Herr und Heiland, die einzige Erlösung auf Erden.* Er las ihn zweimal und fragte sich, weshalb Paula ausgerechnet diesen Satz aufgeschrieben hatte. Wenn Sex für sie tatsächlich *die einzige Erlösung auf Erden* war, dann hatte sie diesen Glaubensgrundsatz in den letzten Jahren vor ihm geheim gehalten. Oder führte Paula ein Doppelleben? Hatte sie ein Verhältnis, von dem Martin nichts wusste? Er schlug die Bettdecke zurück und untersuchte mit klopfendem Herzen das Leintuch. Er schaltete die Nachttischlampe ein, um besser sehen zu können, aber sosehr er sich auch bemühte, er fand weder Spermaflecken noch andere Spuren, die auf sexuelle Aktivitäten seiner Frau während seiner Abwesenheit hingedeutet hätten. Martin knipste die Lampe wieder aus und kam sich vor wie der letzte Spießer. Er wollte gerade gehen, als sein Blick auf die Medikamentenpackung neben dem Paul-Auster-Buch fiel. Ach, du heilige Scheiße, dachte er. Was bin ich nur für ein Idiot! Es war ein Hormonpräparat, das da auf dem Nachtkästchen lag.

Seit einigen Monaten nahm Paula diese Tabletten, weil sie unbedingt schwanger werden wollte. Es war exakt an Paulas siebenunddreißigstem Geburtstag am 12. Juli gewesen, als sie beim Abendessen plötzlich zu weinen begonnen und dann zu Martins Verblüffung gesagt hatte, dass sie sich nichts sehnlicher wünsche als ein Kind. »Alle in meiner Umgebung haben Kinder, nur ich habe keines, dabei bin ich schon so alt«, jammerte sie, und Martin wusste gar nicht, was er darauf antworten sollte. Über Kinder hatte er mit Paula nie gesprochen, weil er annahm, dass sie keine wollte. Für ihn waren Kinder nie ein Thema gewesen, und erst als Paula diesen Wunsch mit solchem Nachdruck geäußert hatte, musste er sich notgedrungen fragen, ob er überhaupt bereit wäre, Vater zu werden. Die Antwort auf diese Frage fiel eindeutig aus: Nein, er wollte keine Kinder, weil sie ihm auf die Nerven gingen. Er wollte sein Leben so weiterführen wie bisher. Allerdings vermied er es, einen genaueren Blick auf dieses Leben zu werfen, weil ihm dann vielleicht bewusst geworden wäre, dass dieses Leben nichts anderes war als die ewige Wiederkehr des Gleichen. Sein ganzes Sinnen und Trachten ging offenbar dahin, im Fahrwasser der Belanglosigkeiten weiterzudümpeln und nur nicht unterzugehen.

In der Küche warf Martin einen Blick in den Kühlschrank. Darin stand noch immer die halbleere Weißweinflasche vom 3. November. Ansonsten hatte Paula wie üblich dafür gesorgt, dass der Kühlschrank gut gefüllt war. »Der Kühlschrank ist voll, aber ich bin leer«, raunte Martin selbstmitleidig. Er ärgerte sich, dass er sich nicht einmal auf ein Glas Wein am Abend freuen konnte. Selbst auf Alkohol war ihm die Lust vergangen.

Martin holte sein iPhone aus der Sakkotasche und teilte Paula per SMS mit, dass er bereits zu Hause sei. Nachdem er die Kurznachricht abgeschickt hatte, fiel ihm ein, dass Paula wahrscheinlich annehmen würde, dass es ihm gut gehe. Also schickte er ihr sofort eine weitere Nachricht: *es geht mir nicht gut. m.* So konnte Paula nicht einfach zur Tagesordnung übergehen.

Martin stellte sich ans Wohnzimmerfenster und wischte mit der Hand über die beschlagene Scheibe. Obwohl es immer noch in Strömen regnete, konnte er hinter einem Fenster im Haus gegenüber schemenhaft eine Frau erkennen, die gemütlich auf einer Couch saß und telefonierte. Die Frau lachte immer wieder auf und warf dabei ihren Kopf zurück wie ein junges Pferd. Martin hasste diese Frau instinktiv, weil sie offenbar rundum glücklich war und keine Ahnung hatte, wie beschissen es ihrem Beobachter ging. Er empfand es als eine unglaubliche Schweinerei, dass diese Frau so tat, als wäre alles in bester Ordnung. Wütend wandte er sich ab und warf einen Blick auf seine Armbanduhr. Halb zwei. Am liebsten hätte er sich jetzt hingelegt, um nie wieder aufzuwachen.

Aus der Innentasche seines Sakkos holte er das Rezept, das er im Krankenhaus bekommen hatte. Er überflog die Namen der Medikamente und ging in sein Arbeitszimmer, wo er den Laptop einschaltete. Im Zimmer war es kalt, und Martin drehte den Heizkörper auf die höchste Stufe.

In der rechten oberen Ecke des E-Mail-Icons prangte jetzt in dem roten Kreis die Zahl 183. Martin ignorierte sie einfach und gab in das Suchfeld nacheinander die Begriffe *Trittico, Rivotril* und *Zoldem* ein. Das waren jene Medikamente, die ihm die unsympathische Ärztin von der neurologischen Abteilung verschrieben hatte.

TRITTICO
Antidepressivum
Häufige Nebenwirkungen: Müdigkeit, Magen-Darm-Beschwerden, Schwindel, Mundtrockenheit, Schlafstörungen, Kopfschmerz, Blutdruckabfall, Unruhe, Herzrhythmusstörungen

RIVOTRIL
Beruhigungsmittel, Anti-Epileptikum
Häufige Nebenwirkungen: Müdigkeit, Schläfrigkeit, Mattigkeit, Schwindelgefühl, Benommenheit, Unruhe, Desorientierung, Erregbarkeit, Reizbarkeit, Nervosität, Angstzustände, aggressives Verhalten, Konzentrationsstörungen, Schlafstörungen, Alpträume, Depressionen

ZOLDEM
Tranquilizer
Häufige Nebenwirkungen: Kopfschmerz, Schwindel, emotionale Dämpfung, verminderte Aufmerksamkeit, Verwirrtheit, Vertigo, Doppeltsehen, Hautreaktionen, Amnesie

Die *häufigen Nebenwirkungen* waren allerdings harmlos verglichen mit jenen, die bei Einnahme dieser Medikamente *selten* oder *sehr selten* auftreten konnten. Da war die Rede von *Wahnvorstellungen, Wutanfällen, unangemessenem Verhalten* oder *Impotenz*. Impotent kann ich nicht mehr werden, weil ich es schon bin, dachte Martin niedergeschlagen, und er überlegte, ob er sich diese Medikamente überhaupt besorgen sollte. »Ach, scheiß drauf, ist ohnehin alles egal«, murmelte er, bevor er die Wohnung verließ.

Trotz des Regenschirms trafen ihn immer wieder Tropfen im Gesicht, und als dreckiges Wasser auf seine Hose spritzte, weil neben ihm ein Auto durch eine Pfütze fuhr, bereute er sofort, dass er nicht zu Hause geblieben war. Über den Straßen schwankte die Weihnachtsdekoration bedrohlich im Wind, und Martin fragte sich, woher die Menschen die Kraft nahmen, sich bei diesem Wetter der Tortur auszusetzen, shoppen zu gehen. So wie die Leute dreinsahen, konnte ihm niemand erzählen, dass ihnen das Einkaufen Spaß machte. Die meisten sahen verbittert und abgestumpft aus, aber möglicherweise täuschte er sich auch und die Leute waren rundum glücklich und zufrieden.

Als Martin in eine Seitenstraße einbog, sah er, wie ein fetter Dackel mitten auf den Gehsteig kackte. Neben dem Hund stand eine in zwei Mänteln eingepackte alte Frau, die ihren Köter überschwänglich lobte. »Waldilein, gut hast du das gemacht, da freut sich die Mama. Komm, jetzt tun wir abwischen und dann gehen wir wieder nach Hause.« Die Frau holte ein Stück Zeitungspapier aus ihrer Manteltasche und wischte damit dem Dackel tatsächlich das Arschloch ab. Als Martin das sah, hätte er sich beinahe übergeben müssen. Die Frau legte den Papierfetzen auf den Scheißhaufen und ging mit ihrem Hund weiter.

»Entschuldigen Sie, aber so geht das nicht«, sagte Martin, als er die Frau eingeholt hatte. »Sie können doch die Hundescheiße da nicht einfach auf der Straße liegen lassen.« Der Hund knurrte altersschwach, und die Frau tat so, als hätte sie nichts gehört. Martin war so wütend, dass er ihr am liebsten einen Faustschlag versetzt hätte, und zwar mitten ins Gesicht. »Hören Sie nicht, was ich gesagt habe?«, schrie Martin die Frau an. Um seiner Frage Nachdruck zu verleihen, gab er ihr einen leichten Stoß. Sein eigenes Geschrei hörte er asynchron, was ihn gleich noch aggressiver machte. Die vorbeieilenden Passanten nahmen von der lautstarken Auseinandersetzung keine Notiz und gingen hinter ihren Schirmen in Deckung. Ein widerlicher Haufen von Gleichgültigen und Mitläufern, dachte Martin.

»Lass mich in Ruhe, du Sandler, sonst hole ich die Polizei«, schrie die Frau, während der Dackel immer lauter zu kläffen begann. Martin sah, dass der Alten einige Zähne fehlten, und er bereute sofort, dass er ihren vor Dreck starrenden Mantel zuvor berührt hatte. Die Frau überquerte mit raschen Schritten die Straße und zerrte den Hund an der Leine hinter sich her.

Martin atmete tief durch und sah den beiden mit hämmerndem Herzen nach. Hätte er einen Revolver bei sich gehabt, hätte er die Frau und den Hund sofort über den Haufen geschossen. Erschöpft setzte er den Weg Richtung Apotheke fort.

Trotz des Sauwetters hatten sich vor den Lotto-Annahmestellen lange Schlangen gebildet. *Zehnfach-Jackpot* stand auf handgeschriebenen Plakaten in den Auslagen der Trafiken. Daneben hingen Zeitungsausschnitte, in denen Lottospieler erklärten, dass sie sich um die fünfzig Millionen Euro drei Ferraris, eine Villa und noch einen Ferrari kaufen würden.

Als er an einem Ramschladen vorbeikam, der mit dem Spruch KUNSTKAUF IN WIEN – AUSDRUCK DER LEBENSFREUDE Werbung für sein altes Gerümpel machte, hätte er große Lust gehabt, die Auslage einfach mit einem Hammer einzuschlagen. Zur Not hätte es auch ein Pflasterstein getan.

Kurz vor der Apotheke begegnete ihm eine Gruppe Kinder, die selbst gebastelte Papierlaternen trugen. Die Kleinen sahen traurig aus, weil die Laternen vom Regen bereits aufgeweicht waren und bald zerfallen würden. Als sich Martin umdrehte, sah er, wie eines der Kinder in den Haufen Hundescheiße stieg.

In der Apotheke, die wie ein Designerladen gestylt war, herrschte Hochbetrieb. Die Leute holten hier nicht nur Medikamente ab, sondern kauften auch abgepackten Alpenlachs zu Wucherpreisen, Wärmflaschen, Wintersocken und türkische Seifen um zehn Euro das Stück. Hinter Martin stand eine Frau, die ihm mehrmals in den Nacken nieste. Dass sie sich dabei die Hand nicht vor die Nase hielt, war nicht weiter verwunderlich. Als Martin endlich an der Reihe war und der Apothekerin das Rezept überreichte, warf sie ihm einen prüfenden Blick zu. Die blöde Kuh denkt wahrscheinlich, dass ich ein Sandler bin und gerade aus der Klapsmühle komme. Martin überlegte, ob er etwas mitgehen lassen sollte, ließ es wegen der vielen Leute im Geschäft dann aber lieber sein.

Über einem Medikamentenschrank entdeckte er in einem Bilderrahmen ein mit Ornamenten verziertes Sprichwort:

DER GESUNDE HAT VIELE WÜNSCHE,
DER KRANKE NUR EINEN.

Wie wahr, dachte Martin.

Neben ihm verlangte ein älterer Herr mit Trachtenhut ein Mittel gegen Halsschmerzen. »Wissen Sie, es kratzt so fürchterlich beim Schlucken«, jammerte der Mann. Wenn dieser Idiot wüsste, wie gut es ihm geht. Der Mann begann laut zu husten und hörte damit auch nicht auf, als ihm Martin einen bösen Blick zuwarf und demonstrativ den Kopf schüttelte.

Nach wenigen Minuten tauchte die Apothekerin mit einem halben Dutzend Medikamentenschachteln auf. »Es ist ganz wichtig, dass Sie sich exakt an die jeweiligen Dosierungen halten«, sagte sie in einem belehrenden Ton, während sie die einzelnen Schachteln fein säuberlich beschriftete. Sie packte die Medikamente in ein Plastiksackerl, und nachdem Martin mehr als fünfzig Euro bezahlt hatte, stand er wieder im Regen.

In Erwartung des Weihnachtsfestes in sechs Wochen wälzten sich die Massen durch die Straßen, als ob es kein Morgen gäbe. Nein, es gibt in diesem Land definitiv keine Krise, dachte Martin. Er musste aufpassen, von den vielen Regenschirmen nicht aufgespießt zu werden. Als er an der Stelle vorbeikam, wo der Dackel sein Geschäft verrichtet hatte, sah er, dass die Passanten die Hundescheiße bereits über den ganzen Gehsteig verteilt hatten.

Auf dem Weg nach Hause überlegte Martin, wo er seinen Wagen abgestellt hatte. Er drängte sich in einen

Hauseingang und dachte nach. Verdammt, ich kann doch nicht zur Polizei gehen und denen sagen, dass ich mein Auto nicht mehr finde. Die liefern mich glatt in die Psychiatrie ein und nehmen mir wegen Unzurechnungsfähigkeit auch noch den Führerschein weg.

Ein Mann blieb vor ihm stehen und warf ihm einen misstrauischen Blick zu. Er holte einen Schlüssel aus seiner Manteltasche und hielt ihn Martin vors Gesicht. Martin verstand das Zeichen und ging weiter. Moment, Moment, ich habe doch Anfang vergangener Woche vier Kisten Wein von Kostas geholt und die Kisten eigenhändig zum Lift geschleppt. Also muss das Auto irgendwo in der Nähe stehen. Er beschleunigte sein Tempo und bog in die Straße ein, in der er wohnte. Aber sein Wagen war nirgendwo zu sehen. Er ging weiter.

In einer Seitenstraße waren während seines Aufenthalts im Krankenhaus Weihnachtshütten errichtet worden. Es waren windschiefe Holzkonstruktionen mit Lichterketten, in denen Dinge verkauft wurden, die garantiert kein Mensch brauchte: grauenhafte Katzenbilder, glänzende Kristallkugeln und selbstgestrickte Schals, die so lang waren, dass man sie sich zehn Mal um den Hals wickeln musste, um nicht über sie zu stolpern und sich das Genick zu brechen. Diese Hütten waren aber noch harmlos verglichen mit den Punschständen, die sich ab Anfang November in der ganzen Stadt wie ein Krebsgeschwür ausbreiteten. Für fünf Euro bekam man hier einen Styroporbecher mit Orangenpunsch, Eierlikörpunsch, Granatapfelpunsch, Quittenpunsch, Winterpunsch, Weihnachtspunsch, Wohlfühlpunsch, Holunderpunsch, Karottenpunsch oder Kinderpunsch. Dass Orangen oder Quitten zu Punsch verarbeitet wurden, war ja noch einigermaßen nachvollziehbar – aber Kinder?

Martin berfürchtete schon, dass sein Auto wegen dieser Hütten abgeschleppt worden war, atmete aber erleichtert auf, als er den Wagen am Ende der Straße doch noch entdeckte. Er wollte gerade umkehren, als er vor dem Volvo Scherben liegen sah. Nein, das darf nicht wahr sein, dachte er. Er hoffte, dass die Scherben nicht von seinem Auto stammten. Aber bereits nach wenigen Schritten sah er, dass irgend jemand den rechten Frontscheinwerfer eingeschlagen hatte. Natürlich steckte kein Zettel hinter dem Scheibenwischer, und Martin spürte, wie das Geräusch in seinem Ohr immer lauter wurde. Am liebsten hätte er laut aufgeschrien oder eine der Hütten mit einer Axt kurz und klein geschlagen.

Während Martin sich zu beruhigen versuchte, fiel sein Blick auf ein riesiges Werbeplakat:

TESTEN AUCH SIE DEN VOLLWASCHMITTEL-TESTSIEGER. JETZT AUCH AUF FACEBOOK.

Auf der Homepage dieser Waschmittelfirma war unter Garantie ein Zählwerk eingeblendet, das neben einem erhobenen Daumen die frohe Botschaft verkündete: *3125045 Personen gefällt das.* Er fragte sich, weshalb in diesem Land nicht mehr Menschen Amok liefen.

Martin war erledigt und dachte, dass es wahrscheinlich am besten wäre, sämtliche Medikamente auf einmal zu schlucken. Dann hätte er für immer seine Ruhe und müsste sich nicht mehr mit einem Leben herumschlagen, das ihm mehr und mehr zu entgleiten drohte.

»Martin, sei doch nicht gleich wieder eingeschnappt. Ich verstehe ja, dass es dir nicht gut geht, aber du musst schauen, dass du da irgendwie wieder rauskommst. Seit drei Stunden hängst du jetzt herum und starrst vor dich hin. Glaub mir, das wird sich alles wieder einrenken.«

Während Paula am Herd stand und das Abendessen zubereitete, saß Martin am Küchentisch und vergrub den Kopf in seinen Händen. »Du redest jetzt schon genauso wie diese polnische Krankenschwester, die mir weismachen wollte, dass ich nur fest an Gott glauben muss, damit alles wieder gut wird. Das ist doch vollkommener Schwachsinn. Die haben mich mit Medikamenten vollgepumpt, und genützt hat es gar nichts.« Martin deutete auf die vielen Tablettenschachteln, die vor ihm auf dem Tisch lagen. »Hier, dieses Zeug soll ich in den nächsten Wochen nehmen. Da kann ich mich ja gleich erschießen.«

Paula versuchte, ruhig zu bleiben. »Martin, obwohl ich einen anstrengenden Tag in der Schule hatte, habe ich Fenchel-Huhn mit Basmati-Reis und Ruccola-Salat gemacht. Und ich habe sogar einen griechischen Weißwein aus dem Keller geholt. Aber alles, was ich von dir zu hören bekomme, sind Vorwürfe.«

Das Huhn sah aus wie eine Mumie. Wahrscheinlich stammte es aus dem Biomarkt um die Ecke und hatte zwanzig Euro gekostet. Für einen kurzen Moment stellte sich Martin vor, wie er auf der kleinen Insel Kasos am Strand saß und Wein trank, aber schon im nächsten Augenblick spürte er den unerträglichen Druck in seinem Kopf. Als Paula auch noch eine Mikis-Theodorakis-CD in den Player legte, weil sie glaubte, ihm damit eine Freude zu machen, stand er auf und ging ins Schlafzimmer.

»Martin, was ist denn jetzt schon wieder, ich –«, hörte er Paula noch rufen, ehe er die Tür zuknallte und sich aufs Bett legte. Ganz leise drang die Musik durch die Tür, ehe sie abrupt abbrach.

Es war halb sieben, und Martin fühlte sich, als hätte ihm jemand mit einem Hammer auf den Kopf geschlagen. »Ich kann nicht mehr und ich will nicht mehr«, murmelte er. Er spürte, wie seine Gehirnzellen langsam lahmgelegt wurden. Während er in die Luft starrte, vermischte sich das Rauschen in seinem Ohr mit der Melodie von Udo Jürgens' Schlager *Griechischer Wein.* Wahrscheinlich hatte ihn die Musik von Mikis Theodorakis auf diese Fährte geführt:

Griechischer Wein ist so wie das Blut der Erde.
Komm, schenk dir ein.
Und wenn ich dann traurig werde, liegt es daran,
dass ich immer träume von daheim –
du musst verzeih'n.

Martin hatte plötzlich Angst, dass ihm im Augenblick seines Todes ausgerechnet dieses Lied durch den Kopf gehen würde. Immer noch besser als *Ja, mia san mit'm Radl da,* dachte er. Er überlegte, ob er zu Paula zurückgehen sollte. Da die Stimmung aber ohnehin bereits am Tiefpunkt war, beschloss er, liegenzubleiben und abzuwarten.

Paula klopfte an die Schlafzimmertür. »Martin, sei bitte nicht kindisch und komm in die Küche. Das Essen steht auf dem Tisch.« Martin war kurz davor, zu brüllen, dass sie ihn in Ruhe lassen solle, überlegte es sich aber dann doch anders.

Paula stand mit hängenden Schultern vor der Tür und sah ihn verzagt an. Martin ging kommentarlos an ihr vorbei und setzte sich an den Tisch.

»Hast du eigentlich den Clemens schon angerufen?«, fragte Paula, nachdem sie ein Stück Hühnerfleisch hinuntergeschluckt hatte.

»Nein, es tut mir leid, aber ich bin dazu einfach nicht in der Lage. Auch wenn du das nicht verstehen willst.« Er legte demonstrativ sein Messer neben den Teller.

»Ich habe ja nur gemeint«, sagte Paula beschwichtigend, »weil er ein paar Mal bei mir angerufen hat. Er hat gesagt, du sollst dich bei ihm melden, sobald du wieder fit bist.«

»Ich bin aber nicht fit«, antwortete Martin und stocherte mit der Gabel lustlos in seinem Reis herum, »also werde ich ihn auch nicht anrufen. Ich habe einen schweren Hörsturz, habe seit mehr als einer Woche nichts geschlafen und fahre übermorgen zu meiner schwer kranken Mutter. Wenn ich jetzt auch noch alle meine Mails und SMS beantworten muss, kann ich mich gleich wieder ins Krankenhaus legen. Und zwar in die Psychiatrie.«

»Martin, du steigerst dich da in etwas hinein. Dass es dir schlecht geht, verstehe ich ja, das glaubst du mir hoffentlich. Aber das geht wieder vorüber. Ich habe vorgestern im Krankenhaus noch einmal mit diesem Doktor Hittmayer gesprochen, und der hat gesagt, dass so ein Hörsturz zwar eine schwere psychische

Belastung darstellt, die Chancen einer vollständigen Heilung aber sehr groß sind.« Paula griff verunsichert nach ihrem Wein. Entgegen seinen sonstigen Gewohnheiten hatte Martin sein Glas noch nicht einmal angerührt. »Zum Wohl«, sagte sie kaum hörbar. Martin griff ebenfalls nach seinem Glas und antwortete mit einem sarkastischen »Jamas«. Paula versuchte zu lächeln und nahm einen kleinen Schluck. Sie sah blass und müde aus.

Martin nippte am Wein, der leicht metallisch schmeckte. Er stellte das Glas ab und roch an seinem Unterarm. »Scheiße, ich rieche ja immer noch nach Kortison.« Er verzog das Gesicht. »Nicht einmal das Duschen hat da etwas geholfen. Wahrscheinlich dauert das jetzt ein paar Monate, bis die ganze Medikamentenscheiße wieder aus meinem Körper verschwunden ist.«

»Das wird sich alles klären, Martin. Aber ich frage mich, ob es eine gute Idee ist, wenn du in diesem Zustand zu deiner Mutter fährst. Der Wetterbericht sagt weiterhin Regen voraus, und wenn ich mir vorstelle, dass du bei diesem Sauwetter drei Stunden lang im Auto sitzt, habe ich einfach kein gutes Gefühl. Wieso kann eigentlich nicht dein Bruder zu deiner Mutter fahren? Der wohnt doch näher bei ihr als du.«

»Lass mich mit meinem Bruder in Frieden«, antwortete Martin gereizt. »Du weißt genau, dass ich den seit ewigen Zeiten nicht mehr gesehen habe. Außerdem habe ich absolut keine Lust, ausgerechnet jetzt wieder Kontakt mit ihm aufzunehmen. Und ich kann doch von meiner Schwester nicht verlangen, dass sie auf ihre Kur verzichtet, wo sie ohnehin fix und fertig ist.«

Paula strich ihre Serviette glatt und legte sie neben ihren Teller. Sie bemühte sich, einen ruhigen Ton anzuschlagen. »Und dass ich übermorgen meinen Eisprung habe, hast du wahrscheinlich wieder einmal vergessen.«

Martin atmete hörbar ein und griff sich an sein linkes Ohr. »Paula, bitte fang jetzt nicht wieder mit deinem Eisprung an. Ich bin total fertig und ich habe zurzeit andere Sorgen als deinen idiotischen Eisprung.«

Paulas Lippen begannen leicht zu zittern. Martin fiel zum ersten Mal auf, dass sich um ihren Mund kleine Falten gebildet hatten. »Jedesmal hast du eine andere Ausrede«, sagte sie, während ihr die ersten Tränen über die Wangen liefen. »Seit Monaten nehme ich diese *Femibion*-Tabletten und werde trotzdem nicht schwanger, nur weil du dir nie die Zeit nimmst, mit mir zu schlafen. Einmal musst du nach einer Pressekonferenz wegen eines wichtigen Termins noch in Graz bleiben, dann kommt dir in einem Hotel ein Interview dazwischen, und meistens hast du keine Lust, weil du überarbeitet bist.« Der Eyeliner um ihre Lider begann sich langsam aufzulösen.

Martin fühlte sich in die Enge getrieben und wäre am liebsten davongelaufen. Aber abgesehen davon, dass es draußen in Strömen regnete, hätte er gar nicht gewusst, wo er hätte hinlaufen sollen. »Das darf doch alles nicht wahr sein«, sagte er mit einer ausladenden Handbewegung. Dabei stieß er sein Weinglas um, das mit einem dumpfen Knall zerbrach. Der Wein verteilte sich langsam zwischen den Scherben auf dem weißen Tischtuch, das Paula extra zur Feier des Tages aus dem Schrank geholt hatte.

Paula wischte sich mit der Serviette ihre Tränen ab und begann kommentarlos den Tisch abzuräumen. Martin betrachtete den Weinfleck und überlegte, woran ihn seine Form erinnerte. Wahrscheinlich an die Umrisse der griechischen Insel Agathonisi, die er vor Jahren einmal gemeinsam mit Paula besucht hatte.

»Das war nicht Absicht«, sagte er, während er die Glasscherben auf seinen halbvollen Teller legte.

Paula räumte das Geschirr in den Spüler und schwieg.

Scheiße, so geht das nicht weiter. Martin spürte, wie er immer unruhiger wurde. Es war die Angst vor der kommenden Nacht, die in ihm aufstieg. Vielleicht sollte ich einfach ein paar dieser Psychotabletten nehmen und schauen, was passiert. Er beobachtete Paula, die die Glassplitter samt den Speiseresten in den Mülleimer kippte. »Paula, können wir wie zwei erwachsene Menschen miteinander reden? Das mit dem Wein tut mir leid, das war nicht Absicht.« Martins Stimme hörte sich blechern an. Er konnte sich gar nicht mehr erinnern, wie sie früher geklungen hatte, als sein Leben noch in normalen Bahnen verlaufen war.

Paula unterbrach ihre Aufräumarbeiten und sah Martin mit traurigen Augen an. »Es geht doch nicht um den Wein, Martin. Es geht darum, dass ich bald achtunddreißig Jahre alt werde und noch immer kein Kind habe. Aber ich möchte unbedingt ein Kind, verstehst du das nicht?« Paula warf Martin einen fast flehenden Blick zu.

»Ja, aber wir können das nicht übers Knie brechen«, anwortete Martin ausweichend. »Ich bin mit Tabletten vollgepumpt, das wäre sicher nicht gut bei einer beginnenden Schwangerschaft. Und wegen deines Alters würde ich mir keine Sorgen machen. Es gibt genug Frauen, die mit fünfundvierzig noch gesunde Kinder zur Welt bringen.« Martin merkte, dass ihn die Unterhaltung anstrengte. Er gähnte, ohne sich die Hand vor den Mund zu halten.

Paula warf ihm einen vorwurfsvollen Blick zu. »Das heißt also, dass wir es auch dieses Mal wieder nicht probieren?«

Martin fühlte sich zu schwach, um sich weiter zu streiten. »Na ja, von mir aus, dann probieren wir es halt«, sagte er eingeschnappt. »Ich glaube zwar nicht, dass es unter diesen Umständen etwas bringt, aber bitte, wenn du unbedingt willst.«

Eine Stunde später lag Martin im Bett und starrte an die Decke. Er hörte, wie Paula die Klospülung betätigte, und bekam es mit der Angst zu tun. Paula drehte im Vorraum das Licht ab und schloss die Schlafzimmertür. Sie knipste die Nachttischlampe an und kuschelte sich an ihn. Martin verkrampfte sich augenblicklich und stellte sich vor, dass er mit Sandra in einem Hotelzimmer im Bett lag und sie seinen Schwanz lutschte. Stattdessen spürte er, wie Paula unter seine Pyjamajacke griff und seinen Bauch streichelte. Dabei fiel ihm ein, dass er schon seit Tagen nicht mehr gekackt hatte. Er dachte an den ganzen Dreck, der sich in seinem Inneren angesammelt haben musste, und verzog angewidert das Gesicht. Als sich Paulas Hand langsam nach unten bewegte, drehte er sich zu ihr. »Warte noch ein bisschen«, sagte er. Er bemühte sich, nicht schroff zu klingen. Martin kam sich vor wie ein Schauspieler, der mit einer wildfremden Frau im Bett lag und eine Liebesszene drehen musste. Es fiel ihm schwer, sich vorzustellen, dass er und Paula am Anfang ihrer Beziehung fast täglich miteinander gevögelt hatten. Und zwar nicht nur in ihren Wohnungen, sondern auch im Kino (in der letzten Reihe), im Zug (in einem Abteil) oder im Wald (auf einer Lichtung). Und jetzt lag er neben ihr, und sein Schwanz fühlte sich an, als würde er nicht zu ihm gehören. Am Nachmittag, beim Duschen, hatte ihn sein Ding an eine verschrumpelte Zwergkarotte erinnert.

Paula streichelte sein Gesicht. Martin wurde das Gefühl nicht los, dass sie das nur tat, damit er endlich seinen Samen in sie hineinspritzte. Er wurde immer unruhiger, weil er nicht wusste, was er tun sollte. In seinem Kopf hämmerte es wie in einer Fabrikshalle, und sein Herz schlug so schnell, dass er sich danach sehnte, von Schwester Anandita mit diesem mysteriösen Schmerzöl eingerieben zu werden. Er legte seinen Kopf auf Paulas Schulter und griff ihr an den Hintern. Dabei merkte er, dass Paula auf ihrer Seite ein Badetuch ausgebreitet hatte. Und das, obwohl unter dem Leintuch bereits ein Matratzenschoner gespannt war. Sie stöhnte ein wenig auf, was Martin sofort als Heuchelei empfand. Er massierte ihre Pobacken und dachte daran, dass er und Paula vor Jahren sogar einmal großen Spaß am Arschficken gehabt hatten. Das muss in einem anderen Leben gewesen sein, dachte er. Er versuchte sich vorzustellen, dass er mit Sandra und der jungen Krankenschwester mit den langen roten Haaren im Bett lag und beide darum bettelten, von ihm gevögelt zu werden.

Martin sah Paula an und erschrak, weil er sich plötzlich einbildete, mit einer Fremden im Bett zu liegen.

»Was ist los, Liebster, warum hörst du auf?« Paula bemühte sich, ihren aufsteigenden Ärger zu verbergen.

»Ich weiß auch nicht«, antwortete Martin, der auf das Wort »Liebster« besonders allergisch reagierte. »Ich fühle mich einfach nicht gut. Ich bin erledigt.« Er drehte sich zur Seite und schloss die Augen. Das Einzige, was er außer dem quälenden Geräusch in seinem Kopf hörte, war Paulas stoßweiser Atem.

In der Nacht trieb der Krieg in Martins linkem Innenohr auf einen neuen Höhepunkt zu. In dem winzigen Organ, das gerade einmal einen Zentimeter lang und vier Millimeter breit ist, wurden die fünfundzwanzigtausend Haarzellen durch die Angriffe eines riesigen Heers von Kaliumionen in eine Dauerschwingung versetzt, wodurch sich die Enden der Härchen wie Baumwipfel in einem tosenden Sturm hin und her bewegten. Als Folge dieses Dauerbeschusses wurden etliche Härchen geknickt oder brachen einfach ab. Die erschöpften Ionenpumpen waren unter diesen Umständen nicht mehr in der Lage, das einströmende Kalium zurückzupumpen, was die Voraussetzung für jenen Zustand gewesen wäre, den wir Stille nennen. Die Hörzellen, die sich in einem ausgesprochen energieraubenden Arbeitsprozess bis zu zwanzigtausend Mal pro Sekunde aus eigener Kraft heraus verkürzen und verlängern mussten, schafften es unter den gegebenen Umständen einfach nicht mehr, über den Hörnerv normale Töne an das Gehirn weiterzuleiten. Die Notsignale, die die überforderten Hörzellen im Zustand der Dauererregung an das Gehirn sandten, waren jene Geräusche, die Martin Koller nach und nach verrückt machten.

Es war Nacht und Martin stand im eiskalten Treppenhaus seines Elternhauses in Schwarzmoos. Er war überzeugt, dass sich noch jemand im Haus aufhielt. Mit klopfendem Herzen versuchte er, die Haustür abzusperren, aber er fand den passenden Schlüssel nicht. Vom Dachboden hörte er Schritte. Plötzlich stand sein Vater am Treppenabsatz. Er war abgemagert, und Martin erschrak, weil sein Vater doch längst tot war. Sein Vater ging auf Martin zu und sagte mit drohender Stimme: »Jetzt werden wir einmal schauen, was hier überhaupt los ist.« Dann zog er Martin hinter sich her und öffnete die Kellertür. Die Hand seines Vaters war eiskalt.

Mit einem lauten Schrei sprang Martin aus dem Bett und rannte in die Küche. Erst als Paula das Licht anmachte, wurde ihm bewusst, wo er sich gerade befand. Sein Herz raste und er hatte auf einmal das Gefühl, dass auch sein rechtes Ohr verstopft war. »Hilfe, ich kann nicht mehr«, wimmerte er und ließ sich auf einen Stuhl fallen.

Paula, die am ganzen Körper zitterte, brachte ihm ein Glas Wasser. »Hier, Martin, trink etwas und versuche, ruhig zu atmen. Es ist alles in Ordnung. Du hattest nur einen Alptraum.« Sie reichte ihm das Glas, das er bis zur Hälfte leerte.

Paulas Stimme klang blechern in Martins Ohren. »Kannst du die Heizung einschalten, mir ist irrsinnig kalt.« Martin schloss die Augen und atmete erleichtert auf, als er hörte, wie im Bad die Therme ansprang. Sein rechtes Ohr war also doch noch nicht tot.

Paula setzte sich ihm gegenüber an den Tisch und griff nach seinen Händen. »Martin, schau mich an, ist alles in Ordnung?«, fragte sie besorgt, während sie seine kalten Finger massierte.

»Bringst du mir bitte die Tabletten?«

Paula erhob sich und öffnete die Schublade des Küchenschranks. »Welche brauchst du denn?«

»Zoldem, Rivitrol und Trittico.«

»Glaubst du, dass das eine gute Idee ist, dass du diese Psychopharmaka jetzt nimmst?« Paula legte die drei Tablettenschachteln auf den Tisch.

»Ich habe gar keine andere Wahl«, antwortete er müde. »Wenn ich nicht vollkommen verrückt werden will, muss ich endlich schlafen. Jetzt ist es drei Uhr, und ich bin bis mindestens zwei wachgelegen. Dann hatte ich diesen fürchterlichen Alptraum.«

»Was hast du denn geträumt?«, wollte Paula wissen.

»Das Übliche. Ich bin im Haus in Schwarzmoos wieder meinem Vater begegnet, und er wusste nicht, dass er längst tot ist. Es ist so schrecklich, weil ich völlig machtlos bin.«

»Das ist ganz normal, Martin, weil in den Träumen die tragischen Ereignisse noch tragischer erscheinen als in der Realität. Das liegt daran, dass in den Träumen die Vernunft vollkommen ausgeschaltet ist.«

Martin sah Paula kurz an, weil der Satz so klang, als hätte sie ihn auswendig gelernt. »Kann sein«, antwortete er, »aber selbst wenn dem so wäre, nützt mir das auch nichts. Ich kapiere das alles nicht. Mein Vater ist jetzt seit zehn Jahren tot, und ich habe nicht die geringste Ahnung, weshalb ich immer wieder träume, dass er noch lebt.«

»Das klingt jetzt vielleicht ein bisschen komisch«, sagte Paula und griff erneut nach Martins Händen, »aber möglicherweise ist das eine Art Kontaktaufnahme. Vielleicht will dir dein Vater ja nur signalisieren, dass alles in Ordnung ist zwischen euch beiden.«

»Das glaube ich nicht«, antwortete Martin und schüttelte den Kopf. »Sonst würde er mich nicht in den Keller zerren wollen. Ich glaube eher, dass das etwas mit meinen Schuldgefühlen zu tun hat, weil ich mich damals aus allem rausgehalten habe, als er schwer krank war.«

Wieder erinnerte sich Martin an die Zeit, als sein Vater an Krebs erkrankt war und er alles getan hatte, diese bittere Wahrheit zu verdrängen. Aber da war noch etwas, was Martin jahrelang konsequent ausgeblendet hatte. Kurze Zeit, nachdem sein Vater gestorben war, hatte seine Mutter einmal nebenbei erwähnt, dass ihren Mann der Asbest umgebracht habe, dass sie aber trotzdem keine Zusatzpension bekomme. Martins Mutter hatte das nicht anklagend gesagt, sondern sie wollte damit lediglich zum Ausdruck bringen, dass sie ohne diese Zusatzpension ihren Kindern finanziell nicht unter die Arme greifen konnte. Abgesehen davon, dass Martin von seiner Mutter gar kein Geld angenommen hätte, fragte er sich, weshalb er die eher fadenscheinigen Argumente des Primars im Hinblick auf den Auslöser des Lungenkrebses anstandslos akzeptiert hatte.

Asbestose war in Rödt jahrzehntelang ein absolutes Tabuthema gewesen, weil der Besitzer der Eternitwerke, Hermann Plaschke, sämtliche Lokalpolitiker, Ärzte und Journalisten auf seiner Lohnliste stehen hatte und daher keine Angst haben musste, dass die verheerenden Wirkungen des Asbests jemals öffentlich thematisiert werden würden. Plaschkes Einfluss ging sogar so weit, dass ab Mitte der siebziger Jahre auf den Grabsteinen der Arbeiter seines Werks die bis dahin übliche Bezeichnung *Arbeiter der Eternitwerke* nicht mehr aufscheinen durfte. Dadurch wollte Plaschke verhindern, dass auf dem Friedhof von Rödt die traurige Tatsache in Stein gemeißelt war, dass in den Eternitwerken viele Arbeiter vor ihrer Zeit starben.

Ich bin einfach eine feige Sau gewesen, dachte Martin niedergeschlagen. Er kam sich wie ein Verräter an seinen Eltern vor. Da er nicht wusste, wie weit Plaschkes Arm reichte, hatte er es damals vorgezogen, in dieser Angelegenheit nicht weiter zu recherchieren und die Sache auf sich beruhen zu lassen. Er hatte sich mit dem Argument getröstet, dass sein Vater weder durch einen kritischen Artikel noch durch eine Intervention beim Primar wieder lebendig geworden wäre. Wenn er heute die Homepage der längst an ausländische Investoren verkauften Eternitwerke anklickte, kam ihm jedesmal das Kotzen. Da war zu lesen, dass *zwischen 1972 und 1980 bedeutende Investitionen in Arbeitssicherheit und Umweltschutz nach dem jeweiligen Stand der Technik geleistet wurden und man die Abteilung Forschung und Entwicklung kontinuierlich ausgebaut* habe. Dass nach Schätzungen des Krebsforschungsinstituts in London bis zum Jahr 2020 in Westeuropa mindestens 250 000

Menschen an durch Asbest verursachten Krebserkrankungen sterben würden, stand da natürlich nicht.

Martin griff nach den Medikamentenschachteln und drückte die Tabletten aus den Plastikverpackungen. Er steckte sie sich gleichzeitig in den Mund und spülte sie mit dem Wasser, das noch vor ihm stand, hinunter. Er verzog das Gesicht und schüttelte angewidert den Kopf. »Jetzt kann ich nur noch beten, dass wenigstens diese verdammten Psychotabletten etwas helfen.« Niedergeschlagen schlurfte er ins Schlafzimmer und erschrak, als ein heftiger Windstoß an den Fensterläden rüttelte.

Am nächsten Morgen saßen Paula und Martin schweigend beim Frühstück. Der Regen trommelte immer noch monoton gegen die Scheiben. Die Sonne würde also auch an diesem Tag nicht durchkommen. Martin war ganz grau im Gesicht und fühlte sich, als wäre er gerade aus einer Narkose erwacht. Er rührte gedankenverloren in seinem Tee, als Paulas Handy läutete. Sie hob ab.

»Hallo Clemens«, sagte sie müde und nickte Martin zu. »Nein, nein, er ist seit gestern zu Hause. Warte, ich gebe ihn dir.« Paula machte eine entschuldigende Geste und reichte Martin das Handy.

Mechanisch griff er nach dem Telefon. »Ja, servus Clemens«, murmelte er und fixierte die Teetasse vor sich. »Nein, ich bin noch nicht dazugekommen, meine E-Mails zu lesen. Mir geht es nicht gut. Ich habe keine Ahnung, wann ich wieder in die Redaktion kommen werde. Außerdem muss ich morgen zu meiner Mutter nach Schwarzmoos fahren. Sie ist schwer krank, und ich muss mich ein paar Tage um sie kümmern.« Während Martin zuhörte, wurde sein Gesichtsausdruck immer düsterer. »Bitte, was?«, fragte er mehrmals und sah hilfesuchend zu Paula, die unschlüssig am Kragen ihres Morgenmantels zupfte. »Das glaube ich nicht. – Okay, ja, da wird mir wohl nichts anderes übrig bleiben. – Okay, ja, ich rufe dich zu Mittag zurück. Servus.«

Martin legte das Telefon auf den Tisch und strich sich merhmals über die Stirn. Er sah Paula an und schüttelte ungläubig den Kopf. »Clemens hat angeblich gehört, dass sie diesem Volontär meinen Job geben wollen. Das darf doch nicht wahr sein. Drehen jetzt alle durch? Das ist irgend so ein Protektionskind, das sich da hineingeschleimt hat, dem können sie doch nicht einfach meinen Job geben. Wie spät ist es jetzt?« Martin sah auf das Display von Paulas Handy. »Kurz vor neun. In drei Stunden rufe ich den Katzinger an. Vorher muss ich aber noch seine E-Mails lesen. So eine verdammte Scheiße.« Er stand auf und ging in der Küche nervös auf und ab.

»Überstürze jetzt nichts«, sagte Paula beschwichtigend. »Wahrscheinlich übertreibt Clemens wieder einmal maßlos. Du weißt ja, wie das ist. Kaum ist jemand ein paar Tage weg, reimen sich die Leute schon alles Mögliche zusammen. Das ist bei uns in der Schule nicht anders. Und meistens stellt sich dann heraus, dass sich irgendwer einfach wichtig machen wollte.« Paula versuchte, ein freundliches Lächeln aufzusetzen, was ihr aber nicht gelang. »Vielleicht sollten wir uns einfach noch einmal hinlegen und –«

Martin blieb abrupt stehen und warf Paula einen feindseligen Blick zu. »Sag einmal, kapierst du nicht, dass mir das Wasser bis zum Hals steht? Ich bin jetzt jedenfalls absolut nicht in der Stimmung, mich noch einmal mit dir ins Bett zu legen. Und außerdem wirst du ja letzte Nacht gemerkt haben, dass das momentan ohnehin keinen Sinn hat. Dein Eisprung –«

Paula stand wortlos auf und ging ins Bad. Sie knallte die Tür zu, und Martin griff sich instinktiv an sein linkes Ohr. Wenig später hörte er die Dusche. »Ich packe das alles nicht mehr«, seufzte er. Er überlegte, was er als Nächstes tun sollte. Bevor er seinen Chefredakteur Manfred Katzinger anrief, musste er auf jeden Fall noch dessen E-Mails lesen, daran führte kein Weg vorbei. Vielleicht klärte sich dann ja ohnehin alles von selbst auf, und es genügte, wenn er Katzinger mitteilte, dass er für ein paar Tage zu seiner schwer kranken Mutter fahren müsse. Vom Krankenhaus war Martin ohnehin für eine weitere Woche krank geschrieben worden, also konnte es von daher keine Probleme geben.

Martin horchte kurz an der Badezimmertür und schlich dann in sein Arbeitszimmer. Er schaltete den Laptop ein und öffnete die Startseite seiner Zeitung. Wie fast täglich in den letzten Wochen drehte sich auch heute alles um die bürgerkriegsähnlichen Zustände in Italien, Griechenland und Portugal, wo bei Straßenkämpfen bereits hunderte Menschen ums Leben gekommen waren. Im Gegensatz dazu waren in Österreich die Proteste, die vereinzelt aufgeflammt waren, von der Regierung, den Unternehmern und den Gewerkschaften sofort im Keim erstickt worden. Außerdem interessierten sich die Leute hierzulande ohnehin weniger für Politik als vielmehr für Fernsehshows wie *Jeder kriegt sein Fett weg.* Dabei kämpften zwanzig extrem fette Menschen zwanzig Wochen lang darum, wer am Ende dieser Show am meisten abgenommen hatte. Und während anderswo bei Straßenschlachten Menschen starben, saßen in Österreich Samstag für Samstag zwei Millionen Fettwänste vor ihren Fernsehgeräten und fieberten bei Pizza mit Analogkäse, Wein aus dem Tetrapak und synthetischer Eiscreme mit ihren übergewichtigen Lieblingen mit.

Martin klickte die Innenpolitikseite an und stellte zu seiner Beruhigung fest, dass keiner der namentlich gezeichneten Artikel von seinem Konkurrenten stammte. Sicherheitshalber gab er in das zeitungsinterne Suchfeld den Namen Christoph Peer ein und bekam zu seiner Überraschung drei Verweise auf Artikel des Volontärs. Was soll denn dieser Schwachsinn, dachte Martin, nachdem er den am Vortag erschienenen Beitrag überflogen hatte. Weshalb mischt sich dieser Wichser in meine Angelegenheiten ein?

Im Zusammenhang mit dem Brandanschlag auf ein Asylantenheim im achten Bezirk hatte Peer die Vermutung geäußert, dass hinter dieser Attacke dieselbe rechtsradikale Gruppe stehen könnte, die vor einigen Monaten mit kryptischen Schmierereien auf sich aufmerksam gemacht hatte. Damals hatten die Behörden der an zahlreichen Häuserwänden aufgetauchten Parole *WIEN MUSS BRENNEN* noch keine allzu große Bedeutung beigemessen und das Ganze als Aktion »linker Chaoten« abgetan. Erst als kurz darauf der Privatwagen der Innenministerin und wenig später das Ferienhaus des Bundeskanzlers in Flammen aufgegangen waren, war schlagartig klar geworden, dass hinter diesen Aktionen Profis und keine harmlosen Spinner standen. Seither hatten sich die Brandanschläge in Wien gehäuft, und da es noch immer keine Bekennerschreiben gab und die Polizei – angeblich – im Dunkeln tappte, waren die Medien auf Spekulationen angewiesen.

Martin ärgerte sich maßlos darüber, dass es nach dem jüngsten Brandanschlag ausgerechnet dem Volontär Peer vorbehalten war, den durchaus naheliegenden Schluss zu ziehen, dass hinter der Bewegung *WIEN MUSS BRENNEN* eine rechtsgerichtete Gruppe stand. »Verdammt«, fluchte er, »warum musste ich ausgerechnet jetzt ins Krankenhaus? Dieser Schnösel glaubt, dass er sich da wichtig machen kann.« Die beiden anderen namentlich gezeichneten Artikel Peers beschäftigten sich ebenfalls mit Themen, die eigentlich in Martins Zuständigkeitsbereich fielen. Dabei ging es um undurchsichtige Machenschaften bei der Auftragsvergabe für den Ausbau der Südbahn zwischen Wien und Graz. Aber da es in dieser Causa keine neuen Entwicklungen zu geben schien, stießen ihm Peers Beiträge dazu weniger sauer auf als sein Artikel über die möglichen Hintermänner des Brandanschlags auf das Asylantenheim.

Martin öffnete seine E-Mails und begann, alle Nachrichten mit Betreff-Zeilen wie *winning notification, congratulation* oder *best of the best* zu löschen. Irrtümlicherweise klickte er eine dieser Mails an, und schon wurde ihm von einem gewissen Mervyn King mitgeteilt, dass er für die Überlassung diverser Daten und die Übersendung einer Kopie seines Reisepasses mit der prompten Überweisung von neun Millionen Euro rechnen könne: *Ich mag Sie, ob Sie mir helfen können und auch eine gute und vertrauenswürdige Person.* »Wenigstens einer, der mich mag«, raunte Martin und löschte die Mail. Ob Mervyn King überhaupt wusste, was ein Hörsturz ist? Wahrscheinlich nicht.

Trotz der Psychopharmaka, die Martin nach seinem Alptraum in der Nacht genommen hatte, saß ihm die Angst immer noch im Nacken.

Es war jetzt kurz nach neun, und Martin beschloss, die E-Mails seines Chefredakteurs erst später zu lesen. Er warf einen Blick auf den Heizkörper, der ein pfeifendes Geräusch von sich gab. Martin hielt sich beide Ohren zu und stellte zu seiner Beruhigung fest, dass der Pfeifton tatsächlich vom Heizkörper kam. Er drehte den Regler auf die höchste Stufe, woraufhin das Pfeifen sofort aufhörte. Ihm fiel ein, dass er nach dem Sommer vergessen hatte, die Heizkörper zu entlüften. Also holte er den Zettel, auf dem er sich im Krankenhaus einige *UNERLEDIGTE ANGELEGENHEITEN* notiert hatte, und fügte hinzu:

- *Heizkörper entlüften*

Er betrachtete die einzelnen Punkte auf der Liste und fragte sich, ob Franz Pigarella auch das Entlüften von Heizkörpern meinte, wenn er in seinem Buch von *unerledigten Angelegenheiten* sprach.

Martin ging zur Tür seines Arbeitszimmers und öffnete sie einen Spalt. Den Geräuschen aus dem Bad nach zu schließen, war Paula mit dem Duschen fertig. Er sperrte die Tür ab und setzte sich wieder an seinen

Schreibtisch. Bis zu dem unvermeidlichen Telefonat mit seinem Chefredakteur blieben ihm noch knapp drei Stunden.

Während er darüber nachdachte, wie er aus diesem Teufelskreis der Angst ausbrechen könnte, fiel sein Blick auf die Staubflusen, die sich während seiner Abwesenheit unter dem Heizkörper gesammelt hatten. Nannte man diese Gebilde tatsächlich Staubflusen? Oder handelte es sich dabei nicht doch eher um Wollmäuse? Er gab in das Suchfeld das Wort *Staubflusen* ein und erfuhr innerhalb von 0,07 Sekunden, dass es dazu im Internet nicht weniger als 78600 Einträge gab. Martin klickte die erste Seite an und platzte mitten in eine Diskussion, bei der es um die Frage ging, *woher die unheimlich großen Staubflusen eigentlich* kämen. Eine Userin namens *sunnytime69 (26, weiblich. Motto: Ich liebe das Leben)* wollte zum Beispiel wissen, was sie tun könne, *damit eine halbe Stunde nach dem Putzen nicht alles wieder zugestaubt* sei. Die Antworten ließen nicht lange auf sich warten. Während *latina* den Rat gab, *den Staub nicht mit einem trockenen, sondern mit einem feuchten Lappen zu wischen,* empfahl *semiramis*, zu saugen, statt zu fegen. Auch wenn *sunnytime69* bei der Schilderung ihres Problems gar keinen Teppich erwähnt hatte, schrieb *teddybear,* dass möglicherweise ein *billig-teppich von ikea* der Grund für die Staubentwicklung sein könnte: *obwohl ich ikea eigentlich mag, musste ich einen schönen flauschigen, knallroten teppich rauswerfen. da haben sich sogar nur vom hinschauen staubflusen gebildet. hab dann doch mehr geld investiert und das problem war gelöst.* Wie Martin einer eingeblendeten Statistik entnehmen konnte, gab es zum Thema Staubflusen nicht weniger als 507 Kommentare. Nachdem er auf einer anderen Seite erfahren hatte, *dass Zusammenballungen von Hausstaubpartikeln zu größeren Gebilden auch als Wollmäuse bezeichnet werden,* tendierte er dazu, das merkwürdige Ding unter seinem Heizkörper doch eher der Spezies der Wollmäuse zuzuordnen.

Irgendwann hatte sich Martin im Netz verfangen, und war dabei auf ein Phänomen mit dem rätselhaften Namen *magic dust* gestoßen. Dieses wurde wie folgt beschrieben: *Der Hausstaub ist allgegenwärtig und stellt eine Mischung aus anorganischen (z.B. Gesteinskörnchen) und organischen Materialien (z.B. Hautschuppen, Lebensmittelreste, Pilzsporen, Bakterien) dar. Eine Sonderform des Hausstaubes sind die sog. Schwarzen Wohnungen (Schwarzstaub, magic dust), deren Ursache noch nicht eindeutig geklärt ist.* Hätte sich Martin nicht so elend gefühlt, wäre er dem Mysterium der *Schwarzen Wohnungen* gerne auf den Grund gegangen, aber das penetrant laute Rauschen in seinem linken Ohr erinnerte ihn daran, dass es in seinem Leben Wichtigeres als *Schwarzen Staub* gab. Außerdem ließ ein Link zum *Schimmelpilz-Forum (Schimmel in Dreadlocks – wer kann mir helfen?)* vermuten, dass es bei Erscheinungen wie *magic dust* und Wollmäusen offenbar um mehr ging als um ordinären Hausstaub.

Martin klappte seinen Laptop zu und starrte Löcher in die Luft. Er hörte Paula in der Küche herumkramen und überlegte, ob er zu ihr gehen sollte, beschloss dann aber, in seinem Arbeitszimmer zu bleiben. Außerdem wollte er seiner Frau nicht im Pyjama gegenübertreten. Martin wusste, dass das lächerlich war, aber er hätte sich in seinem Schlafanzug irgendwie schutzlos gefühlt.

So, wie er als kleiner Bub von seiner Mutter nicht in Unterhosen gesehen werden wollte, wollte er jetzt von Paula nicht im Pyjama gesehen werden. Zuvor beim Frühstück war es etwas anderes gewesen, da war ihm Paula im Morgenmantel gegenübergesessen. Aber jetzt, da sie bereits angezogen war, würde sie bestimmt einen abfälligen Blick auf seinen Hosenschlitz werfen.

Martin ging zum Heizkörper und betrachtete die Wollmäuse. Dabei fiel ihm Florina ein, die rumänische Putzfrau, die vor zwei Jahren einige Male die Wohnung geputzt hatte. Florina studierte in Wien Musik oder Gesang – so genau konnte er sich nicht mehr erinnern – und war Paula von einer Lehrerkollegin als Ersatz für die erkrankte Dragica empfohlen worden. Einmal, als Martin zu Hause arbeitete, war Florina in sein Zimmer gekommen und hatte gefragt: »Herr Koller, Sie wollen ficken mit mir?« Dabei hatte sie gelächelt und sich lässig am Teleskopstiel ihres Wischmopps abgestützt. Martin war so perplex gewesen, dass er nur blöd gekichert hatte. Obwohl er nichts lieber getan hätte, als die gutaussehende Florina zu vögeln, antwortete er wie ein Vollidiot: »Florina, ich glaube nicht, dass das eine besonders gute Idee wäre.« Florina hatte daraufhin nur mit den Schultern gezuckt und gemeint: »Ach so, na dann eben nicht.« Als Dragica kurze Zeit später wieder zurückgekommen war, hatte sich Martin oft darüber geärgert, dass er Florinas Angebot nicht angenommen hatte.

Moment einmal, ging es Martin durch den Kopf und er zerbrach einen Bleistift. Er stand auf und streifte sich hastig eine Hose über seinen Schlafanzug. Mit einer gehörigen Portion Wut im Bauch ging er in die Küche, wo Paula gerade die Leerflaschen in ihren Einkaufskorb legte. »Sag einmal, diese Geschichte damals mit der Florina, die hast du dir doch einfallen lassen, oder?«

Paula runzelte die Stirn. »Was für eine Geschichte?«

»Na, diese Geschichte, dass sie mit mir, also, dass ich mit ihr –« Martin griff sich an sein totes Ohr. »Das war doch eine Falle, die du mir gestellt hast. Sonst wäre diese Florina doch nicht schon nach wenigen Wochen wieder verschwunden.«

»Martin«, sagte Paula, während sie ihren Korb auf den Boden stellte, »was soll mit Florina gewesen sein? Ich habe nicht die geringste Ahnung, wovon du sprichst.«

»Ach, Scheiße, Blödsinn.« Martin biss sich auf die Unterlippe.

»Martin, was war mit Florina?« Paula sah Martin forschend an.

»Ach nichts, ich hatte plötzlich so eine komische Vorstellung. Vergiss es, es ist alles in Ordnung.«

»Das glaube ich zwar nicht«, sagte Paula eingeschnappt und griff nach ihrem Korb, »aber wenn ich vom Einkaufen zurückkomme, können wir ja reden. Vorausgesetzt, dass du das überhaupt willst. Brauchst du noch etwas aus der Apotheke?«

Martin machte eine abwehrende Geste. »Nein, nein, Tabletten habe ich für die nächsten Wochen genug.«

Paula zuckte mit den Schultern und ging kommentarlos in den Vorraum, wo sie sich anzog.

Martin blieb in der Küche stehen und hörte, wie Paulas Schritte im Treppenhaus verhallten. Die Wut, die in ihm aufstieg, ließ sein Herz schneller schlagen. Was habe ich hier überhaupt noch zu suchen? Auch wenn er wusste, dass der Aufenthalt in Schwarzmoos eine Tortur werden würde, war er froh, am nächsten Tag Wien verlassen zu können. Vielleicht sollte ich aus dieser Scheiß Stadt überhaupt für immer abhauen, dachte er und ging ins Badezimmer.

Im Bad sah sich Martin in den Spiegel und schnitt eine Grimasse. Wegen des enervierenden Geräuschs, das das fließende Wasser in seinen Ohren erzeugte, wusch er sich nur oberflächlich. Aus einem plötzlichen Impuls heraus öffnete er die Zahnpastatube, drückte etwas Creme heraus und legte die Tube dann neben den Zahnputzbecher. Dass sich Paula darüber maßlos ärgern würde, wusste er. Bevor er das Badezimmer verließ, schlug er mit der Faust noch gegen die Therme, weil er sich einbildete, dass ihr Gehäuse schepperte.

Nachdem Martin den Großteil der E-Mails gelöscht hatte, lagen immer noch neun Nachrichten in seinem Postkasten. Zwei waren von seiner Schwester, fünf von seinem Chefredakteur, eine von Sandra und eine von einem Absender mit dem Namen HG BARBAROSSA. Martin stutzte. HG BARBAROSSA? War das nicht diese *Hilfs-Gemeinschaft,* hinter der sich in Wirklichkeit eine Neonazi-Organisation verbarg? Martin hätte zwar eher interessiert, was Sandra von ihm wollte, aber da er es für möglich hielt, dass die Nachricht von HG BARBAROSSA etwas mit den Brandanschlägen in Wien zu tun hatte, öffnete er kurzerhand die Mail.

Martin brauchte ein paar Sekunden, um zu verstehen, was er auf seinem Bildschirm sah. Unter dem Foto von einem brennenden Heustadel stand ein einziges Wort: *Interessiert?* Das darf doch nicht wahr sein, dachte er. Er las die E-Mail-Adresse, die neben dem Absender

HG BARBAROSSA in spitzen Klammern stand: *wmb@yahoo.de*. Martin schluckte und fragte sich, ob sich hier jemand einen schlechten Scherz mit ihm erlaubte.

Auch wenn er die *Hilfs-Gemeinschaft Barbarossa* dem Namen nach kannte, war es offensichtlich, dass es sich hier um eine falsche Fährte handeln musste. Keine Neonazi-Organisation wäre so unvorsichtig gewesen, ihre wahre Identität preiszugeben, wenn sie im Zusammenhang mit den Brandanschlägen mit einem Journalisten in Kontakt treten wollte. Soweit sich Martin erinnerte, gehörte die *Hilfs-Gemeinschaft Barbarossa*, ähnlich wie die *Volkstreuen Kameraden* in Deutschland oder die *Bewegung gegen Einwanderer* in Tschechien, zu jenen rechten Gruppierungen in Europa, deren erklärtes Ziel *der nationale Widerstand aller freiheitsliebenden Volksgenossen gegen die Anstürme der Ausländermassen, im Speziellen der Neger und Zigeuner*, war. So stand es zumindest auf deren Homepage.

Im Zuge seiner journalistischen Tätigkeit hatte sich Martin des Öfteren mit der rechtsradikalen Szene in Österreich beschäftigt, und er wusste daher, dass diese grundsätzlich verdeckt operierte. Nie würde sie sich in dieser Form zu einer Straftat wie den Brandanschlägen in Wien bekennen. Dass die Mail-Adresse nach Martins allfälliger Antwort sofort gelöscht werden würde, war auch klar. Kein Mensch würde die Hintermänner dieser Adresse, die in jedem x-beliebigen Internetcafé erstellt worden sein konnte, also je ausfindig machen können. Dass es bei dieser Nachricht aber offenbar noch um etwas anderes ging, zeigte das Foto von dem brennenden Heustadel, das bei Martin alte Erinnerungen weckte.

Als Zwölf- oder Dreizehnjähriger war Martin eng mit dem gleichaltrigen Walter »Jerry« Kelp befreundet gewesen. Seinen Spitznamen hatte Walter über zwei Ecken dem Schauspieler Jerry Lewis zu verdanken gehabt, der im Film *Der verrückte Professor* den Chemielehrer Julius Kelp spielte, der – genau wie Walter Kelp – ständig irgendwelche Experimente durchführte, die meist schiefgingen. Kein Wunder, dass Walter Kelp während des Chemieunterrichts am Gymnasium in Rödt den zuständigen Lehrer häufig an den Rand des Wahnsinns brachte.

Allerdings führte Walter seine Experimente nicht nur in der Schule durch, sondern bastelte auch zu Hause ständig an irgendwelchen Sprengkörpern, mit denen er die Hunde und Katzen der Nachbarschaft terrorisierte. Auch wenn Martin diese Art der Freizeitbeschäftigung nicht besonders lustig fand, machte er bei diesen Streichen mit. Schließlich wollte er ja nicht in den Ruf kommen, ein Spielverderber oder gar ein Feigling zu sein. Dazu kam, dass Martin mit Walter eine diffuse homosexuelle Freundschaft verband.

Der brennende Heustadel sollte Martin wohl an jenes Ereignis erinnern, das sich im Sommer 1982 zugetragen hatte. Damals waren Martin und Walter mit ihren Fahrrädern in der Nähe des Moors unterwegs gewesen und hatten sich hinter dem Heustadel auf der Weide des Hammertinger-Bauern gegenseitig einen heruntergeholt. Nachdem sie sich noch eine Zeitlang mit ihren Schwänzen gespielt hatten, warf Walter ein paar selbst gebastelte Kracher zwischen die Beine der Kühe, die im Schatten des Stadels vor der Hitze Schutz gesucht hatten. Um sich vor den in Panik geratenen Kühen in

Sicherheit zu bringen, kletterten Martin und Walter auf einen Holzstoß und warteten, bis sich die Kühe wieder einigermaßen beruhigten. Da Walter aber offenbar Gefallen an der panischen Reaktion der Tiere gefunden hatte, warf er noch ein paar Kracher auf die Weide, woraufhin die Kühe endgültig Reißaus nahmen. Dabei musste er übersehen haben, dass einer der Kracher auf einen Heuhaufen neben dem Stadel gefallen war, der daraufhin sofort zu brennen begann. So schnell konnten die beiden gar nicht schauen, hatten die ersten morschen Bretter des Stadels bereits Feuer gefangen, und Martin und Walter hatten gar keine andere Wahl, als sich auf ihre Fahrräder zu schwingen und schleunigst das Weite zu suchen.

Am nächsten Tag hatte sich herausgestellt, dass sie bei ihrer Zündelei vom Scheren-Sepp, der in der Nähe gerade seine Maulwurfsfallen kontrolliert hatte, gesehen worden waren. Der Scheren-Sepp, der so etwas wie der Dorfdepp von Schwarzmoos war, lebte im Altersheim und verdiente sich zu seiner kärglichen Pension ein paar Schilling dazu, indem er im Auftrag der Bauern Maulwürfe und Wühlmäuse fing. Für jedes tote Tier zahlten ihm die Bauern einen oder zwei Schillinge. Martins und Walters großes Glück war nicht nur, dass der Scheren-Sepp als Zeuge wenig glaubwürdig war, sondern auch, dass Walters Vater als Gendarmeriekommandant von Schwarzmoos alles daran setzte, dass sein Sohn nicht mit dem Brand des Heustadels in Verbindung gebracht wurde. Das auch deshalb, weil der Sachschaden wegen eines im Stadel abgestellten Traktoranhängers beträchtlich war. Walter bekam von seinem Vater zwar ein paar Ohrfeigen, aber immerhin blieben ihm und Martin Anzeigen wegen Brandstiftung und schwerer Sachbeschädigung erspart.

Martin betrachtete das Foto und spürte einen leichten Stich in der Magengegend. Der brennende Heustadel und das Kürzel *wmb,* das offenbar für *WIEN MUSS BRENNEN* stand, konnten eigentlich nichts anderes bedeuten, als dass Walter Kelp etwas mit den jüngsten Brandanschlägen in Wien zu tun hatte.

Dass Walter Kelp in der heimischen Neonazi-Szene kein Unbekannter war, wusste Martin natürlich. Er hatte über dessen Verwicklungen in diverse ausländerfeindliche Aktivitäten ja bereits in der Zeitung geschrieben. Als er vor einigen Jahren mitbekommen hatte, dass ein gewisser Walter Kelp in der Neonazi-Szene eine führende Rolle zu spielen begann, hatte er zunächst an eine zufällige Namensgleichheit gedacht. Erst als er ein Foto von Walter gesehen hatte, war ihm bewusst geworden, dass es sich dabei tatsächlich um seinen Jugendfreund handelte. Martin hatte Walter nach der Mittelschule zwar aus den Augen verloren, aber dass dieser einmal in die Neonazi-Szene abgleiten würde, hätte er sich nicht einmal im Traum vorstellen können. Und jetzt schickte ihm dieser Walter die kaum verschlüsselte Botschaft, dass er in die Brandanschläge in Wien verwickelt war? Es war alles reichlich absurd.

Martin fiel Christoph Peers Artikel ein, und er spürte, wie das Rauschen in seinem Ohr wieder lauter wurde. Ihm war schlagartig klar geworden, dass ihm gar nichts anderes übrig blieb, als Walter Kelps Frage, ob er *interessiert* sei, mit Ja zu beantworten. Martin hoffte inständig, dass die Tarnadresse noch nicht gelöscht worden war.

Für ein paar Sekunden hatte Martin das Gefühl, dass ihm mit diesem Trumpf im Ärmel in der Redaktion nichts mehr passieren konnte. Gleichzeitig hatte er nicht die geringste Ahnung, was Walter Kelp eigentlich von ihm wollte. Wenn er tatsächlich etwas mit den Brandanschlägen zu tun hatte – wovon Martin aufgrund der Nachricht nun ausging –, dann wäre es ja völlig widersinnig gewesen, gerade ihn darüber zu informieren. Irgendetwas war faul an dieser Sache. Martin überlegte kurz und gab in das Suchfeld den Namen *Walter Kelp* ein. 12 800 Einträge gab es zu diesem Namen, wobei sich nur ein Teil davon auf seinen Jugendfreund bezog. Der entsprechende Wikipedia-Artikel enthielt Informationen, die Martin weitgehend bekannt waren. Neu war für ihn lediglich, dass Walter in jüngster Zeit verstärkt als Redner bei rechtsextremen Veranstaltungen und Aufmärschen in Deutschland, Tschechien, der Slowakei und Ungarn aufgetreten war. So etwa bei einem europaweiten Neonazi-Treffen in Jena, einem neonazistischen Mai-Aufmarsch in Brno, einer ausländerfeindlichen Demonstration in Bratislava und einem *Aktionstag gegen Zigeuner* in der nordungarischen Ortschaft Nagycsécs.

Ein Porträtfoto zeigte Walter Kelp mit einer Baseballkappe des Neonazi-Modelabels *Thor Steinar,* auf der die Zahlenkombination 28 eingestickt war. In der rechtsextremen Szene stand dieser Zahlencode für *Blood & Honour,* wobei die 2 für den zweiten, und die 8 für den achten Buchstaben des Alphabets stand. Andere beliebte Zahlencodes lauteten 88 für *Heil Hitler* und 18 für *Adolf Hitler.*

Martin saß kopfschüttelnd vor seinem Laptop und fragte sich, wann und vor allem weshalb Walter Kelp diesen Weg eingeschlagen hatte. Er konnte sich jedenfalls nicht erinnern, dass er während ihrer gemeinsamen Zeit am Gymnasium bei Walter neonazistische Tendenzen bemerkt hätte. Auch war es unwahrscheinlich, dass er von seinem Elternhaus in diese Richtung beeinflusst worden wäre. Walters Vater war zwar extrem konservativ, aber ein Nazi war er sicher nicht gewesen.

Martin hatte nicht die geringste Ahnung, ob sich Walter noch einmal bei ihm melden würde, vorausgesetzt, dass sich hinter dem Absender HG BARBAROSSA tatsächlich Walter Kelp verbarg und nicht irgendjemand, der sich über ihn lustig machen wollte. Natürlich hätte es auch sein können, dass Martin die einzelnen Informationen völlig falsch interpretierte und er sich in einem Wirrwarr aus Vermutungen und falschen Schlüssen verfangen hatte. Bald würde er mehr wissen. Oder auch nicht. Martin klickte auf *Senden*.

Ein Blick auf die Absender der acht noch ungeöffneten Mails machte Martin klar, dass er sich im Augenblick auf einer abschüssigen Bahn befand. Allerdings hoffte er inständig, dass es sich tatsächlich nur um einen Augenblick handelte.

Er überlegte, welche Nachrichten er zuerst öffnen sollte, und entschied sich schließlich für Sandras Mail. Von ihr ging zur Zeit wohl die geringste Gefahr aus. Dass es in den Mails seiner Schwester um seine kranke Mutter gehen würde und ihm sein Chefredakteur nicht fünf Nachrichten schickte, um ihm eine Gehaltserhöhung anzubieten, war auch klar. Noch konnte er zwei und zwei zusammenzählen. Glaubte er zumindest.

Martin stand auf und horchte an der Tür. Wenn er sich nicht täuschte, war Paula vom Einkaufen noch immer nicht zurückgekommen. Plötzlich hatte er Angst, dass ihr etwas zugestoßen sein könnte. Er stellte sich vor, wie sie bei strömendem Regen über die Straße ging und dabei von einem Auto überfahren wurde. Er geriet in Panik und wählte ihre Handy-Nummer. Merkwürdigerweise klingelte das Telefon in der Wohnung, und nach dem zweiten Läuten hörte er Paulas Stimme nicht nur aus dem Lautsprecher, sondern auch aus der Küche. Verwirrt brach er das Gespräch ab und verließ sein Arbeitszimmer.

»Warum rufst du mich an, wenn ich in der Wohnung bin?« Paula stand in der Küchentür und deutete auf ihr Handy.

»Das war ein Irrtum, ich wusste nicht, dass du schon zurück bist. Ich wollte nur –«

»Aber ich habe doch zuvor an deine Tür geklopft und gesagt, dass ich wieder hier bin. Das war vor zehn Minuten. Hast du mich nicht gehört?«

»Nein, offenbar nicht. Wahrscheinlich war ich gerade mit meiner Post beschäftigt. Und außerdem höre ich auf dem linken Ohr immer noch nichts.« Martin war schwindelig.

»Möchtest du einen Tee?«, fragte Paula.

»Nein, nein, ich muss mich noch um meine Mails kümmern.«

»Gibt es etwas Neues vom Katzinger?«

Martin zuckte mit den Schultern. »Keine Ahnung. Ich habe seine Nachrichten noch immer nicht gelesen.

Bis später.« Er drehte sich um und ging in sein Arbeitszimmer zurück, ohne Paulas Antwort abzuwarten. Aus Angst, dass Paula sein Zimmer betreten könnte, während er gerade Sandras Mail las, versperrte er die Tür. Er setzte sich an seinen Schreibtisch und starrte auf seinen Bildschirm. Von Walter Kelp war noch keine Antwort gekommen. Nach kurzem Zögern öffnete er endlich Sandras Mail.

hey martin, ich bin am kommenden mittwoch in wien und hätte große LUST, dich zu sehen. ich übernachte wieder im hotel triest … ich hab extra das zimmer mit der badewanne reserviert :) :) :) sandra

Wehmütig betrachtete er die Mail. Alles wäre so einfach, wenn ich keinen Hörsturz hätte und meine Mutter nicht krank wäre, sinnierte er. Martin wurde wütend, weil er Sandra nicht treffen konnte, und bildete sich plötzlich ein, dass Paula an allem schuld sei. Von seiner am Tag zuvor angestellten Überlegung, sein Verhältnis mit Sandra zu beenden, war er rasch wieder abgekommen. Sein Herz pochte bis zum Hals.

Liebe Sandra,
danke für deine Nachricht, aber leider muss ich morgen für ein paar Tage zu meiner kranken Mutter fahren. Ich hätte auch GROSSE LUST, dich zu sehen. Ich werde schauen, dass ich sobald wie möglich nach Graz kommen kann.
Ich denke an Dich!
Umarmungen
Martin

Schweren Herzens klickte er auf *Senden* und hätte der verkrüppelten Yucca-Palme in der Ecke am liebsten jedes Blatt einzeln ausgerissen.

Ein Blick auf die Uhr zeigte Martin, dass er bis zum unvermeidlichen Telefonat mit seinem Chefredakteur noch knapp zweieinhalb Stunden Zeit hatte. Er fragte sich, weshalb er solche Angst vor diesem Gespräch hatte, und gab sich die Anwort gleich selbst: Weil er wusste, dass Katzinger gemerkt hatte, dass Martins Beiträge in den letzten Monaten immer mehr an Substanz verloren hatten. Das war möglicherweise auch der Grund, weshalb plötzlich dieser Volontär Peer aufgetaucht war, der ihm jetzt – zumindest nach Berndorfers Vermutung – seinen Job streitig machte. Je mehr Martin über diese Angelegenheit nachdachte, desto verwirrter wurde er.

Neben den fünf Mails seines Chefredakteurs lagen noch immer zwei seiner Schwester Barbara im Postkasten. Martin öffnete sie und war froh, dass sie darin lediglich ihre Bitte wiederholte, Martin möge spätestens am Sonntag Abend nach Schwarzmoos kommen, damit sie am Montag zur Kur fahren könne. Erst nachdem er die zweite Nachricht gelesen hatte, wurde ihm klar, dass er seiner Schwester noch gar nicht auf ihre letzte Mail geantwortet hatte. Er kam sich schäbig vor.

Obwohl Martin nicht die geringste Ahnung hatte, wie er es schaffen sollte, seine schwer kranke Mutter eine Woche lang zu pflegen, schrieb er seiner Schwester, dass er am Sonntag Abend – *um spätestens acht* – in Schwarzmoos sein werde.

Jetzt lagen nur noch die fünf Mails seines Chefredakteurs im Postkasten. In schöner Regelmäßigkeit hatte Manfred Katzinger am 7., 8., 9., 10. und 11. November seine Nachrichten abgeschickt. Der Pfeil, den Martin mit seiner Maus über den Bildschirm bewegte, zeigte jetzt in der ersten Zeile auf das M von Manfred. Es war die Mail vom 7. November. Ein Doppelklick und er wüsste, was Katzinger von ihm wollte.

Martin überlegte, ob er auf ein Zeichen warten sollte. Er könnte zum Beispiel bis sechzig zählen, und wenn er in dieser Zeit eine Polizeisirene hörte, müsste er Katzingers Mails sofort öffnen. Martin begann zu zählen. Als er gerade bei 33 angekommen war, hörte er, wie Paula an seine Zimmertür klopfte und die Klinke hinunterdrückte. Reflexartig klappte er den Laptop zu.

»Martin, ich habe Tee gemacht. Möchtest du eine Tasse mit mir trinken?« Paula wartete ein paar Sekunden und drückte noch einmal die Klinke hinunter. »Martin, warum sperrst du dich ein? Was ist denn los? Kannst du mir bitte antworten?«

Martin stellte sich vor, dass er tot in seinem Zimmer lag. Womit würde sie wohl die Tür aufbrechen? Mit einem Hammer? Nein, sie würde einen Nachbarn holen, mit dem sie dann meinen Leichnam finden würde.

»Martin, bitte mach auf, verdammt noch einmal!« Paula klopfte heftig an die Tür.

»Paula, ich brauche jetzt meine Ruhe. Ich muss mich noch um meine E-Mails kümmern. Ich bin in einer Viertelstunde fertig, dann können wir Tee trinken und miteinander reden.«

Er hörte, wie sich Paulas Schritte entfernten, dann knallte sie die Küchentür zu.

Er fragte sich, ob es nicht überhaupt besser wäre, seinen Job sofort zu kündigen. Dann könnten ihn alle am Arsch lecken und ihm so viele Mails schicken, wie sie wollten. Aber tief im Inneren wusste Martin, dass das alles nur Hirngespinste waren, weil eine solche Entscheidung Mut vorausgesetzt hätte. Und Martin Koller war nicht mutig, sondern ein feiger Hund. Die Insel Kasos würde also weiter auf ihn warten müssen. Wahrscheinlich bis zu seiner Pensionierung. Dann würde er aber dort antanzen, selbst wenn er im Rollstuhl säße.

Martin stand auf und ging ans Fenster. Es regnete immer noch in Strömen, und hätten sie in den Nachrichten gemeldet, dass es nie wieder zu regnen aufhören würde, er hätte es geglaubt. Ihm fiel ein Lied von den *Doors* ein:

This is the end
My only friend, the end
Of our elaborate plans, the end
Of everything that stands, the end
No safety or surprise, the end
I'll never look into your eyes again

Er setzte sich wieder an den Schreibtisch und betrachtete die Liste mit den *UNERLEDIGTEN ANGELEGENHEITEN*:

- *Versöhnung mit dem Bruder*
- *Mama besuchen und mit ihr reden*
- *Neues Auto kaufen*
- *Fensterdichtungen auswechseln*
- *Heizkörper entlüften*

Er schrieb *Sandra ficken* darunter und zerriss dann den Zettel. Die Schnipsel warf er in den Papierkorb.

Martin erinnerte sich, dass in dem Buch von Franz Pigarella stand, dass etwa zehn Prozent aller Hörsturz-Patienten ernsthaft erwägen würden, Selbstmord zu begehen. Kürzlich hatte er gelesen, dass sich im Vorjahr in Österreich 2032 Menschen umgebracht hatten. Das waren mehr, als Schwarzmoos Einwohner hatte. Pro Tag nahmen sich hierzulande also durchschnittlich 5,567 Menschen das Leben. Fast alle vier Stunden ein Selbstmord. Jetzt war es kurz vor zehn. Also würde spätestens um vierzehn Uhr wieder einer sich aufhängen, erschießen, ertränken oder mit dem Auto gegen einen Baum fahren. Schöne Aussichten.

Wenig später saß Martin am Küchentisch und rührte in seinem lauwarmen Tee. Er spürte, wie sein Körper von einer bleiernen Müdigkeit erfasst wurde. Von dem, was Paula sagte, bekam er nur die Hälfte mit.

»Martin, ich halte es wirklich für keine gute Idee, dass du in diesem Zustand zu deiner kranken Mutter fährst. Zur Not könnte ich schauen, dass ich ein paar Tage frei bekomme, dann könnte ich dich nach Schwarzmoos begleiten.«

Martin machte eine abwehrende Handbewegung. »Nein, das möchte ich auf gar keinen Fall. Das würde meine Mutter nur durcheinanderbringen. Du bist ja sonst auch nie mit mir nach Hause gefahren.« Den letzten Satz hatte er mit einem vorwurfsvollen Ton unterlegt.

Paulas Blick verfinsterte sich. »Ich finde es ziemlich gemein, dass du jetzt mit solchen Vorwürfen kommst.

Außerdem warst *du* doch immer der, der alles daran gesetzt hat, nicht *nach Hause* fahren zu müssen.«

Martin saß da und fühlte sich bedroht. In seinem Kopf ging es drunter und drüber: Hörsturz, Mutter, Paula, Sandra, Volontär, Neonazi, Chefredakteur, Bruder, Volvo, Regen, Staubflusen, Punschhütten, Krähen, Impotenz, Schmerzöl, Psychopharmaka, Endstation. »Ich kapiere das alles nicht«, sagte er mehr zu sich selbst, »ich kapiere das System nicht, das dahinter steckt. Es ist doch überhaupt nichts Außergewöhnliches passiert. Paula, das wirst du doch zugeben, dass eigentlich alles ganz normal gelaufen ist. Warum hat es gerade mich erwischt? Und gerade jetzt? Ich verstehe es nicht.«

Paula zuckte nur schwach mit den Schultern. »Ich weiß es auch nicht. Aber irgendetwas müssen wir unternehmen, Martin, du kannst dich nicht so gehen lassen.«

»Weißt du, die Scheiße ist ja die, dass ich heute auch noch mit dem Katzinger telefonieren muss. Dabei habe ich noch nicht einmal seine E-Mails gelesen. Ich bin einfach zu schwach dazu. Und dann hat mich auch noch dieser Walter Kelp kontaktiert, der –«

»Der Neonazi, mit dem du in Schwarzmoos befreundet warst?« Paula machte ein erstauntes Gesicht. »Was will denn der von dir?«

»Na ja, das ist nicht so wichtig. Das hat etwas mit einer Geschichte zu tun, die der Peer in der Zeitung geschrieben hat.«

»Peer? Was für ein Peer?«

»Na, der Volontär, von dem ich dir erzählt habe. Von dem der Clemens glaubt, dass ihm der Katzinger meinen Job geben will.« Martin ärgerte sich, dass Paula schon wieder vergessen hatte, worüber er beim Frühstück mit ihr gesprochen hatte.

»Also, so hat mir das der Clemens aber nicht erzählt. Ich glaube, dass du da maßlos übertreibst. Warum soll dich dein Chefredakteur nach neun Jahren mir nix, dir nix kündigen? Du hattest doch überhaupt keine Probleme mit ihm, oder?«

»Keine Ahnung, ist mir auch vollkommen egal.«

»Martin, du darfst nicht so schwarz-weiß denken. Vielleicht solltest du dich einfach ein bisschen ausruhen. Versuch zu schlafen. Du hast ziemlich schwarze Ringe unter den Augen. Ich schwöre dir, wenn du ausgeruht bist, siehst du die Dinge gleich wieder ganz anders.« Paula redete auf Martin ein, als wäre er ein krankes Pferd. Gegenüber einem kranken Pferd hatte Martin allerdings den Nachteil, dass er über seine eigene Lage Bescheid wusste.

»Okay, ich probiere es, ich lege mich kurz hin. Aber für den Fall, dass ich einschlafen sollte, musst du mich spätestens um halb zwölf wecken.« Martin dachte kurz nach. »Nein, ich muss ja vor dem Telefonat noch seine E-Mails lesen. Also darf ich höchstens bis viertel nach elf schlafen.«

»Soll *ich* die Mails lesen, die dir der Katzinger geschrieben hat?«, fragte Paula vorsichtig. »Vielleicht ist ja alles halb so schlimm.«

»Was? Nein, auf keinen Fall. Das schaffe ich schon.« Martin dachte an die Nachrichten, die er von Sandra erhalten hatte, und wurde panisch. Er war sich zwar sicher, dass er sie alle gelöscht hatte, aber es hätte ja sein können, dass sie sich in der Zwischenzeit wieder gemeldet hatte.

Martin befand sich in einem gespenstisch anmutenden Militärlager irgendwo am Nordpol. Er sollte eine Reportage schreiben, hatte aber seinen Laptop vergessen. Hinter einer Baracke stieß er auf drei Männer, die um einen Schlitten herum standen. Einer hielt eine blutverschmierte Kettensäge in der Hand. Auf dem Schlitten lag ein abgemagerter Eisbär mit aufgeschlitztem Hals. Der Bär brüllte vor Schmerzen und wälzte sich hin und her. »Why don't you kill him? Why don't you kill him?«, fragte Martin entsetzt, woraufhin einer der Männer auf deutsch antwortete: »Er muss leiden, weil er uns angefallen hat.« Martin griff nach der Kettensäge und trennte den Kopf des Bären ab. Blut spritzte auf den Schnee, aber der Bär war noch immer nicht tot. Als sich Martin umdrehte, sah er in einem Fluss dutzende blutige Eisbärenfelle schwimmen. In der Ferne hörte er ein Rauschen, und er spürte etwas Warmes aus seiner Nase rinnen.

Es dauerte ein paar Sekunden, bis Martin wusste, wo er überhaupt war. Das Geräusch in seinem linken Ohr klang mittlerweile so, als würde es nie mehr verstummen. Es klang nach Hoffnungslosigkeit. Martin fuhr sich mit der Zunge über die Lippen, er hatte einen merkwürdigen Geschmack im Mund. Erst nach und nach bemerkte er, dass irgendetwas aus seiner Nase rann. Er fuhr sich mit der Hand über Mund und Nase, und ihm wurde klar, dass er blutete. Das darf doch nicht wahr sein, ich hatte seit Jahren nicht mehr Nasenbluten. Er hob den Kopf und sah, dass nicht nur seine Pyjamajacke, sondern auch die Bettdecke und der Polster bereits voll Blut waren. Er beugte den Kopf nach hinten und spürte, wie das Blut durch die Nase in seinen Rachen rann. Er hielt sich die Hand vor den Mund und ging ins Badezimmer.

»Martin, um Gottes willen, was ist denn passiert?« Paula kam aus der Küche gestürzt und sah ihn entgeistert an.

»Nichts, nichts. Ich habe plötzlich Nasenbluten bekommen. Wahrscheinlich von diesen beschissenen Medikamenten.« Er beugte sich über das Waschbecken und beobachtete, wie das Blut auf dem weißen Porzellan schmale Rinnsale bildete. Er musste an seinen Traum von den blutigen Eisbärfellen denken und fragte sich, weshalb er vom Nordpol und nicht von der Insel Kasos träumte.

»Hier, das wird dir gut tun.« Paula drückte ihm ein nasses Handtuch in den Nacken und seufzte erschöpft.

Der Fuß der jungen Schwimmerin traf Killinger genau zwischen den Beinen. Er jaulte kurz auf und schluckte dabei etwas Chlorwasser. Zum Glück hatte ihn das Mädchen nicht mit voller Wucht erwischt, sonst wäre er wahrscheinlich untergegangen. Die junge Schwimmerin, die gelb umrandete Taucherbrillen trug, lachte verlegen und sagte kaum hörbar: »Entzuldigung.« Killinger akzeptierte die Entschuldigung der Kleinen mit einer beiläufigen Kopfbewegung und kletterte aus dem Becken.

Er trocknete sich ab und sah sich nach Dora um. Sie war verschwunden. »Scheiße«, ärgerte er sich. Er lief Richtung Umkleidekabine. Sofort ertönte der Pfiff des Bademeisters, *Laufen und Beckensprünge* waren hier nämlich strengstens verboten. Killinger ignorierte die akustische Zurechtweisung und verschwand in der Kabine. Er wusste, dass er nicht viel Zeit hatte.

Nach wenigen Minuten verließ er die Schwimmhalle und sah in der Cafeteria im Foyer Dora an einem Tisch sitzen. Sie war alleine. Killinger war erleichtert und verlangsamte sein Tempo. Er betrat das Café und setzte sich an einen Tisch in der Ecke, von wo aus er Dora in seinem Blickfeld hatte. Viel war nicht los an diesem verregneten November-Vormittag, aber das war Killinger egal.

Dora nahm einen Schluck aus ihrer Tasse und blätterte gedankenverloren in einer Illustrierten. Killinger bestellte bei der Kellnerin einen doppelten Espresso. Er war vom Schwimmen müde geworden. Was macht die überhaupt hier?, fragte er sich. Er hoffte, dass bald jemand auftauchen würde.

Nach einer halben Stunde wurde er nervös, weil er befürchtete, sich bei Dora verdächtig zu machen. Außer ihnen waren nur wenige Gäste anwesend. Plötzlich läutete Doras Handy. Sie hielt ihr Telefon so, dass Killinger nicht hören konnte, worüber Dora sprach. Nachdem sie ihr Telefonat beendet hatte, notierte sie etwas auf eine Serviette und rief die Kellnerin. Sie zahlte, zog ihren Mantel an und verließ die Cafeteria.

Auf der Straße winkte sie ein Taxi heran und stieg ein. Im strömenden Regen lief Killinger zu seinem Auto. Er hoffte, Dora nicht aus den Augen zu verlieren. Er hatte Glück, da das Taxi an einer roten Ampel warten musste. Killinger folgte dem Wagen, der nach etwa einer halben Stunde in eine Straße einbog, in der einige Punschhütten standen. Das Taxi hielt an. Nach wenigen Augenblicken stieg Dora aus und spannte den Regenschirm auf. Sie holte die Serviette aus der Tasche und warf einen Blick darauf. Dann lief sie los und verschwand um die Ecke. Killinger gab Gas und versuchte, so schnell wie möglich in die Straße einzubiegen, in der sich Dora jetzt befinden musste. Er verlangsamte sein Tempo und hielt Ausschau nach ihr. Er sah gerade noch, wie sie in einem Hauseingang verschwand. Killinger parkte seinen Wagen und lief zu der Tür, die sich hinter Dora geschlossen hatte. Er überlegte, was er tun sollte. Lange konnte er bei diesem heftigen Regen nicht auf der Straße stehen bleiben. Während er nachdachte, fiel sein Blick auf eine Serviette am Boden. Er hob sie auf, sie war vom Regen schon völlig aufgeweicht. Auf der Serviette stand ein Name, den er nicht lesen konnte. Das Einzige, was er entziffern konnte, war die Zahl 13. Killinger sah auf die Namensschilder an der Gegensprechanlage und suchte nach der Türnummer 13. *Paula und Martin Koller* stand hier. Killinger holte den Generalschlüssel, den er einem Müllmann um 200 Euro abgekauft hatte, aus seiner Tasche und sperrte die Haustür auf. Kurze Zeit später stand er vor der Wohnungstür mit der Nummer 13 und läutete.

Martin saß am Küchentisch und sah Paula an. »Erwartest du jemanden?«

»Nein, aber ich schaue kurz nach.« Sie verließ die Küche, und Martin hörte, wie sie mit einem Mann ein paar Worte wechselte und dann die Tür wieder schloss. Paula kam in die Küche zurück und zuckte mit den Schultern. »Irgendein Typ, der gefragt hat, ob ich eine gewisse Dora Weihbold kennen würde. Keine Ahnung, warum der bei uns geläutet hat. Er hat dann gemeint, dass er sich wohl im Haus geirrt hat.«

»Ach so«, sagte Martin, der gerade herauszufinden versuchte, ob die verschiedenen Kratzer auf der Tischplatte etwas zu bedeuten hatten. Aber außer dass jeder Kratzer einen Anfang und ein Ende hatte, fiel ihm nichts Besonderes auf. Martin fuhr einen Kratzer mit dem Finger entlang und stoppte kurz vor dem Ende. Ist das der Punkt, an dem meine Mutter angelangt ist? Oder der Punkt, an dem ich mich jetzt befinde?

»Ich mache uns einen Tee«, sagte Paula und stellte Wasser auf. »Warum schreibst du dem Katzinger nicht einfach, dass du dich erst nach deiner Rückkehr aus Schwarzmoos bei ihm meldest? Ich meine, er muss doch einsehen, dass du dich jetzt nicht um deine beruflichen Angelegenheiten kümmern kannst.«

»Dem Katzinger wird das scheißegal sein, ob ich krank bin oder nicht. Wahrscheinlich hat der nur auf eine günstige Gelegenheit gewartet, um mich loszuwerden. Und die ist eben jetzt gekommen. Aber weißt du, was das Komische ist: Mir ist das irgendwie alles wurscht. Dabei hätte ich mit Walter Kelp sogar einen Trumpf im Ärmel.«

»Was für einen Trumpf?«

»Ach, egal. Ich weiß ja gar nicht, ob die Sache überhaupt funktioniert.«

»Was für eine Sache?« Paula sah Martin an.

»Nichts, ist nicht so wichtig.«

»Ehrlich gesagt verstehe ich nicht, was dieser Kelp überhaupt von dir will. Ich hoffe nur, dass du da keinen Fehler machst.«

Paula gab etwas Tee in ein Sieb und goss heißes Wasser in die Kanne. Martin beobachtete den Vorgang mit einer gewissen Abneigung. Auch wenn Paula nichts anderes tat, als heißes Wasser in eine Teekanne zu gießen, ging ihm die Art und Weise, wie sie das machte, gehörig auf die Nerven. Irgendwie hatte ihr Tun etwas Rechthaberisches an sich. »Ich mag jetzt eigentlich gar keinen Tee«, sagte er trotzig und stand auf. »Es ist halb zwölf und ich muss schleunigst den Katzinger anrufen.« Er ließ Paula mit dem Tee allein zurück und ging wieder in sein Arbeitszimmer.

Martin öffnete seinen Laptop und sah, dass er eine neue E-Mail erhalten hatte. Die Nachricht kam aber nicht von der *Hilfs-Gemeinschaft Barbarossa,* sondern von JERRY LEWIS: *Treffpunkt Dienstag, 15.11., 13 Uhr, Gruft (Kirche).*

Martin musste die Nachricht zweimal lesen, um zu verstehen, was sie bedeutete. Walter Kelp wollte sich demnach mit ihm in der Gruft der Kirche von Schwarzmoos treffen. Das hieß also, dass er wusste, dass Martin nach Schwarzmoos fahren würde. Scheiße, woher weiß Walter, dass ich zu meiner Mutter fahre? Das gibt es doch gar nicht. Martin hatte ein flaues Gefühl im Magen. Natürlich waren seine Schwester und seine Frau informiert. Von ihnen konnte es Walter aber nicht wissen, denn dass der mit Barbara in Kontakt stand, war völlig ausgeschlossen. Da fiel ihm ein, dass er auch Clemens Berndorfer von der bevorstehenden Reise erzählt hatte. Martin griff nach seinem Handy und wählte Berndorfers Nummer.

»Hallo Clemens, ich bin's. Sag, bist du gerade in der Redaktion?«

»Ah, servus Martin. Ja, klar bin ich in der Redaktion. Wie geht es dir denn? He, schön, dass du anrufst.«

»Ja, nein, du, ich habe da eine ganz andere Frage: Hat sich heute jemand in der Redaktion nach mir erkundigt?«

»Ja, vor einer halben Stunde hat jemand im Sekretariat nach dir gefragt, und nachdem die Seifert nicht wusste, wann du wiederkommst, hat sie mich gefragt, ob ich weiß, was mit dir los ist. Ich habe ihr gesagt, dass du in der kommenden Woche nicht da bist, weil du zu deiner kranken Mutter fahren musst. Willst du mit der Seifert reden? Worum geht es denn überhaupt?«

»Du, nein, das passt schon. Ich rufe dich später noch einmal an. Danke dir, servus.«

»Ja, okay, ruf mich an. Tschüss.«

Martin war beruhigt, weil er jetzt wenigstens wusste, woher Walter Kelp die Information hatte, dass er in den kommenden Tagen in Schwarzmoos sein würde. Merkwürdig war das Ganze aber dennoch. Weshalb erkundigte sich Walter in der Redaktion nach ihm? Und weshalb wollte er sich in Schwarzmoos ausgerechnet in der Gruft mit ihm treffen?

In der Gruft waren Martin und Walter während ihrer Ministrantenzeit einmal gewesen, als ein Vertreter des Denkmalamts den Zustand der dort befindlichen Grabmäler untersucht hatte. In imposanten Sarkophagen lagen dort der Kirchenstifter Wolfgang Freiherr von Polheim, dessen Gemahlin Johanna von Borsela und deren gemeinsamer Sohn Cyriak von Polheim. Besonders beeindruckt hatte Martin damals das marmorne

Ritterdenkmal, das Wolfgang von Polheim in voller Rüstung zeigte. In einer Hand hielt der Freiherr eine Fahne, und geschmückt war er mit dem Orden vom Goldenen Vlies. Auf dem Sockel des Denkmals stand in schwer lesbarer Schrift: *Hie liegt begraben der Hochwohlgeb. Herr, Herr Wolfgang Freiherr zu Pollham und Wartenburg, Obrist Hauptmann der Ober- und Unterösterreichischen Lande und dieser löblichen Kirche gnädiger Stifter, der gestorben ist am Martinitage Ao. 1512, dem Gott gnädig sei!*

Und über dem Sarg von Polheims Frau war auf einer Marmortafel zu lesen: *Die Hochwohlgeb. Frau Johanna von Borsela, Gräfin und Frau d'Vere, des Hochwohlgeb. Herrn Wolfgang Freiherrn zu Pollham und Wartenburg ehliche Gemahlin, die gestorben ist zu Maria Geburt Ao. 1509, der wolle Gott gnädig sein!*

Gewundert hatte sich Martin damals, dass Cyriak von Polheim ebenfalls in dieser Gruft bestattet worden war, obwohl dieser die Reformationsbewegung unterstützt hatte. In einer Festschrift, die Martin anlässlich seines Eintritts in die Katholische Jungschar erhalten hatte, hieß es dazu: *Allein, was der katholische Vater gegründet, hatte sein Sohn Cyriak schnell wieder zerstört. Dieser war gegen Ende seines Lebens, der allgemeinen Zeitströmung folgend, zum lutherischen Bekenntnisse übergetreten, entzog den Priestern den ihnen angewiesenen Lebensunterhalt, und zwang sie dadurch, Schwarzmoos zu verlassen; das geschah im Jahr 1533. Nun folgte die traurige Zeit des Abfalls vom wahren Glauben und die Ausbreitung der lutherischen Irrtümer in hiesiger Gegend. So ging es fort mehr oder weniger durch 100 Jahre. Endlich wurde durch ein kaiserliches Mandat vom 4. Ok-*

tober 1624 allen ferneren Umtrieben der Glaubenserneuerer dadurch ein Ende bereitet, daß alle Prädicanten und lutherischen Schulmeister ohne Ausnahme angewiesen wurden, innerhalb 8 Tagen das Land zu verlassen. Den Untertanen wurde es zur Pflicht gemacht, vorderhand an Sonn- und Festtagen dem Gottesdienste in ihrer Pfarrkirche beizuwohnen oder auszuwandern.

Martin und Walter hatte damals freilich weniger das Schicksal der in den Sarkophagen liegenden Adeligen interessiert als vielmehr die Tatsache, dass von der Gruft eine Holztür in eine schmale Höhle führte, von der aus man direkt in den Kavernenwald gelangen konnte. Wozu dieser höhlenartige Zugang gut war, wussten Martin und Walter nicht. Aber für die beiden Ministranten war das natürlich eine tolle Entdeckung gewesen, da sie auf diesem Weg jederzeit in die Gruft gelangen konnten.

Das alles erklärte aber nicht, weshalb sich Walter Kelp ausgerechnet an diesem Ort mit ihm treffen wollte. Er überlegte, ob es irgendwelche besonderen Vorkommnisse gegeben hatte, die mit der Gruft in Zusammenhang standen. Aber außer dass ihre Taschenlampe einmal kaputtgegangen war, konnte sich Martin an nichts erinnern. Oder war es diese halblustige Geschichte mit dem Furzexperiment gewesen, die Walter zu seinem Vorschlag veranlasst hatte? Die beiden Freunde hatten sich einmal abwechselnd brennende Zündhölzer vor ihre nackten Ärsche gehalten, um herauszufinden, wessen Fürze besser brannten. War Walter Kelp wirklich so geschmacklos, dass er die Brandanschläge in Wien mit den brennenden Fürzen in der Gruft in Verbindung brachte? Zuzutrauen wäre es ihm gewesen. Die ganze

Angelegenheit war jedenfalls einigermaßen undurchsichtig, und Martin fragte sich, ob er nicht lieber die Finger davon lassen sollte.

Er lehnte sich zurück und schloss die Augen. Auf seiner Netzhaut tauchten fratzenhafte Gesichter auf, die sich ruckartig hin und her bewegten und irgendwann wieder in der Dunkelheit verschwanden. Aus der Küche hörte er Radiomusik, und irgendwo im Haus brummte ein Staubsauger. Normalerweise hätte er diesen typischen Samstagvormittagsgeräuschen gar keine Beachtung geschenkt, aber heute machten sie ihn richtiggehend wütend.

Martin wusste, wie lachhaft es war, dass er vor den Mails seines Chefredakteurs Angst hatte. Um sich Mut zu machen, schrieb er auf einen Zettel: *Diese Idioten sollen mich alle am Arsch lecken!!!* Den Satz unterstrich er mehrmals. Dann, um 11 Uhr 43, klickte er schließlich Katzingers erste Mail an und stellte nach der Lektüre sämtlicher Nachrichten erleichtert fest, dass ihn sein Chefredakteur doch noch nicht hinausgeworfen hatte. Katzinger war allerdings sauer, weil sich Martin *sang- und klanglos ins Krankenhaus verzogen hatte* und kein einziges Mal in der Redaktion angerufen hatte, um dem Volontär *ein wenig unter die Arme zu greifen*. Martin stellte sich vor, wie er Peer unter die Arme griff, und roch an seinen Achseln. Hätte *ihm* jemand unter die Arme gegriffen, hätte die betreffende Person sich anschließend jedenfalls die Hände waschen müssen. Und zwar mit Seife. In seiner letzten Mail hatte Katzinger dann noch ein Schäuflein nachgelegt und Martin deutlich zu verstehen gegeben, was

Sache ist: *Ich erwarte mir in Zukunft von Ihnen erheblich mehr Engagement für die Zeitung, weil ich sonst gezwungen wäre, über Ihre Freistellung nachzudenken.*

Martin kam sich vor wie ein Schüler, der von seinem Lehrer vor der Klasse abgekanzelt wurde. »Verdammte Scheiße, verdammte«, raunte er, weil er wusste, dass er jetzt gar keine andere Wahl mehr hatte, als sich mit Walter Kelp zu treffen. Immerhin würde ihn der mit Informationen versorgen, die seinen Chefredakteur bis auf Weiteres zum Schweigen bringen würden. Und wenn sich dieser Arsch blöd spielt, biete ich die Story einfach dem meistbietenden Konkurrenten an. Er klickte die Mail an, die ihm JERRY LEWIS geschickt hatte, und antwortete kurz und bündig mit *Okay.*

Martin griff zu seinem Handy und wählte noch einmal Clemens Berndorfers Nummer.

»Hallo Clemens, servus, ich bin's noch einmal. Sag, diese Geschichte mit diesem Volontär, was läuft denn da ab in der Redaktion? Der Katzinger hat mir ja ein paar Mails geschickt und mir durch die Blume mit dem Rausschmiss gedroht. Von wem hast du gehört, dass dieser Peer meinen Job übernehmen soll? Darüber hat die feige Sau nämlich nichts geschrieben.«

»Schau, ich habe das auch nur über drei Ecken gehört. Allerdings ist mir aufgefallen, dass der Katzinger den Peer ziemlich protegiert. Der Vater vom Peer ist angeblich auch bei den Freimaurern und kennt daher den Katzinger sehr gut. Aber, wie gesagt, das sind alles Gerüchte. Genaueres weiß ich auch nicht.«

»Okay, ich verstehe. Also die übliche Masche. Mann, mir geht das alles schon derart auf die Nerven, ich würde am liebsten den Hut drauf hauen.«

»Martin, jetzt warte erst einmal ab, dann sehen wir weiter. Sag, soll ich vorbeischauen bei dir? Wann fährst du denn zu deiner Mutter?«

»Du, ehrlich gesagt möchte ich momentan lieber alleine sein. Ich fahre morgen Abend nach Schwarzmoos, und ich bin von den Medikamenten und dem ganzen anderen Scheißdreck ziemlich erledigt. Die kommende Woche wird sicher auch kein Honiglecken werden. Aber ich melde mich auf jeden Fall in den nächsten Tagen bei dir.«

»Ja, okay, ich verstehe. Ich hoffe, dass es deiner Mutter bald besser geht und dass du bald wieder fit bist. Wenn du zurückkommst, feiern wir deine Auferstehung und gehen auf ein Bier. Oder zwei.«

»Hoffentlich, hoffentlich. Danke dir jedenfalls. Und halt die Augen offen. Weißt eh, der Feind lauert überall.«

»Ja, ja, alles klar. Also, servus.«

»Ja, bis dann.«

Da die ganze Sache also doch nicht ganz so dramatisch war, wie Martin befürchtet hatte, beschloss er, seinen Chefredakteur nicht anzurufen, sondern ihm eine Mail zu schicken.

Lieber Herr Katzinger,
entschuldigen Sie, dass ich erst heute antworte, aber ich lag bis gestern mit einem schweren Hörsturz im Krankenhaus und war nicht in der Lage, meine E-Mails zu lesen. Zu Ihren Vorwürfen möchte ich nur anmerken, dass ich diese für absolut nicht gerechtfertigt halte. Ich glaube, ich habe in den letzten Jahren mehr als einmal bewiesen, dass mein Engagement für die Zeitung weit über das übliche Maß hinausgeht.

Wie Sie wahrscheinlich wissen, bin ich noch bis Ende kommender Woche krankgeschrieben. Ich werde mich, sobald ich wieder in der Redaktion bin, sofort bei Ihnen melden, weil ich denke, dass ein persönliches Gespräch einige Missverständnisse ausräumen könnte.
Mit besten Grüßen
Martin Koller

Nachdem er die Mail abgeschickt hatte, machte Martin den Fehler, in das Suchfeld das Stichwort *Hörsturz* einzugeben. Bereits nach zehn Minuten war er so deprimiert, dass er am liebsten in einen Tiefschlaf versunken wäre, um nie wieder aufzuwachen. Am Schlimmsten waren die Foren, in denen Betroffene ihre Leidensgeschichten vor der ganzen Welt ausbreiteten:

Hallo, ich habe vor ca. 10 Tagen einen Hörsturz im linken Ohr bekommen. Zu allem Übel habe ich schon vor ca. 6 Monaten am selben Ohr das Gleichgewichtsorgan ›verloren‹. Laufe seitdem schwankend durch die Gegend, Übelkeit und Schwindelgefühle sind nun an der Tagesordnung. Ein konzentriertes Arbeiten an meinem CAD-Platz fällt sehr schwer, man ist schon nach einigen Stunden völlig am Ende. Und nun auch das noch, der Hörsturz. Es rauscht und rumpelt, es krächzt bei allem, was ich noch höre, wie aus einem kaputten Lautsprecher. Immer dasselbe Geräusch im Ohr, das an eine alte Dampflok bei der Anfahrt erinnert. Da mein rechtes Ohr schon seit meiner Kindheit schwer beeinträchtigt ist, kann man sich vorstellen, was das für mich bedeutet. Kann mir da jemand weiterhelfen? Ich habe 6 Infusionen, Magnet- und Sauer-

stoffbehandlung bekommen, ohne Erfolg. Würde mich über Antworten sehr freuen.

Hallo. Mein Mann hat die gleichen Probleme wie du. Gegen den Schwindel halfen bei ihm Medikamente, die ihm der HNO-Arzt verordnete. In Bezug auf den Tinnitus ist bei ihm trotz aller Ärztekunst keine Besserung eingetreten. Tinnitus sowie ein Hörsturz sind meist die Folge von Stress. Und dementsprechend schlimm ist der Tinnitus meines Mannes bei Stress. Du solltest überlegen, ob du dich aufgrund dessen nicht vielleicht mal eine Zeitlang von deinem Arzt aus dem Verkehr ziehen lässt und evtl. eine Kur oder Reha (hat mein Mann auch gemacht) beantragst. Entspannungsübungen können evtl. ebenfalls dazu beitragen, mit dem Tinnitus besser umgehen zu können. In den seltensten Fällen wird man von einem Tinnitus geheilt, der bleibt leider meist ein Leben lang.

hallo, ich habe 1994 einen hörsturz am linken ohr gehabt. es kam sehr plötzlich und ohne vorwarnung. habe seitdem ein ständiges sausen im ohr. ich nehme seitdem regelmäßig durchblutungspulver. habe damals alles mögliche versucht, um es zu heilen, aber keinen erfolg gehabt.

Nach diesen Berichten hatte Martin das Gefühl, am Ende einer dunklen Sackgasse angelangt zu sein. Das Internet ist nichts anderes als ein riesiges virtuelles Krankenhaus, in dem die Patienten am Ende dumm sterben, dachte er niedergeschlagen. Das Internet als Massengrab sozusagen. Er schaltete seinen Laptop aus und beschloss, sich von diesem Gerät nicht mehr terrorisieren zu lassen. Ihm reichte es, dass er von seiner Krankheit terrorisiert wurde.

Er ging in die Küche, wo Paula gerade den Geschirrspüler einräumte. Martin schaltete das Radiogerät aus und setzte sich an den Tisch. »Entschuldige, aber mir ist das einfach zu laut.«

Paula schloss den Geschirrspüler und drückte die Starttaste.

»Muss das sein?«, fragte Martin und verzog das Gesicht.

Paula machte eine hilflose Geste. »Der ist doch ohnehin ganz leise. Wie geht es dir denn? Fühlst du dich schon ein bisschen besser?«

Martin schüttelte energisch den Kopf. »Nein, natürlich nicht. Ganz im Gegenteil, ich glaube, dass es immer schlimmer wird.«

»Hast du eigentlich schon mit dem Katzinger telefoniert?« Sie griff nach einem Geschirrtuch und faltete es zusammen.

»Ich habe ihm eine Mail geschickt. Der soll mich am Arsch lecken. Aber mit dem Clemens habe ich telefoniert, und er hat mir bestätigt, dass der Katzinger diesen neuen Volontär ziemlich protegiert. Der Katzinger kennt den Vater vom Peer von den Freimaurern. Eine hinterfotzige Geschichte, das Ganze. Eine richtig verfickte Wiener Arschpartie.« Martin griff sich an sein linkes Ohr.

»Jetzt nimm doch nicht alles für bare Münze, was dir der Clemens erzählt. Was hast du denn dem Katzinger geschrieben?« Paula faltete das Geschirrtuch wieder auseinander.

»Dass ich mit ihm reden werde, wenn ich zurückkomme. Ist ja auch vollkommen egal. Wenn es mir nach meiner Rückkehr aus Schwarzmoos nicht besser geht, kann ich mich sowieso gleich erschießen.« Martin hob den Kopf. »Hörst du das? Was ist denn das für ein komisches Geräusch?«

Paula horchte. »Was für ein Geräusch? Ich höre nichts.«

»Doch, da ist so ein dumpfes Geräusch.« Martin hielt sich beide Ohren zu und schloss die Augen. »Wahrscheinlich höre ich schon Gespenster.« Er öffnete die Augen und sah Paula an. »Kann man Gespenster eigentlich hören?«

Paula zuckte mit den Schultern. »Keine Ahnung. Aber, was ich noch sagen wollte: Du weißt, dass ich heute Abend zu meinem Schülerkonzert gehen muss. Ich werde aber schauen, dass ich gleich nach dem Konzert wieder heimkommen kann. Wir können ja vorher noch etwas essen. Worauf hättest du denn Lust?«

»Eigentlich auf gar nichts«, antwortete Martin kurz angebunden.

»Du solltest aber etwas essen. Ich könnte in den Biomarkt gehen und Fisch kaufen, wenn du möchtest.«

»Ach, hör mir mit diesem Biozeug auf. Das ist doch alles der reinste Betrug. Die züchten in irgendeinem Teich einen Alpenlachs und verkaufen dann das Kilo um fünfzig Euro. Das sind doch alles Verbrecher. Aber anscheinend gibt es genug Idioten, die das Zeug dann auch noch kaufen.«

Paula bemühte sich, ruhig zu bleiben, was ihr aber

sichtlich schwer fiel. »Okay, ich kann ja auch etwas anderes kochen, wenn du keinen Fisch magst.«

»Ich habe ohnehin keinen Appetit. Und wenn ich am Abend hungrig sein sollte, werde ich schon etwas im Kühlschrank finden.« Martin stand auf und verließ die Küche, ohne Paulas Antwort abzuwarten.

Martin lag im Bett und musste an die Gruft denken. Er wäre jetzt gerne in einem dieser Sarkophage gelegen. Der Regen trommelte gegen die Fenster, und irgendwo im Haus trampelten Kinder herum. Er hasste den Regen und er hasste die Kinder. Am meisten aber hasste er das Geräusch in seinem Ohr. Oder war es in seinem Kopf? Er schloss die Augen und versuchte, sich das Geräusch vorzustellen. Als Erstes dachte er an eine dröhnende Maschinenhalle, dann an eine surrende Hochspannungsleitung und schließlich an eine gigantische Feuerwand. Aber auch diese Bilder trafen das Wesen des Geräuschs nicht wirklich. Martin dachte an ein Foto, das er kürzlich von einer Galaxie im hintersten Winkel des Universums gesehen hatte. Vielleicht rauschte es dort genauso wie in seinem Kopf. Aber gab es im Universum überhaupt Geräusche oder herrschte dort absolute Stille? Martin wusste es nicht. Vielleicht war im Universum ja auch lediglich das Echo des Urknalls zu hören, das in fünf Milliarden Jahren wieder verstummen würde, wenn die Erde von der Sonne verschlungen wurde. Mit einem Schlag wäre dann alles veschwunden, was Milliarden von Menschen in Milliarden von Jahren geschaffen hatten. Wie war das mit dem Anfang und dem Ende? Würde die Zeit enden, wenn die Erde verschwunden war und das Universum nicht mehr existierte? Folgte dann ein neuer Urknall, und alles begänne von vorne? Die ewige Wiederkehr des Gleichen? Würden das Rad, die Atombombe und der Deospray neu erfunden werden? Je mehr Martin über diese Fragen nachdachte, desto verwirrter wurde er. Sein Kopf schmerzte und irgendwann schlief er ein.

Martin stand auf einer Anhöhe und blickte auf eine Wiese, die von einem dichten Wald umgeben war. Zwischen den Bäumen tauchte eine Büffelkuh mit ihrem Jungen auf, das noch ziemlich wackelig auf den Beinen stand. Ein Mann ging auf das kleine Tier zu und stach ihm mit einem langen spitzen Gegenstand in den Nacken. Der kleine Büffel legte sich ins Gras und rührte sich nicht mehr. Das Muttertier sah zuerst Martin an, dann schnüffelte es an seinem Jungen herum. Martin fragte den Mann, was passiert sei, und der antwortete, dass er das Tier lediglich sterilisiert habe, damit es keinen Nachwuchs bekommen könne. Der kleine Büffel stand wieder auf und ging zu Martin, der die blutende Wunde am Nacken sah. Martin wollte wissen, was mit dem Muttertier geschehen werde, und der Mann sagte, dass er es schlachten müsse, weil das Fleisch eine Spezialität sei. Biofleisch, ergänzte er. Das Muttertier schmiegte sich an den Mann, der aus seinem schwarzen Koffer ein Messer mit einer langen, dünnen Klinge holte.

Martin saß am Küchentisch und stierte in seine Teetasse. »Ich träume in letzter Zeit so viel Unsinn, dass ich mich frage, ob das mit diesen verdammten Medikamenten zusammenhängt.«

Paula schluckte den letzten Bissen Spaghetti hinunter und antwortete mit halbvollem Mund: »Also, ich glaube, dass jeder Mensch Phasen hat, in denen er Unsinn träumt. Was irritiert dich denn so an deinen Träumen?«

»Na ja, dass ich zum Beispiel von einer Welt träume, in der es keine Sonne mehr gibt. Oder von einem jungen Büffel, dem jemand mit einem langen spitzen Gegenstand in den Nacken sticht. Keine Ahnung, was das alles bedeuten soll.«

»Martin, darüber würde ich mir wirklich nicht allzu viele Gedanken machen«, sagte Paula und stand auf. Sie sah auf ihre Armbanduhr. »Du, ich muss mich beeilen, das Konzert beginnt in einer Stunde.« Sie räumte den Teller in den Geschirrspüler und ging ins Bad.

Obwohl er unter normalen Umständen seine Frau nie zu einem Schülerkonzert begleitet hätte, bedauerte es Martin jetzt, dass er nicht einfach aufstehen und mit ihr mitgehen konnte. So wie dutzende andere Paare auch, die sich gerade auf den Weg zum Konzert machten. Martin stellte sich vor, dass er neben Paula säße und einfach nur zuhörte, und zwar der Musik, die die Schüler machten, und nicht dem Geräusch in seinem Ohr. Anschließend würden sie mit Bekannten in einem gemütlichen Lokal etwas trinken, würden über dieses und jenes plaudern, und irgendwann nach Mitternacht würden sie händchenhaltend nach Hause gehen. Es könnte alles so schön sein, dachte er wehmütig. Im selben Augenblick wurde in seinem Gehirn der zehnte Hirnnerv, der sogenannte *Nervus vagus,* aktiviert, der bei Martin ein Gefühl auslöste, das man gemeinhin Zweifel nennt.

Martin lag in der Badewanne und betrachtete seine Beine. Im Wasser sahen sie merkwürdig verzerrt aus. Irgendwie kam es ihm so vor, als würden sie nicht mehr zu ihm gehören. Er strich über seinen Bauch und redete sich ein, dass die paar Kilo, die er zu viel hatte, nicht von seinem übermäßigen Alkoholkonsum, sondern von den Kortisoninfusionen kämen. Außerdem litt er seit Tagen an Verstopfung.

Er schloss die Augen und wurde gleich wieder panisch, weil das Rauschen in seinem Ohr lauter wurde. Er versuchte sich abzulenken und dachte an Sandra, mit der er es im *Hotel Triest* einmal in der Badewanne getrieben hatte. Seine Spermien waren damals wie Quallen im Wasser geschwommen, und Sandra hatte ihm von einem Tauchausflug erzählt, bei dem sie wunderschöne Korallen gesehen hatte. Ein Blick auf seinen verschrumpelten Pimmel holte ihn zurück in die Realität. Am Badewannenrand stach ihm eine Flasche mit Haarshampoo ins Auge. *Totes Meer* hieß das Produkt, das zwischen mindestens zehn anderen Haarpflegemitteln stand und angeblich *echten Urschlamm* enthielt. Martin ließ einen Furz und hauchte dem abgestandenen Badewasser zumindest auf diese Weise etwas Leben ein.

Er stellte sich vor den Spiegel und starrte minutenlang in seine Augen. Täuschte er sich oder führten seine

Pupillen tatsächlich ein Eigenleben? Vor der kommenden Nacht graute ihm.

Er ging ins Wohnzimmer und setzte sich auf die Couch. Am liebsten hätte er laut geschrien. Aus Angst, Wut und Verzweiflung. Irgendetwas musste er unternehmen. Martin stellte sich ans Fenster und schob den Vorhang zur Seite. Draußen regnete es immer noch in Strömen. Im Haus gegenüber zeugten die Lichtveränderungen hinter den Vorhängen davon, dass dort Menschen gemütlich vor ihren Fernsehgeräten saßen und so taten, als wäre alles in bester Ordnung. Hinter jedem Fenster eine Katastrophe, dachte er und zog den Vorhang wieder zu. Er blieb vor einem Foto stehen, das schon seit ewigen Zeiten an der Wohnzimmerwand hing: Paula und er saßen auf der griechischen Insel Agathonisi am Strand und machten einen glücklichen Eindruck. Martin rang sich ein gequältes Lächeln ab. Das also bleibt vom Glück, dachte er niedergeschlagen. Ein Bild, das auf einer fundamentalen Täuschung beruht. Wir wollen etwas festhalten, was man gar nicht festhalten kann, weil sich nach dem Drücken des Auslösers bereits alles wieder verändert hat. Martin drehte sich um und rieb sich die Augen. Er hatte das Gefühl, dass die Gegenstände im Wohnzimmer in ihre Einzelteile zerfielen. Alles strebte auseinander.

III

I wanted to apologize for everything I was.
R.E.M., »The Apologist«

Am nächsten Tag fuhr Martin kurz nach siebzehn Uhr auf die Autobahn auf. Er hatte Mühe, die Straße und die Fahrzeuge vor sich zu erkennen. Dass der rechte Scheinwerfer ausgefallen war, machte es nicht besser. Martin hoffte inständig, dass er in keine Polizeikontrolle geriet. Auf einer langen Geraden testete er, wie schnell er bei diesem Sauwetter überhaupt fahren konnte, ohne ins Schleudern zu geraten. Als er bei 160 km/h merkte, dass der Volvo leicht ins Trudeln kam, drosselte er das Tempo auf 140.

Irgendwann schaltete er das Radio ein und drückte die Taste für den Sendersuchlauf. Lange hörte er nichts, ehe aus den altersschwachen Boxen der Song *Hey, Nah, Neh, Nah* in seine gequälten Ohren drang. Ging es nach der Moderatorin, handelte es sich bei diesem Lied nicht nur um eine »supercoole«, sondern auch um eine »supergeniale« Nummer. Als Nächstes folgte der Hit *Tik Tok Tak,* der von derselben Moderatorin das Prädikat »supergeilo« erhielt. Nach einer Werbeeinschaltung für einen Swingerclub in einem weitläufigen Kellergewölbe in Amstetten – »in unseren Themenräumen können Sie es überall treiben: In der Straßenbahn, im Kampfhubschrauber und sogar im Iglu« – suchte Martin einen anderen Sender. In den Sportnachrichten hoffte er zu hören, dass Bayern München gegen Werder Bremen verloren hatte, was aber angesichts des desolaten Zustands der Mannschaft von Werder wohl nur ein frommer Wunsch sein konnte. Und in der Tat: Um halb sechs wurde gemeldet, dass die Bayern 3:0 gewonnen und die »Ösi-Legionäre« bei Werder wieder einmal jämmerlich versagt hatten. Martin nahm sich vor, in ruhigeren Zeiten einmal der Frage nachzugehen, weshalb er die Spieler von Bayern München so sehr hasste. Viel sympathischer waren die Mannschaften von Stuttgart, Leverkusen oder Wolfsburg ja auch nicht. Wahrscheinlich lag es an der Siegermentalität der Bayern, die diese bei jeder sich bietenden Gelegenheit mit unglaublicher Arroganz zur Schau stellten.

Er drehte das Radio leiser und konzentrierte sich auf die Fahrbahn, die mittlerweile von der Dunkelheit fast vollkommen verschluckt wurde. Der auf die Karosserie trommelnde Regen und das laute Motorengeräusch dröhnten in seinen Ohren, und Martin fragte sich, was ihn in den nächsten Tagen in Schwarzmoos wohl alles erwarten würde.

Während er seinen Gedanken nachhing, sang Leonard Cohen *Sisters of Mercy.* Es war, als wäre der Song eigens für Martin Koller geschrieben worden:

Yes, you who must leave everything
That you cannot control

It begins with your family
But soon it comes round to your soul.

Das Lied erinnerte ihn an einen Urlaub auf der griechischen Insel Kasos. Damals hatte er sich in die ausgeflippte amerikanische Studentin Ashley verliebt, die auf ihrem gelben Sony-Walkman ständig Leonard Cohen hörte. Das war vor zwanzig Jahren gewesen, und Martin dachte mit Wehmut an die viel zu kurze Zeit zurück, die er mit Ashley verbracht hatte. Viel zu kurz deshalb, weil Ashley bereits nach zwei Wochen auf die nächste Insel weitergezogen war, Martin aber keine Lust gehabt hatte, das von ihm gemietete Häuschen am Strand von Agia Marina zu verlassen. Noch jetzt ärgerte er sich maßlos darüber, dass er mit Ashley nicht einfach abgehauen war. Stattdessen war er auf Kasos geblieben und hatte vor seinem Häuschen literweise Samos in sich hineingeschüttet. Gerade als er sich Ashleys Gesicht vorzustellen versuchte, wurde er von einem dumpfen Knall aus seinen Gedanken gerissen. Irgendetwas war auf das Dach gefallen, und Martin hätte vor lauter Schreck beinahe das Lenkrad verrissen. Noch bevor er darüber nachdenken konnte, was das Geräusch verursacht haben könnte, prallte ein schwarzer Gegenstand auf die Windschutzscheibe. Martin verlangsamte das Tempo und wurde sofort von anderen Autofahrern angeblinkt und angehupt. Er fuhr auf den Pannenstreifen und sah, dass sich die Scheibe langsam rot färbte.

Er umklammerte das Lenkrad und merkte, dass er am ganzen Körper zitterte. Draußen war es stockdunkel. Der Regen prasselte mit unverminderter Stärke nieder. Er schaltete den Scheibenwischer aus und kniff die Augen zusammen. Als er auf der Scheibe schwarze Federn entdeckte, dämmerte ihm, dass es sich bei dem Ding, das vom Himmel gefallen war, um einen Vogel gehandelt haben musste. Er schaltete das Aufblendlicht ein und sah auf dem Pannenstreifen dutzende tote Vögel liegen. Es waren schwarze Vögel in der Größe von Krähen. »Das gibt es doch nicht«, sagte er. Er warf einen ängstlichen Blick in den Seitenspiegel, löste den Sicherheitsgurt und öffnete vorsichtig die Tür. Der Lärm der vorbeirasenden Autos schmerzte in seinen Ohren, und er setzte sich sofort wieder in den Wagen.

Ihm fiel der nächtliche Vogelschwarm vor dem Fenster seines Krankenzimmers ein, und er fragte sich, ob es dieselben Vögel waren, die jetzt vom Himmel fielen. Er nahm eine Packung Papiertaschentücher, stieg aus und wischte das Blut von der Windschutzscheibe. Die schwarzen Federn entfernte er mit der Hand. Er hoffte, dass die Vögel keine ansteckenden Krankheiten hatten. Durchnässt und erschöpft stieg er wieder ein und stellte die Heizung auf die höchste Stufe.

Martin fiel es schwer, sich auf die Fahrbahn zu konzentrieren. Er dachte an die Berichte über Frösche und Fische, die bei Tornados oder Hurrikans sogartig hunderte Meter in die Luft geschleudert wurden, bevor sie irgendwann wieder auf die Erde fielen. Von Vögeln hatte er so etwas noch nie gehört. Außerdem gab es hierzulande weder Tornados noch Hurrikans. Martin nahm sich vor, der Sache auf den Grund zu gehen. Vielleicht konnte er darüber ja sogar eine Geschichte für seine Zeitung schreiben.

Er schaltete das Radio ein und hörte in den Nachrichten, dass die Überschwemmungen in Australien, Brasilien und den USA immer verheerendere Ausmaße annahmen. Über Vögel, die tot vom Himmel fielen, wurde nichts berichtet. Sehr wohl berichtet wurde allerdings über den Brandanschlag auf das Asylantenheim im achten Bezirk in Wien, wobei ausdrücklich darauf hingewiesen wurde, dass die Ermittlungsbehörden weiterhin im Dunkeln tappten. Martin musste an Peers Artikel denken. Es ärgerte ihn immer noch, dass er sich wegen seines Krankenhausaufenthalts nicht weiter um diese Sache hatte kümmern können. Aber er hoffte, bei dem Treffen mit Walter Kelp genug Hintergrundinformationen zu bekommen, um dem Volontär zu zeigen, dass man Martin Koller nicht so leicht ausbooten konnte.

In den Lautsprecherboxen schien es zu spuken. Es krachte und rauschte, bis er plötzlich die Stimmen alter Frauen hörte, die im Chor beteten:

Jesus, der von den Toten auferstanden ist.
Jesus, der in den Himmel aufgefahren ist.
Jesus, der uns den Heiligen Geist gesandt hat.
Jesus, der dich, o Jungfrau, in den Himmel aufgenommen hat.
Jesus, der dich, o Jungfrau, im Himmel gekrönt hat.

Als Ministrant war Martin oft bei Rosenkranz-Gebeten dabei gewesen. Er wusste daher, dass der *Glorreiche Rosenkranz* im Gegensatz zum *Schmerzhaften, Freudenreichen* und *Lichtreichen Rosenkranz* nur sonntags und mittwochs gebetet wurde. Da heute Sonntag war, handelte es sich bei der Sendung wahrscheinlich sogar um eine Live-Übertragung.

Das eintönige Gemurmel der alten Frauen wirkte auf Martin irgendwie beruhigend. Vor seinem geistigen Auge tauchte die winzige Kapelle im Altersheim von Schwarzmoos auf, wo er als Bub oft ministriert hatte. Auf dem Weg zur Kapelle, die im hintersten Winkel des Altersheims im ersten Stock lag, musste Martin an den Schlafsälen vorbeischleichen, in denen uralte Männer und Frauen in hölzernen Verschlägen dahinvegetierten. Merkwürdigerweise hatte sich Martin weder von dem dort herrschenden Gestank noch von den zum Teil furchteinflößenden Gestalten von seiner Ministrantentätigkeit abhalten lassen. Ganz im Gegenteil kam es ihm damals so vor, als würden diese Menschen in einer anderen Welt leben, zu der ihm durch seine Teilnahme an den Messen zumindest für kurze Zeit Zutritt gewährt wurde. Anders als seine ministrierenden Freunde hatte es Martin immer als Privileg empfunden, bereits um 6 Uhr 40 gemeinsam mit dem Pfarrer die Andacht im Altersheim feiern zu dürfen. Da es sich um eine Kurzfassung der Messe handelte, wurde dafür lediglich ein Ministrant benötigt, und der Pfarrer war froh, dass Martin vor den gebrechlichen und zum Teil nach Urin und Kot riechenden Alten keine Angst hatte.

O mein Jesus, verzeih uns unsere Sünden,
bewahre uns vor dem Feuer der Hölle,
führe alle Seelen in den Himmel,
besonders jene, die Deiner Barmherzigkeit am meisten bedürfen.

Vater unser, der Du bist im Himmel,
geheiligt werde Dein Name,
zu uns komme Dein Reich,
Dein Wille geschehe,
wie im Himmel, also auch auf Erden!
Unser tägliches Brot gib uns heute,
und vergib uns unsere Schuld,
wie auch wir vergeben unsren Schuldigern,
und führe uns nicht in Versuchung,
sondern erlöse uns von dem Bösen.
Amen.

Am Ende des Gebets verkündete eine Sprecherin, dass der Rosenkranz tatsächlich live aus der Kirche von Sankt Thomas am Blasenstein übertragen wurde. Nach einem Spendenaufruf für *Radio Maria* – »Die Gottesmutter wird Ihre Gabe hundertfach vergelten« – folgte die Sendung *Von der Schönheit der Sexualität.* Für Martin ein mehr als deutliches Zeichen, das Radio wieder auszuschalten.

Als Martin von der Hauptstraße Richtung Schwarzmoos abbog, steigerte sich seine Unruhe. Die nächtliche Landschaft, die bei dem strömenden Regen nur schemenhaft zu erkennen war, hatte nichts Vertrautes an sich. Er fühlte sich jedenfalls nicht wie der verlorene Sohn, der nach bitteren Erfahrungen in der Fremde wieder reumütig nach Hause zurückkehrte. Er war erschöpft und wusste, dass es kein Zurück mehr gab.

Schwarzmoos kam ihm noch verlassener vor als sonst. Es war ein leerer, ausgestorbener Ort, durch den Martin jetzt fuhr. Nichts erinnerte mehr an die Bäckereien, die Wirtshäuser oder die Gemischtwarenhandlungen, die es früher hier gab. Auch die Konditorei, in der sich Martin als Bub sonntags immer einen Indianerkrapfen hatte kaufen dürfen, war bereits vor Jahren geschlossen worden. Martin fiel die Geschichte vom Konditor Schwindhackl ein, dem einmal sein Glasauge in eine Schüssel mit Kaffeecreme gefallen war, in der er so lange herumsuchte, bis er es wieder gefunden hatte. Als Augenzeuge dieses absurden Spektakels hatte Martin bei seinen Freunden natürlich entsprechend punkten können, aber dass sich Schwindhackl das mit brauner Creme überzogene Glasauge tatsächlich gleich wieder einsetzte, wie Martin behauptete, hatte ihm nicht einmal Walter Kelp geglaubt.

Kurz vor seinem Elternhaus verlangsamte Martin das Tempo. »Reiß dich zusammen und sei kein Schwächling«, sagte er beschwörend und atmete noch einmal tief durch. Als er sich dem Haus näherte, sah er, dass seine Schwester ihren Wagen auf der Straße abgestellt hatte, damit er in der Hauseinfahrt parken konnte.

Martin blieb am Ende der Einfahrt stehen und wartete einige Augenblicke. Durch die beschlagene Windschutzscheibe sah der verwahrloste und vom Regen schon völlig aufgeweichte Garten noch trostloser aus als sonst. Er setzte seine Haube auf und griff nach dem Mantel und der Reisetasche auf dem Rücksitz. Er lief zur Haustür und betrat den Vorraum, wo ihm sofort der vertraute Geruch seiner Kindheit entgegenschlug. Es war diese eigentümliche Mischung aus Putzmittel, Essensgerüchen und der vom Moor herrührenden Feuchtigkeit, die seinem Elternhaus dieses unverwechselbare Aroma verlieh. In den letzten Jahren war allerdings noch ein weiterer Geruch hinzugekommen: der Geruch nach Alter, Krankheit und Tod.

Während Martin im eiskalten Vorraum seine Schuhe auszog und im Kästchen nach Patschen suchte, hörte er schon die Stimme seiner Schwester. Barbara öffnete die quietschende Tür, die vom Vorraum ins Treppenhaus führte, und reichte ihm die Hand. »Martin, gut, dass du gekommen bist.« Reflexartig sperrte sie die Haustür zu. »Wie geht es denn deinen Ohren?«

»Ja, passt schon«, antwortete Martin und folgte ihr ins Treppenhaus, an dessen Ende die Tür zur Diele abging. Martin hängte seinen Mantel an die Garderobe.

Barbara blieb in der Diele stehen. Sie sah abgekämpft aus. »Ich habe es dir eh schon am Telefon gesagt, der Mama geht es nicht gut. Es ist aber wichtig, dass sie nicht das Gefühl bekommt, dass es keine Hoffnung mehr gibt. Die Details wegen der Tabletten sage ich dir nachher. Gehen wir jetzt hinein. Ja, noch etwas: Ich habe ihr nicht erzählt, dass du im Krankenhaus warst. Ich wollte sie nicht noch zusätzlich beunruhigen.«

»Ja, ja, ist auch besser so.«

Die Tür, die von der Küche ins Nebenzimmer führte, war nur angelehnt. Den spärlich beleuchteten Raum betrat Barbara als Erste. »Mama, schau, der Martin ist gekommen.« Sie deutete auf ihren Bruder, der versuchte, sich ein Lächeln abzuringen.

»Hallo Mama.« Martin beugte sich zu seiner Mutter hinunter, die im Bett an einem Polster lehnte. Sie roch nach Schweiß und Medikamenten.

»Mein Bub, schön, dass du gekommen bist. Mir geht es nicht gut. Ich glaube, die Ärzte können mir auch nicht mehr helfen.«

Martin setzte sich auf die Bettkante und griff nach ihrer Hand. »Ach, das wird schon wieder«, sagte er und merkte im selben Augenblick, dass das der gleiche Unsinn war, den die Ärzte in den Krankenhäusern ständig von sich gaben. Außerdem fiel ihm ein, dass er sich, nachdem er die Federn von der Windschutzscheibe entfernt hatte, die Hände noch gar nicht gewaschen hatte.

»Dein Sakko ist ja ganz nass. Zieh es aus, damit du dich nicht verkühlst.« Der fürsorgliche Ton war seiner Mutter schon vor Jahrzehnten in Fleisch und Blut übergegangen.

Martin strich mit den Händen über sein feuchtes Sakko. »Ach so, ich habe gar nicht bemerkt, dass ich nass geworden bin. Ein Sauwetter ist das.«

Während Martin aufstand und das Sakko auszog, warf seine Mutter einen Blick auf seine Füße. »Gut, dass du die Patschen angezogen hast.« Beruhigt lehnte sie sich wieder zurück. »Da, magst du etwas essen?« Sie deutete auf das Beistelltischchen neben ihrem Bett, wo auf einem Teller ein mit Butter und Marmelade bestrichenes Stück Weißbrot lag.

Martin schüttelte den Kopf. »Nein, danke, ich habe keinen Hunger.«

»Oder magst du einen Speck? Die Barbara kann dir eine Speckjause herrichten. Im Kühlschrank ist auch ein Bier. Du schaust nicht gut aus, du musst etwas essen.«

»Nein, Mama, ich mag jetzt nichts essen. Vielleicht später.«

»Aber nach der langen Fahrt hast du sicher Hunger. Du kannst dir auch die Champignonsauce und die Semmelknödel warm machen.«

Martin spürte eine unbestimmte Wut in sich aufsteigen.

»Mama«, schaltete sich Barbara ein, »die Champignonsauce und die Semmelknödel habe ich für euch beide für morgen vorgekocht.«

Das Rauschen in Martins Ohr wurde wieder lauter. Er war sich plötzlich sicher, nie wieder aus diesem Labyrinth der Angst herauszufinden.

Barbara ging zu dem Bett ihrer Mutter und richtete die Decke. »Mama, vielleicht ist es besser, wenn du jetzt ein bisschen schläfst. Ich bespreche alles mit Martin und werde dann heimfahren. Ich muss noch ein paar Sachen zusammenpacken. Aber ich rufe von der Kur aus jeden Tag an, damit ich weiß, wie es dir geht.«

»Ja, aber pass auf dich auf, dass dir nichts passiert. Und komm bald wieder.«

Als Martin sah, wie seine Mutter zu weinen begann, verließ er das Zimmer. Durch die angelehnte Tür hörte er, wie sich Barbara schluchzend von ihrer Mutter verabschiedete. Er schüttelte den Kopf und setzte sich an den Tisch, wo ein Dutzend angebrochene Medikamentenschachteln lag.

Wenig später kam Barbara in die Küche und schloss die Tür hinter sich. Sie schnäuzte sich und sah noch erschöpfter aus als zuvor.

»Die Kur wird dir gut tun«, sagte Martin mehr aus schlechtem Gewissen als aus wirklicher Sorge um seine Schwester. Die Tatsache, dass die ganze Arbeit in den letzten Monaten an Barbara hängen geblieben war, hatte er lange einfach verdrängt. Um sein Verhalten zu rechtfertigen, redete er sich ein, dass er gar nicht die Zeit gehabt hätte, sich um seine kranke Mutter zu kümmern. Also war eigentlich alles in bester Ordnung.

In Situationen wie diesen bedauerte es Martin, dass er nicht mehr an die Beichte glaubte. Bis zu seinem dreizehnten oder vierzehnten Lebensjahr hatte er von diesem Sakrament ausgiebig Gebrauch gemacht und sich Sonntag für Sonntag vom Beichtvater die Absolution für die von ihm begangenen Sünden der vergangenen Woche erteilen lassen. Sobald er den Beichtstuhl verlassen hatte, fühlte er sich von aller Schuld befreit und freute sich, dass er ab sofort wieder sündigen konnte. Irgendwann hatte er aber gemerkt, dass die Absolution eigentlich ein Betrug war, wodurch das Sündigen letztendlich seinen Reiz verlor. Wenn er zum Beispiel onanierte, wusste er im selben Augenblick, dass er am nächsten Sonntag im Beichtstuhl nur die Floskel »Ich habe Unkeuschheit getrieben« herunterbeten musste, und schon war die Sache erledigt. Genauso verhielt es sich mit den täglichen Lügen oder den kleinen Diebstählen im Gemischtwarenladen. Eines Tages hatte er dann einfach beschlossen, nicht mehr zur Beichte zu gehen und sich an seinen eigenen moralischen Prinzipien zu orientieren. Erleichtert wurde ihm dieser Entschluss durch die Neugierde des Pfarrers, der plötzlich ganz genau wissen wollte, wo Martin und seine Freunde sich berührten, wenn sie sich trafen, um gegen das sechste Gebot zu verstoßen.

»Ich habe dir eine Liste geschrieben, damit du weißt, wann du ihr welche Tabletten geben musst.« Barbara deutete auf ihre handschriftlichen Aufzeichnungen. »Und hier steht auch, was sonst noch zu tun ist.« Martin sah, dass die Fingernägel seiner Schwester heruntergebissen waren.

»Hat ihr das alles der Hausarzt verschrieben?«, fragte Martin mit einem skeptischen Blick auf die Medikamentenschachteln. »Ich hoffe nur, dass sich der auskennt.«

Barbara zuckte mit den Schultern. »Martin, das hat gar keinen Sinn, dass wir uns jetzt darüber den Kopf zerbrechen. Du weißt, dass Mama alles macht, was der Doktor Lambert sagt. Ich habe auch schon einmal überlegt, ob wir den Arzt wechseln sollen, aber da hat sie sofort protestiert. Schau dir bitte die Liste an, ob das alles klar ist für dich.«

Martin studierte ihre Aufzeichnungen und nickte. »Ja, ja, das ist mir alles klar. Nur sage ich dir, dass ich seit meinem Aufenthalt im Krankenhaus den Ärzten noch weniger traue als zuvor. Die sind doch alle von den Pharmakonzernen bestochen und haben im Grunde nicht die geringste Ahnung. Denen geht es letztendlich nur ums Geld.«

Barbara machte ein verzagtes Gesicht. »Martin, das bringt nichts, wenn wir jetzt darüber diskutieren, ob die Ärzte bestochen sind oder nicht. Ich bin total erschöpft und muss schauen, dass ich nach Hause komme. Die Buben müssen ins Bett, und ich habe noch nicht einmal alles eingepackt für morgen.«

»Wohin fährst du eigentlich zur Kur?«, fragte Martin pflichtbewusst.

»Nach Bad Fucking. Nein, Blödsinn, das war ein Witz. Bad Neubach heißt der Ort. Der Werner bringt mich morgen um sechs in der Früh nach Rödt zum Bahnhof, und von dort fahre ich mit dem Zug direkt nach Bad Neubach. Ich hoffe inständig, dass ich mich wenigstens ein bisschen erholen kann. Die letzten Monate waren ziemlich anstrengend.«

Martin überhörte die letzte Bemerkung und warf noch einmal einen Blick auf die Notizen. »Entschuldige, aber was heißt das hier?« Er zeigte auf ein Wort, das er nicht lesen konnte.

Barbara setzte ihre Brille auf. »*Laevolac,* das muss sie zweimal am Tag nehmen. Einen Esslöffel in der Früh und einen am Vormittag. Am besten, du gibst das in ein Stamperl. Aber in der Früh musst du ihr das *Laevolac* vor den Tabletten geben.«

»Ja, ja, das steht ohnehin hier. Soll ich die Bettwäsche eigentlich jeden Tag wechseln oder reicht es, wenn ich das alle zwei Tage mache?«

»Na ja, besser wäre es schon, wenn du es jeden Tag machen würdest. Das Bettzeug ist im Kasten im Wohnzimmer. Die Schmutzwäsche gib einfach in den Korb im Bad. Ich kümmere mich dann darum, wenn ich wieder zurückkomme.« Barbara stand auf und griff nach ihrer Tasche.

Martin warf seiner Schwester einen mitleidigen Blick zu. »Sag einmal, warum bleibst du eigentlich nicht länger auf Kur? Wenn die slowakische Krankenschwester in einer Woche kommt, kann ich ihr doch alles sagen. Das sind doch Profis.«

»Das kann ich einfach nicht«, antwortete Barbara trübsinnig. »Aber ich bin schon froh, dass ich wenigstens diese eine Woche für mich habe.« Sie griff in die Tasche und holte einen Zettel hervor. Martin sah, dass in der Tasche ein paar Lottoscheine lagen. Wenn er jemandem den Zehnfach-Jackpot vergönnt hätte, dann seiner Schwester. »Jetzt hätte ich es fast vergessen: Hier ist noch die Telefonnummer von der Manuela Brandner.«

Martin runzelte die Stirn. »Ich dachte, der Doktor Lambert ist ihr Hausarzt?«

»Ja, schon, aber für alle Fälle. Die Manuela wohnt ja nur fünf Minuten von hier. Du weißt doch noch wo, oder?«

Martin nickte. »Ja, sicher, im Haus gegenüber, wo früher der Walter gewohnt hat. Aber was soll ich denn mit Manuela besprechen? Die habe ich ja seit ewigen Zeiten nicht mehr gesehen. Ich weiß auch gar nicht mehr, wie sie überhaupt aussieht.«

»Das ist ja nur für den Fall, dass etwas sein sollte.« Barbara flüsterte, obwohl die Tür zum Nebenzimmer geschlossen war. »Ich habe Manuela jahrelang die Haare geschnitten. Du kannst also ruhig dort anrufen, wenn etwas Dringendes sein sollte. Der Doktor Lambert kommt ja ohnehin meistens nur, wenn es schon zu spät ist.«

»Was für eine Ärztin ist die Manuela überhaupt?«

»Sie ist Internistin im Krankenhaus in Rödt und hat einen sehr guten Ruf. Außerdem ist sie wirklich nett. Aber ich habe sie auch schon länger nicht mehr gesehen, nachdem das mit ihrem –«

Barbara wurde vom Läuten eines Handys unterbrochen. Martin kramte in seiner Tasche und warf einen Blick auf das Display. »Die Paula. Entschuldige mich kurz.« Er ging in die Diele. »Hallo Paula.«

»Hallo Martin. Bist du gut angekommen? Wie geht es denn deiner Mutter?«

»Na ja, nicht besonders gut. Du, ich muss mit der Babsi noch ein paar Details wegen der Medikamente besprechen. Ich rufe dich später zurück.«

»Ja, wenn du jetzt keine Zeit hast. Also dann, bis später.«

Paula legte auf, ohne Martins Antwort abzuwarten. Sie war hörbar eingeschnappt. Er schaltete das iPhone aus und ging zurück in die Küche.

»Wie geht es denn der Paula?«, wollte Barbara wissen.

»Ja, eh ganz gut«, antwortete Martin und griff sich an sein linkes Ohr.

»Hast du Schmerzen?« Barbara warf ihrem Bruder einen besorgten Blick zu.

»Nein, nein, es ist alles in Ordnung. Ich bin nur von der Fahrt ein bisschen erledigt.« Martin atmete tief durch und umarmte seine Schwester. Sie roch nach Schweiß. »Erhol dich gut. Und grüß den Werner und die Buben von mir.«

»Ja, mache ich. Also, pass auf die Mama auf. Und wenn etwas ist, ruf mich sofort an.« Sie nahm ihre Tasche und ging zur Küchentür. »Du brauchst mich nicht hinauszubegleiten. Ich sperre die Tür von außen zu. Dein Schlüssel liegt auf dem Schuhkästchen. Also, mach's gut.«

»Ja, du auch.«

Er drehte den Zettel um, auf den seine Schwester Manuela Brandners Nummer notiert hatte. *Hair & Drive – Mobilfriseurin Barbara Deisenhammer* stand da. Er spürte einen leichten Stich in der Magengrube.

Martin überflog die Liste mit den zu erledigenden Aufgaben. Unter *Punkt 5* stand:

Abend:
2. Polster weg
Lüften!
Heizkörper abdrehen (Zimmer und Küche)
Nasses Handtuch auf Heizkörper legen
Suppe
Tabletten
Waschen
Zähneputzen

Er sah auf die Uhr. Es war kurz nach acht, also schon reichlich spät für die anstehenden Arbeiten. Er öffnete vorsichtig die Tür zum Nebenzimmer. Jetzt, wo er mit seiner Mutter alleine war, wurde ihm erst die ganze Dramatik der Lage bewusst. Sie lag erschöpft im Bett und zuckte immer wieder zusammen, so als würde sie von bösen Träumen geplagt werden. Ihr Körper schien noch einmal seine letzten Reserven zu mobilisieren. Martin näherte sich ihrem Bett und trocknete ihr mit einem Taschentuch die schweißnasse Stirn. Er überlegte, ob er seine Mutter wecken sollte, entschied sich aber zu warten, bis sie von alleine aufwachte. Er drehte den Heizkörper ab und schob den Vorhang zur Seite. Er blickte auf eine graue Regenwand. Das Einzige, was er erkennen konnte, war die schwarze Silhouette der Thujenhecke und das Schattenbild des gegenüberliegenden Hauses, das vollkommen im Dunkeln lag. Martin kippte das Fenster, schloss es aber gleich wieder, weil er das Geräusch des prasselnden

Regens nicht aushielt. Außerdem hatte er Angst, sich zu erkälten.

Er ging in die Küche und befeuchtete ein Handtuch, das er im Krankenzimmer über den Heizkörper legte. Seine Mutter stöhnte im Schlaf kurz auf, beruhigte sich aber gleich wieder. Am Herd wärmte er einen Topf Nudelsuppe auf, die Barbara vorgekocht hatte. Er leerte die heiße Suppe in einen Teller und stellte ihn auf den Küchentisch. Leise öffnete er die Tür und näherte sich dem Bett seiner Mutter. »Mama«, flüsterte er und berührte vorsichtig ihre Schulter. »Mama, möchtest du eine Suppe essen?«

Seine Mutter riss die Augen auf und starrte Martin an. »Was ist los? Müssen wir schon gehen?«

Martin wurde bewusst, dass es besser gewesen wäre, seine Mutter nicht zu wecken. Ob sie die abendliche Tablettenration nun nahm oder nicht, war in ihrem Zustand auch schon egal. »Mama, ich bin's, ich habe dir eine Suppe aufgewärmt. Und die Tabletten musst du auch noch nehmen.« Martin streichelte ihre Hand.

»Otto, bist du's?«, fragte sie mit einem ängstlichen Gesicht.

»Nein, ich bin's, der Martin.« Otto war der Onkel von Martins Mutter gewesen, und Martin wunderte sich, dass sie ihn ausgerechnet jetzt erwähnte. Soweit sich Martin erinnern konnte, hatte sich Otto wegen eines außerehelichen Kindes vor mehr als vierzig Jahren erhängt, ohne dass darüber in der Familie je viel gesprochen worden wäre.

Martins Mutter schien lange zu überlegen, wo sie sich gerade befand. »Aber ich habe gar keinen Hunger«, sagte sie schließlich und schloss die Augen.

»Du brauchst eh nichts zu essen. Vielleicht ein oder zwei Löffel Suppe zu den Tabletten. Aber aufstehen musst du schon. Wir müssen ja noch ins Bad und aufs Klo gehen.« Martin kam sich vor wie einer jener Ärzte, die mit ihren Patienten ständig in der Wir-Form sprachen: »Wie geht es uns denn heute?« »Haben wir schon Stuhl gehabt?« »Schmeckt uns heute das Essen nicht?«

Unter großen Anstrengungen setzte sich seine Mutter auf die Bettkante und seufzte. Sie schlüpfte in ihre Hausschuhe und ließ sich von ihrem Sohn ins Bad begleiten. Martin stellte sich neben die Waschmuschel und sah seiner Mutter beim Zähneputzen zu. Umständlich holte sie eine Teilprothese aus ihrem Mund, die sie mit der Zahnbürste oberflächlich reinigte. Martin verzog das Gesicht und kam sich schäbig vor, weil er sich gar nicht erinnern konnte, dass seine Mutter überhaupt eine Prothese hatte. Sie wusch sich das Gesicht und setzte sich aufs Klo. Es war das erste Mal, dass Martin seiner Mutter beim Pinkeln zusah.

Am Küchentisch schob sie den Teller Suppe von sich. »Ich habe keinen Hunger.« Sie griff nach den Tabletten, die vor ihr lagen, und spülte sie der Reihe nach mit etwas Kamillentee hinunter. Den Tee trank sie schluckweise mit einem Strohhalm. Kamillentee war in den letzten Jahren das bevorzugte Getränk seiner Mutter geworden. Sie feierte immer wieder regelrechte Kamillenteeorgien.

»Wie geht es dir denn?«, fragte Martin und kam sich im selben Augenblick dämlich vor.

»Sehr schlecht«, antwortete sie und stand auf. »Komm, hilf mir.«

Auf dem Weg zu ihrem Bett blieb sie vor dem Spiegel stehen und sagte verdrossen: »Ich schaue aus wie ein Strohhändler.«

»Wie ein Strohhändler?«

»Ja, dünn wie ein Strohhändler.«

Er wusste nicht, was er darauf sagen sollte.

Martin saß auf der Küchencouch und studierte die Beipackzettel der verschiedenen Medikamente. Und je mehr er las, desto verwirrter wurde er. Ihm schien, dass einige der Medikamente das genaue Gegenteil von dem bewirkten, was eigentlich beabsichtigt war. Außerdem verstand er nicht, weshalb seine Mutter neben blutdrucksenkenden Mitteln auch solche nehmen musste, die den Blutdruck erhöhten. Möglicherweise wusste ja Doktor Lambert selbst nicht mehr, wie viele Medikamente er seiner Patientin im Laufe der Zeit verschrieben hatte. Martin dachte nach und griff schließlich zu seinem Handy.

»Hallo Manuela. Hier spricht Martin Koller, der Bruder von Babsi Deisenhammer. Ich hoffe, ich störe dich nicht, aber meine Schwester hat mir deine Nummer gegeben.«

»Martin Koller?«

»Ja, der Bruder von der Babsi. Die Friseurin, die –«

»Ach so, ja. Entschuldige, ich habe jetzt nicht gleich geschaltet.«

»Folgendes – ich habe heute die Pflege meiner Mutter übernommen, die Babsi fährt ja morgen für eine Woche auf Kur. Ja, und da wollte ich dich etwas fragen wegen der Medikamente, die der Doktor Lambert meiner Mutter verschrieben hat.«

»Was für Medikamente? Ich verstehe nicht ganz –«

»Also, ich kenne den Doktor Lambert ja nicht, und weder meine Mutter noch die Babsi haben je Fragen wegen der vielen Tabletten gestellt, die meine Mutter nun schon seit Wochen nimmt. Ich möchte dazu einfach eine Meinung einholen, weil mir das Ganze komisch vorkommt. Ich habe dich zwar schon seit Ewigkeiten nicht mehr gesehen, aber da wir uns ja von früher kennen, habe ich mir gedacht, rufe ich einfach einmal an.«

»Ja, das ist nett, aber ich bin mir nicht ganz sicher –«

»Du, es geht mir jetzt gar nicht um eine Diagnose. Ich brauche nur von einer Expertin ein paar Informationen. Ich kann das am Telefon schwer erklären, aber –«

»Ja, okay, also, wenn es nur darum geht, dann kann ich mir das gerne ansehen. Soll ich morgen kurz bei euch vorbeikommen?«

»Wenn das ginge, würde lieber ich bei dir vorbeischauen. Ginge das vielleicht schon heute? Ich möchte das so schnell wie möglich klären.«

»Heute? Hm, ich weiß nicht, ich habe heute bis neun Uhr Dienst.«

»Ich weiß, das kommt ein bisschen überfallsartig, aber du würdest mir wirklich helfen. Irgendwie habe ich das Gefühl, dass diese Medikamente meine Mutter vergiften.«

»Also, wenn es wirklich so dringend ist, könntest du so um halb zehn vorbeikommen und mir kurz die Situation erklären. Ja, und nimm bitte die Beipackzettel mit, damit ich mir das anschauen kann. Aber viel Zeit habe ich nicht.«

»Vielen Dank, Manuela, das ist sehr nett von dir. Ich werde dich auch nicht lange aufhalten.«

»Ist schon in Ordnung. Also dann, bis später.«

»Ja, danke nochmals, und bis später.«

Martin überlegte, ob er Paula anrufen sollte, ging aber stattdessen ins Wohnzimmer und schaltete den Fernseher ein. Er zappte von einem Sender zum nächsten, konnte sich aber auf keines der Programme konzentrieren. Außerdem schmerzte der Fernsehton in seinen Ohren. Er drehte wieder ab und ging zurück in die Küche. Dort richtete er sich auf der Couch ein provisorisches Bett, damit er in der Nähe seiner Mutter sein konnte.

»Was tust du denn?«, hörte er sie durch die angelehnte Tür fragen.

Martin öffnete die Tür einen Spalt. »Ich richte mir nur das Bett her. Aber schlaf weiter, Mama. Ich mache jetzt die Tür zu, damit du deine Ruhe hast.«

»Ja, ist gut«, antwortete sie schwach. »Möchtest du noch beten?«

»Später«, sagte Martin und atmete tief durch.

Martin nahm den Schirm seiner Mutter und trat hinaus in den Regen. Er sperrte ab und steckte den Schlüssel in die Manteltasche. Es war jetzt noch kälter als bei seiner Ankunft, und er fragte sich, ob es nicht besser gewesen wäre, die Haube aufzusetzen. Da seine Schuhe aber bereits nass waren, wollte er nicht mehr ins Haus zurückgehen. Seine Mutter hatte zeit ihres Lebens darauf bestanden, dass ihre Kinder bereits im Vorraum die Schuhe auszogen, also würde sie sich vermutlich selbst jetzt, wo sie schwer krank war, ärgern, wenn sie aufwachte und die Fußspuren am Boden sah.

Er spannte den Schirm auf und ging die Einfahrt entlang. Der Schirm, von dem eine Speiche abgebrochen war, hing auf einer Seite schlaff herunter. Links und rechts der Straße standen hinter Thujenhecken gut versteckt die typischen Einfamilienhäuser aus den sechziger Jahren. Sie erinnerten eher an Filmkulissen als an Wohnhäuser. Die Giebeldächer bestanden aus asbesthaltigem Eternit, das der Regen längst ausgewaschen hatte. Obwohl es erst halb zehn war, brannte in kaum einem der Häuser Licht. Martin erinnerte sich, dass er als Kind, wenn er im Winter vom Eislaufen oder Ministrieren nach Hause kam, immer panische Angst davor hatte, dass sein Elternhaus im Dunkeln läge. Er stellte sich dann vor, dass seine Eltern und Geschwister tot wären und er die Nacht alleine im kalten Haus verbringen müsste.

In der Ferne bellte ein Hund. Martin hob den Kopf, um herauszufinden, aus welcher Richtung das Bellen kam. Das Dröhnen in seinem Ohr machte das allerdings fast unmöglich. Martin blieb stehen und horchte. Er kniff die Augen zusammen und erschrak, als er zwischen zwei Häusern eine schattenhafte Gestalt vorbeihuschen sah. Um Gottes willen, sehe ich jetzt schon Gespenster? Er beschleunigte seine Schritte und stieg prompt in eine Lache. Seine Schuhe füllten sich mit Wasser. Am liebsten hätte Martin laut aufgeschrien, aber da er wusste, dass seine Schreie ohnehin niemand hören würde, setzte er seinen Weg fort.

Wenig später öffnete er ein schmiedeeisernes Gartentor, das sich zwischen einer wild wuchernden Thujenhecke befand. Auf rutschigen Steinplatten ging er auf eine Haustür zu, durch deren mattes Glas Licht schimmerte. Unterhalb des Klingelknopfs stand auf einem Messingschild der Name *BRANDNER*. Martin spannte den Schirm ab und läutete. Er hörte, wie im Haus eine Tür geöffnet wurde und sich Schritte näherten. Hinter dem Glas tauchte ein Schatten auf.

»Martin?«, fragte die schemenhafte Gestalt.

»Ja, ich bin's«, antwortete er und kam sich im selben Augenblick dämlich vor. Wer sollte er sonst sein, wenn nicht er?

Ein Schlüssel wurde umgedreht, und Manuela Brandner stand vor ihm.

»Hallo Manuela«, sagte Martin. Er reichte der jungen Frau die Hand. Manuelas Händedruck war nicht besonders fest, was ihn sofort irritierte. Entschuldigend fügte er hinzu: »Es tut mir leid, dass ich dich um diese Zeit noch störe. Aber ich bin erst vor zwei Stunden angekommen und ich finde mich mit diesen Medikamenten überhaupt nicht zurecht. Und nachdem meine Schwester auch schon ganz durcheinander ist, habe ich mir gedacht, ich frage dich einmal. Also, wie gesagt –«

Manuela lächelte dünn und machte eine beiläufige Handbewegung. »Das ist schon in Ordnung. Komm herein, bevor du noch völlig durchnässt bist.«

Martin betrat den Vorraum und lehnte den Schirm in eine Ecke. Seinen Mantel hängte er an einen freien Haken, wobei er darauf achtete, dass die Kleidungsstücke daneben nicht nass wurden. »Hier sind Hausschuhe«, sagte Manuela und deutete auf ein Paar ausgetretener Filzpantoffeln. Während er an seinen Schuhbändern hantierte, fragte sich Martin, wer diese Pantoffeln wohl üblicherweise trug. Von seiner Mutter hatte er einmal gehört, dass Manuela Brandners Mann aus dem gemeinsamen Haus ausgezogen war, aber mit wem sie jetzt zusammenlebte, wusste er nicht. Es hatte ihn auch nie wirklich interessiert.

»Entschuldige, mir ist das ein bisschen peinlich.« Martin hob einen seiner nassen Füße. »Aber ich glaube, es ist besser, wenn ich meine Socken ausziehe, sonst werden die Hausschuhe auch noch ganz nass.«

Manuela zögerte kurz, ehe sie zum Schuhkästchen ging. Sie kramte in einer Lade herum und reichte Martin ein Paar dicke Wintersocken. »Hier, ich glaube, die sollten dir passen.«

»Danke, das Wetter ist ja wirklich eine Katastrophe«, sagte Martin, während er sich im Stehen die trockenen Socken anzog.

Wenig später saßen Manuela und Martin im Wohnzimmer. Es war angenehm warm, und es roch nach Orangen. Der Duft kam von einer Lampe, die auf dem Couchtisch zwischen ihnen stand. Neben der Lampe lag ein Buch, *Die Kristallkrähe* hieß es, und Martin konnte auf dem Cover den Namen Joan Aiken lesen. Auf dem Umschlag war ein stilisierter Totenkopf zu sehen, auf dem eine riesige Krähe hockte, die ihren Schnabel in die linke Augenhöhle des Schädels stieß. Martin musste an die Vögel denken, die auf der Autobahn vom Himmel gefallen waren. Er fragte sich, was das wohl für ein Buch war, das Manuela da las.

Manuela saß auf der dick gepolsterten Couch. Sie trug eine graue Trainingshose und eine hellblaue Strickjacke, deren Gürtel an den Seiten lose herunterhing. Ihre halblangen dunkelblonden Haare hatte sie nach hinten gekämmt und seitlich mit zwei blumenförmigen Spangen festgeklemmt. Sie war blass im Gesicht, was ihre dunkelblauen Augen noch stärker zur Geltung brachte.

»Ich habe schon von Barbara gehört, dass es deiner Mutter nicht besonders gut geht. Der Doktor Lambert ist ihr Hausarzt, oder?« Manuela hielt ihre Teetasse mit beiden Händen fest umklammert.

»Ja, schon seit ewigen Zeiten. Aber ich wollte einmal mit jemandem sprechen, der sich da ein bisschen auskennt. Ich habe mir die Beipackzettel durchgelesen und finde das alles ziemlich verwirrend. Ich weiß schon, dass da oft maßlos übertrieben wird, aber trotzdem fürchte ich, dass meine Mutter seit Monaten viel zu viele Medikamente nimmt. Meine Schwester hat jetzt endlich ihre Kur bewilligt bekommen und hat mich gebeten, mich bis zu ihrer Rückkehr um meine Mutter zu kümmern. Sie hat auch schon Kontakt mit einer slowakischen Krankenschwester aufgenommen, die ihr dann ein bisschen helfen wird.« Martin beugte den Kopf ein wenig zur Seite und griff sich an sein linkes Ohr.

»Hast du Ohrenschmerzen?« Manuela stellte ihre Teetasse ab. »Hoffentlich hast du dich nicht erkältet.«

Martin winkte ab. »Nein, nein, kein Problem. Mir ist nur ein bisschen kalt vom Wind und vom Regen. Ja, also, ich dachte, vielleicht kannst du dir das einmal anschauen.« Martin holte die zusammengefalteten Beipackzettel aus seiner Sakkotasche und legte sie auf den Tisch.

Manuela rutschte nach vorne und griff nach ihnen. »Ich kann mir das gerne ansehen. Aber nachdem ich die exakte Diagnose nicht kenne und auch sonst keine Details weiß, tue ich mir da ein bisschen schwer.«

»Das ist mir schon klar«, sagte Martin, der spürte, wie seine Füße langsam wärmer wurden. Trotzdem fühlte er sich in den Socken und den Filzpantoffeln eines Fremden irgendwie unwohl. Während Manuela einen kurzen Blick auf die Beipackzettel warf, überlegte er, wann er sie zum letzten Mal gesehen hatte. Er konnte sich nicht erinnern, aber es musste Jahre her sein.

Als Martins Blick auf ein Foto fiel, das neben der Couch auf einer Kommode stand, stockte plötzlich sein Atem. Auf dem Foto war ein vielleicht fünfjähriger Junge zu sehen, der lachend einen kleinen Fisch in die Kamera hielt. Ach, du meine Güte, wie konnte ich Idiot das vergessen! Martin fühlte sich hundeelend.

Manuela legte die Beipackzettel zur Seite und sah ihn an.

»Manuela, es tut mir leid, aber ich –« Er wusste nicht, was er sagen sollte.

Manuela sah zuerst zu dem Foto und dann zu Martin. »Das ist schon in Ordnung«, antwortete sie mit leiser Stimme und richtete ihren Blick auf die Duftlampe.

»Ich komme so selten nach Schwarzmoos. Natürlich haben mir damals meine Mutter und Barbara von dem – also, von dem Unfall erzählt. Aber nachdem wir ja praktisch keinen Kontakt hatten, war ich mir nicht sicher, wie ich darauf reagieren sollte.«

Martin wusste, dass er log, denn außer einem beiläufigen »Ach so, ja, traurig« war ihm nichts eingefallen, als er von Simon Brandners Tod erfahren hatte.

»Mich hat es, ehrlich gesagt, ohnehin ein bisschen gewundert, dass du mich angerufen hast, denn selbst heute, mehr als ein Jahr nach –« Sie stockte und schob die Teetasse ein paar Zentimeter zur Seite. »Nachdem das passiert ist, trauen sich viele Leute immer noch nicht, mit mir darüber zu sprechen. Der Tod eines Kindes –« Sie hielt erneut inne. »Aber irgendwie verstehe ich die Leute sogar. Ich weiß ja auch nicht, wie ich reagiert hätte, wenn die siebenjährige Tochter meiner Nachbarn plötzlich gestorben wäre.«

Es war zum ersten Mal seit seinem Hörsturz, dass Martins Denken zumindest für kurze Zeit nicht vom Rauschen in seinem Ohr bestimmt wurde. Soeben war ihm klar geworden, dass er nicht der einzige Mensch auf Erden war, auf dessen Seele ein dunkler Schatten lag. Martin sah auf seine Armbanduhr. »Es ist schon fast zehn. Vielleicht ist es besser, wenn ich jetzt gehe. Glaubst du, dass ich dich morgen Vormittag anrufen könnte?«

»Ja, ja«, antwortete Manuela und lehnte sich zurück. »Aber von mir aus kannst du ruhig noch deinen Tee austrinken. Ich habe morgen erst um zehn Dienst, also bleibt mir noch genug Zeit, mich auszuschlafen.«

Der Regen prasselte monoton gegen die Scheiben, und man hörte, wie der Wind durch die kahlen Bäume wehte. Aus Verlegenheit griff Martin nach seiner Teetasse und nahm einen langen Schluck. Über den Tassenrand hinweg beobachtete er Manuela, die erneut die Duftlampe fixierte. Er überlegte fieberhaft, was er sagen konnte, um das Gespräch in eine möglichst unverfängliche Richtung zu lenken.

»Barbara hat mir erzählt, dass du auf der Internen arbeitest.«

»Ja, ja, schon seit vier Jahren.« Manuela nickte.

»Für mich ist die Medizin immer schon ein großes Mysterium gewesen.« Martin hoffte, dass Manuela diese banale Bemerkung nicht weiter kommentieren würde.

»Mysterium? Ich weiß nicht, schwer zu sagen. Was hast *du* eigentlich studiert?« Sie drehte kurz den Kopf und horchte, als irgendwo im Freien eine Tür zugeschlagen wurde. Manuela sah Martin an und überlegte. »Komisch, ich dachte, ich hätte in der Früh die Tür zum Schuppen zugesperrt. Der Wind ist wirklich ein Wahnsinn.«

Martin hoffte, dass seine Mutter schlief und von dem grauenhaften Wetter nichts mitbekam. »Ich habe Politikwissenschaft und Publizistik studiert, aber nicht abgeschlossen. Irgendwann hatte ich das Gefühl, dass das ein sinnloses Studium ist, also habe ich zu arbeiten begonnen.« Er hob bedauernd die Hände.

Manuela zog ihre Knie an und umklammerte ihre Beine. »Deine Schwester hat mir früher, als sie mir noch die Haare geschnitten hat, ab und zu erzählt, was du so treibst. Aber jetzt war ich schon länger nicht mehr bei ihr, also bin ich auch nicht mehr ganz auf dem Laufenden.«

»Na ja, so interessant ist mein Job auch wieder nicht, dass man ständig darüber reden müsste.« Martin spürte, wie seine Unruhe wieder zunahm. »Du, weil mir das gerade einfällt. In dem Haus da gegenüber –« Er deutete auf das straßenseitige Fenster. »Da hat doch die Familie Kelp gewohnt.«

»Ja, aber die sind schon vor einigen Jahren weggezogen von hier. Jetzt wohnt in dem Haus ein Ehepaar mit zwei kleinen Kindern, ich glaube, sie sind aus Bosnien oder Serbien. Die dürften zur Zeit auf Urlaub sein.

Ich habe kaum Kontakt zu ihnen. Kennst du die Kelps von früher?«, fragte Manuela und begann, ihre Füße zu massieren.

»Ja, ja, mit dem Walter war ich sogar befreundet. Vor ewigen Zeiten, muss man allerdings dazusagen.«

Martin musste an seine homosexuellen Abenteuer denken, an denen nicht nur Walter Kelp, sondern auch noch ein paar andere Burschen aus der näheren Umgebung beteiligt gewesen waren. Es war ein eigenartiges Gefühl, dreißig Jahre später auf der anderen Straßenseite jenes Hauses zu sitzen, in dem er zum letzten Mal den Schwanz eines anderen in der Hand gehabt hatte. Keiner hatte sich damals etwas dabei gedacht, als sie sich in Walters Elternhaus am Dachboden trafen und sich gegenseitig einen herunterholten oder sich in einer Reihe aufstellten und einen Wettbewerb im Weitspritzen veranstalteten. Irgendwann war diese Phase aber wieder vorbei gewesen, und wenn sich die Beteiligten später zufällig trafen, taten alle so, als hätte es diese Spielchen nie gegeben.

»Dass der Walter Kelp in der rechtsradikalen Szene aktiv ist, weißt du wahrscheinlich.« Manuela strich mit den Händen gedankenverloren über ihre angezogenen Beine.

Ohne dass er es gewollt hätte, fiel Martins Blick zwischen ihre Beine, und er wurde ein wenig unruhig, als er durch die Hose deutlich die Umrisse ihrer Schamlippen erkennen konnte. »Ja, ja, natürlich«, antwortete er beiläufig, »ich habe sogar schon über ihn geschrieben.« Martin entschied sich, das geplante Treffen mit Walter nicht zu erwähnen. Er sah auf die Uhr und räusperte sich. »So, ich glaube, ich muss jetzt wirklich gehen. Ich habe ein wenig Angst, dass meine Mutter aufwacht und glaubt, dass ich nicht da bin.« Er stand auf.

»Ja, ich verstehe.« Manuela erhob sich ebenfalls und schlüpfte in ihre Hausschuhe. Sie ging zur Wohnzimmertür und wandte sich Martin zu. »Was ich noch sagen wollte – wenn du möchtest, könntest du ja morgen zum Abendessen vorbeikommen. Ist nur so eine Idee, aber nachdem deine Schwester auf Kur ist und deine Mutter – na ja, dann wüsste ich auch schon mehr über die Medikamente.«

Martin sah Manuela an und wusste nicht, was er sagen sollte. Wenn dieses verfluchte Rauschen in seinem Ohr nicht gewesen wäre, hätte er sofort zugesagt. Aber so, wie er sich fühlte, war er sich nicht einmal sicher, ob er den nächsten Tag unbeschadet überstehen würde.

»Ich habe übrigens nicht nur Tee zum Trinken«, sagte Manuela und lächelte unsicher.

»Also, wenn mit meiner Mutter alles in Ordnung ist – ja, warum nicht. Wann soll ich denn kommen?«

»Ich habe bis sechs Uhr Dienst, also würde ich sagen, so um acht herum.« Manuela sah zu, wie Martin im Vorraum die Socken auszog. »Wenn du willst, kannst du die gerne anbehalten. Deine sind ja immer noch ganz nass. Nimm sie morgen einfach wieder mit.«

In der einen Hand hielt Martin den fremden Wintersocken, in der anderen seinen eigenen nassen Socken. »Ja, danke, das ist vielleicht gar keine so schlechte Idee.«

»Warte«, sagte Manuela und kramte wieder im Schuhkästchen, »hier hast du ein Plastiksackerl. Ja, und was ich noch sagen wollte: Es gibt Huhn, vorausgesetzt, dass du kein Vegetarier bist.«

»Nein, nein, das passt schon. Also, wenn du nichts von mir hörst, dann bin ich morgen um acht hier.«

Nachdem er sich von Manuela verabschiedet hatte, blieb Martin auf der Straße vor dem Haus stehen, in dem früher die Kelps gewohnt hatten. Wie bei den meisten anderen Einfamilienhäusern wurde auch dieses Grundstück zur Straße hin von einer hohen Thujenhecke begrenzt. Martin spannte den kaputten Schirm auf und spürte, wie die feuchte Kälte langsam in seinen Körper kroch. Vor seinem Mund bildeten sich kleine Wölkchen, ein untrügliches Zeichen dafür, dass der Winter im Anmarsch war. Gerade als er weitergehen wollte, sah er, wie hinter dem linken Fenster im Parterre der Vorhang zur Seite geschoben wurde. Eine alte Frau schaute heraus. Martin erschrak, weil im Haus kein Licht brannte und er nicht damit gerechnet hatte, dort jemanden zu sehen. Trotz der spärlichen Straßenbeleuchtung war sich Martin sicher, dass ihn die Frau gesehen hatte. Er senkte den Kopf und ging rasch weiter. Das dumpfe Echo seiner Schritte klang verzerrt in seinen Ohren, und Martin wünschte sich nichts sehnlicher, als sich so schnell wie möglich in seinem warmen Bett verkriechen zu können. Als er an der Stelle vorbeikam, wo er zuvor zwischen den Häusern eine Gestalt gesehen hatte, blieb er kurz stehen, um zu schauen, ob ihm etwas Ungewöhnliches auffiel. Aber außer ein paar kahlen Sträuchern, die sich im Wind hin und her bewegten, war nichts zu sehen.

Wenig später bog Martin in die Hauseinfahrt und blieb abrupt stehen. Er starrte auf das Kellerfenster. Das ist doch nicht möglich. Um Gottes willen! Er beschleunigte seine Schritte und hoffte inständig, dass seine Mutter nicht in den Keller gegangen war. Ich bin mir sicher, dass da kein Licht brannte, als ich vorhin wegging. Er sperrte auf, stellte den nassen Regenschirm in die Ecke und öffnete die Tür zum Treppenhaus. Von dort führte eine Tür in den Keller. Martin drückte die Klinke und spürte einen leichten Stich in der Magengegend. Es war abgesperrt. Mit hämmerndem Herzen drehte er den Schlüssel um und ging die Treppe hinunter. »Mama«, rief er mit ängstlicher Stimme, aber im selben Augenblick fiel ihm ein, dass seine Mutter gar nicht im Keller sein konnte.

Er lief die paar Stufen zurück und eilte in die Küche. Seine nassen Schuhe hinterließen schmutzige Abdrücke auf dem Boden. In der Küche schaltete er das Licht ein. Er betete, dass seine Mutter im Nebenzimmer schlafend im Bett lag, öffnete vorsichtig die Tür und begann am ganzen Körper zu zittern. Er musste sich am Türrahmen festhalten. Ohne dass er es gewollt hätte, begann er wie ein Kind zu wimmern. Die Bilder in seinem Kopf ergaben keinen Sinn. Genausowenig wie das, was er im Bett sah.

IV

I feel like a cartoon brick wall.
R.E.M., »Why Not Smile«

Mit der flachen Hand schlug Martin auf die an manchen Stellen bereits aufgerissene Polsterung, bevor er sich in das Fauteuil fallen ließ. Dieses Fauteuil hatte, gemeinsam mit einem zweiten, im Wohnzimmer jahrelang als sogenannter *Schlafsessel* gedient, weil seine Eltern darin beim Fernsehen regelmäßig eingeschlafen waren. Das andere Fauteuil stand jetzt, mit drei Beinen nach oben, in einer Ecke. Das abgebrochene Bein lag daneben auf dem Boden.

Der Regen prasselte mit einer solchen Heftigkeit auf das Eternitdach, dass Martin das Rauschen in seinem linken Ohr kaum mehr wahrnahm. Nur wenn er sich das gesunde Ohr zuhielt, hörte er *sein* Rauschen, das sich mit dem dumpfen Geräusch des Regens zu einem quälenden Klanggebilde vermischte.

Martin war seit ewigen Zeiten nicht mehr auf dem Dachboden gewesen, und er fragte sich, nach welchen Kriterien seine Eltern die Dinge ausgesucht hatten, die hier verrosteten, vermoderten oder in ihre Einzelteile zerfielen. Neben einer verbogenen Fernsehantenne lehnte Martins kaputte Kinderrodel an der Wand. Daneben stand eine Scheibtruhe mit einem halbleeren Zementsack, dessen Inhalt längst ausgehärtet war. Auf dem Fußpedal einer alten Singer-Nähmaschine lagen zerschlissene Jutesäcke, und auf einem Stapel Bananenschachteln – *Geschirr, Mäntel, Schuhe, Schulsachen Gerh., Barb., Martin* – lag eine Karniese mit einem von Motten zerfressenen Vorhang. Es war der Vorhang, der früher in Martins und Gerhards Kinderzimmer gehangen hatte. Bis auf eine graue Decke, die zwischen zwei massiven Stützbalken an einer Leine hing, kamen ihm die meisten Dinge bekannt vor. Die Decke sah steif aus, genauso steif wie die gefrorenen Hemden und Hosen, die seine Mutter früher an extrem kalten Wintertagen hier zum Trocknen aufgehängt hatte. Als Kind hatte sich Martin dann immer vorgestellt, dass in den Hemden und Hosen mit den bizarren Formen Geister lebten, die erst verschwanden, wenn die Wäschestücke wieder auftauten.

Die graue Decke erinnerte ihn an etwas. Scheiße, warum bin ich denn überhaupt auf den Dachboden gegangen? Er dachte angestrengt nach. Was war da vorhin? Da war doch irgendetwas. Ihm fehlte die Erinnerung an das, was er im Bett seiner Mutter gesehen hatte. Da war das Licht im Keller, und dann war irgendetwas im Bett, irgendetwas, was mit dieser grauen Decke zusammenhing. Scheiße, Scheiße, das ergibt alles keinen Sinn. Er stand auf und strich über die Decke, die sich rau anfühlte. Er setzte sich wieder in das Fauteuil, aber sosehr er sich auch bemühte, ihm fiel nicht ein, was er gesehen hatte. »Ich darf mich jetzt nicht verrückt machen lassen«, sagte er fast beschwörend und biss sich in die Unterlippe.

Martins Blick blieb an einem Gitterbett in einer Ecke hängen, über dem ein vertrocknetes Wespennest hing. Auf der Matratze lag eine verstaubte Schuhschachtel, aus der ein Stück Stoff hervorschaute. Bin ich als Kind in diesem Gitterbett gelegen? Er stellte sich vor, wie ihn seine Mutter in den Schlaf gesungen hatte. Und jetzt liegt die Frau, die mir Schlaflieder gesungen hat, unten sterbenskrank im Bett. Das ganze Leben ist ein gigantischer Schwachsinn!

Er ging zu dem Gitterbett und griff nach der Schuhschachtel. Plötzlich hielt er inne. Trotz des Lärms, den der Regen machte, glaubte er, einen Seufzer gehört zu haben. Sein Magen verkrampfte sich, und Martin drehte sich langsam um. Er kniff die Augen zusammen und horchte, aber außer dem Prasseln des Regens und dem Rauschen in seinem Ohr hörte er nichts. Mit der Schachtel in der Hand schlich er zur Tür, drehte das Licht ab und ging leise die Treppe hinunter.

In der Küche stellte er die Schachtel neben die Abwasch. Dann sah er nach seiner Mutter, die im Halbschlaf vor sich hindämmerte und immer wieder zusammenzuckte. Martin nahm ihre Hand und streichelte sie. Einmal wachte sie kurz auf und fixierte einen Punkt an der Decke. »Was ist das da oben? Ein Vogel?« Gleich darauf schloss sie wieder die Augen.

»Nein, Mama, das ist kein Vogel«, antwortete Martin kaum hörbar, »das ist der Schatten, den das Licht aus der Küche wirft.« Martin wartete, bis seine Mutter wieder eingeschlafen war, und ging zurück in die Küche. Die Tür ließ er angelehnt.

Mit einem Stück feuchter Küchenrolle wischte er den Staub von der Schachtel. Er setzte sich an den Tisch, öffnete den Deckel und spürte, wie sein Herz schneller zu schlagen begann. Auf einem hellblauen Wickeljäckchen lag ein rotstichiges Foto, auf dem ein Mann und eine Frau mit einem Säugling zu sehen waren. Martin nahm das Foto und erkannte darauf seine Eltern, die in der Einfahrt ihres damals noch unverputzten Hauses neben dem Opel Kadett standen, den Martins Vater Anfang der sechziger Jahre gekauft hatte. Sie trugen Sommerkleider, und Martin fiel auf, dass weder seine Mutter noch sein Vater lächelten. Von dem kleinen Baby, das Martins Mutter in einem Wickelpolster im Arm hielt, war nur der Kopf zu sehen. Martin wusste, dass in seinem Geburtsjahr die Hausfassade bereits heruntergeputzt war, und da seine Schwester Barbara im Oktober 1967 zur Welt gekommen war, konnte es sich bei dem Baby eigentlich nur um seinen Bruder Gerhard handeln, der im Mai 1965 geboren worden war. Martin drehte das Foto um und stutzte. *Unser Liebling Mathias, geb. am 24. 4. 1964* stand auf der Rückseite. Martin betrachtete das Foto genauer und dachte angestrengt nach. Wer um Himmels willen ist Mathias? Er überlegte, ob es sich bei dem Baby um jemanden aus der Verwandtschaft handeln könnte, doch sosehr er auch nachdachte, ihm fiel niemand ein, der Mathias hieß. An dem Foto war noch etwas, was Martin irritierte. Er wusste nicht genau, was es war, aber es hatte etwas mit dem Erscheinungsbild seiner Mutter zu tun. Ihre langen, schwarzen Haare erinnerten ihn an jemanden, ohne dass er sagen hätte können, an wen. Er sah zur Tür und dachte nach. Martin hatte das Gefühl, dass es mit seinem Blackout zusammenhing, das er zuvor gehabt hatte.

Er legte das Bild zur Seite und griff nach den Kleidungsstücken in der Schachtel. Die hellblaue Strampelhose und das gleichfarbige Wickeljäckchen hatten Löcher und rochen nach Moder. Zwischen der Strampelhose und dem Wickeljäckchen lagen ein Schnuller und ein kleiner Plüschteddybär. Mit einem eigenartigen Gefühl griff Martin danach. Er breitete den Inhalt der Schachtel vor sich aus und fand ganz unten auch noch ein Andachtsbild. Es war ein kitschiges Bild mit Engeln, dem Lamm Gottes und dem Christusmonogramm JHS auf einer Hostie, die über einem goldenen Kelch schwebte. Auf der Rückseite des Bildes stand in ungelenker Schrift:

Ecce Panis
angelorum
Du kleiner
Mathias
gingst nicht
verloren
Du fandest
Himmelsbrot
Du bist bei Gott
Deine Oma

Während Martin verwirrt auf diese Gegenstände starrte, hörte er im Nebenzimmer seine Mutter im Schlaf unverständliche Worte murmeln. Tief im Inneren spürte er eine Ohnmacht gegenüber den Ereignissen, die in diesem Augenblick über ihn hereinbrachen. Eben war ihm klar geworden, dass er einen Bruder gehabt hatte, der offenbar kurz nach seiner Geburt gestorben war. Warum und weshalb, wusste er natürlich nicht. Und wahrscheinlich würde er es auch nie erfahren.

Aufgrund der sommerlichen Kleidung seiner Eltern vermutete Martin, dass die Aufnahme im Juli oder August 1964 gemacht worden war, was bedeutete, dass Mathias zu diesem Zeitpunkt vielleicht drei oder vier Monate alt sein mochte. Beim Anblick der winzigen Babykleider musste Martin mit den Tränen kämpfen, aber weniger aus Trauer über den frühen Tod seines Bruders als vielmehr aus Selbstmitleid. Am liebsten hätte er sich zu seiner Mutter ins Bett gelegt, um an ihrer Seite einzuschlafen und nie wieder aufzuwachen. Als Kind war seine größte Angst gewesen, dass seine Eltern sterben würden. Jetzt saß er da und spürte, wie der Tod gerade dabei war, nach seinem Vater auch seine Mutter zu holen.

Martin überlegte, dass Mathias jetzt siebenundvierzig Jahre alt wäre. Er schloss die Augen und versuchte, sich zu diesem Namen ein Gesicht vorzustellen. Aber sosehr er sich auch bemühte, es gelang ihm nicht. Er fragte sich, ob sein eigenes Leben anders verlaufen wäre, wenn sein Bruder nicht bereits im Babyalter gestorben wäre. Vielleicht wäre ich dann ja gar nicht geboren worden, weil meine Eltern mit Mathias, Gerhard und Barbara bereits drei Kinder gehabt hätten.

Er steckte das Foto in die Innentasche seines Sakkos und legte die anderen Dinge wieder zurück in die Schuhschachtel. Dabei fiel sein Blick auf einen zusammengefalteten Partezettel, der zwischen den Babysachen gesteckt haben musste. Martin entfaltete den Zettel: *Christliches Andenken an Herrn Otto Sterneder, der am 27. Mai 1964 im 43. Lebensjahr von uns gegangen ist.*

Otto Sterneder? Das war doch der Onkel von Martins Mutter, den sie erst vor wenigen Stunden im Halbschlaf erwähnt hatte.

Martin war vollkommen verwirrt und hatte nicht die geringste Ahnung, was das alles zu bedeuten hatte. Er schloss den Deckel, ging ins Stiegenhaus und deponierte die Schachtel im ersten Stock auf dem Treppenabsatz. Am nächsten Morgen würde er die Schachtel wieder in das Gitterbett am Dachboden legen, und niemand würde je erfahren, dass er soeben einem traurigen Familiengeheimnis auf die Spur gekommen war.

Martin stützte sich an den Wänden einer engen Aufzugskabine ab, die mit extrem hoher Geschwindigkeit nach unten raste. Er hatte keine Ahnung, wo er überhaupt war und weshalb er sich in dieser Kabine befand. Der Aufzug wurde immer schneller, und Martin wusste, dass er beim Aufprall sterben würde. In seiner Todesangst schrie er so laut, dass ihm sein Geschrei in den Ohren schmerzte.

»Martin, Bub, was ist denn los?«

Martin hörte die kraftlose Stimme seiner Mutter und wusste nicht, woher sie kam. Erst als er den vertrauten Geruch der Küche wahrnahm, dämmerte ihm, dass er in seinem Elternhaus auf dem Sofa lag. Er öffnete die Augen und erschrak, als seine Mutter in ihrem weißen Nachthemd neben ihm stand. Sie sah aus wie ein Gespenst. Er rappelte sich auf und sah seine Mutter an. »Mama, was ist denn los, warum stehst du hier?«

»Mein Bub, du hast so laut geschrien, dass ich aufgewacht bin. Hast du schlecht geträumt?« Sie streichelte mit ihrer rauen Hand über seine Wange. Er spürte, wie ihre Hand zitterte.

Martin stand auf und hakte sich bei seiner Mutter unter. »Komm, Mama, geh wieder schlafen, es ist ja erst halb vier.«

Seine Mutter blieb stehen und deutete auf die nackten Füße ihres Sohnes. »Zieh dir Hausschuhe an, der Boden ist kalt.«

Martin zog kommentarlos seine Hausschuhe an und ging mit seiner Mutter zurück in ihr Zimmer. Nachdem sie sich hingelegt hatte, fragte er, ob er sie mit einer Heilsalbe einreiben solle.

»Ja, schmier mich halt ein«, antwortete sie mit matter Stimme.

Der Geruch der Salbe erinnerte Martin an seine Kindheit, als *er* von seiner Mutter eingerieben wurde, wenn er eine Erkältung hatte. Jetzt war es umgekehrt, nur dass seine Mutter keine Erkältung hatte, sondern todkrank war.

Bereits um sechs Uhr saß Martin am Küchentisch und sortierte die Medikamente, die seine Mutter über den Tag verteilt nehmen musste. Er hatte in den letzten Stunden kaum geschlafen und fühlte sich miserabel. Draußen regnete es immer noch in Strömen, und Martin fragte sich, wie lange es noch dauern würde, bis die ersten Überschwemmungen kamen. Es waren neun verschiedene Medikamente. Martin bezweifelte zwar, dass diese Tabletten überhaupt helfen würden, aber da ihm seine Schwester eingebläut hatte, die Dosierung keinesfalls zu ändern, wollte er sich daran halten und erst einmal abwarten, was Manuela dazu zu sagen hatte. Martin legte insgesamt dreiundzwanzig Tabletten in die vier Schalen des Medikamentenspenders: Morgens, mittags und abends musste seine Mutter je sieben und nachts noch einmal zwei Pillen nehmen. Pro Monat schluckte seine Mutter also sechshundertundneunzig Tabletten, um wieder gesund zu werden. Das nannte man medizinischen Fortschritt.

Bevor er das Frühstück machte, ging Martin noch rasch nach oben, um die Schuhschachtel auf den Dachboden zu tragen. Am Treppenabsatz angekommen blieb er abrupt stehen. Er sah sich um, die Schachtel war nicht mehr da. Ach, du meine Güte, womöglich ist die Mama aufgewacht und hat die Schachtel entdeckt. Ihm kam das zwar sonderbar vor, aber eine andere Erklärung gab es nicht. Mit einem mulmigen Gefühl im Bauch ging Martin die Treppe zum Dachboden hinauf und öffnete vorsichtig die Tür. Er schaltete das Licht ein und sah, dass die Schachtel tatsächlich an ihrem ursprünglichen Platz im Gitterbett lag. Martin spürte einen leichten Stich in der Magengrube und blickte sich ängstlich um.

Martins Mutter saß am Tisch und verzog jedes Mal, wenn sie eine Tablette schluckte, das Gesicht.

»Komm, iss ein Stück Brot, dann schmecken sie nicht so grauslich«, sagte Martin.

Seine Mutter zuckte bloß mit den Schultern und griff apathisch zur nächsten Tablette. Auch wenn Martin am Gesichtsausdruck seiner Mutter nicht erkennen konnte, ob sie der Fund der Schuhschachtel beunruhigt hatte, blieb ihm gar nichts anderes übrig, als sie direkt darauf anzusprechen. »Mama, warst du letzte Nacht auf dem Dachboden?«

Seine Mutter sah ihn lange an und schien über etwas nachzudenken. Schließlich murmelte sie: »Auf dem Dachboden war ich schon lange nicht mehr. Die Barbara hat einmal etwas von oben geholt, aber ich weiß nicht mehr, was es war.«

Martin schluckte. »Die Schuhschachtel, die am Treppenabsatz gestanden ist, die hast doch du auf den Dachboden getragen, oder?«

»Jetzt kommt bald der Winter«, antwortete sie mit matter Stimme, während der Regen mit unverminderter Heftigkeit gegen die Scheiben trommelte. »Die Oma und der Opa waren heute Nacht bei mir. Die Oma hat mich an der Schulter berührt, und der Opa hat eine graue Decke mitgehabt. Ich hab sie etwas gefragt, aber sie haben nicht geantwortet. Hast du sie auch gesehen?«

Martin spürte, wie das Geräusch in seinem linken Ohr wieder lauter wurde. Die Oma und der Opa, also die Eltern von Martins Mutter, waren längst tot. Schön langsam bekam er es mit der Angst zu tun. »Nein«, antwortete er verunsichert, »ich habe ja geschlafen.« Er nahm einen Schluck Tee und merkte, wie seine Hand zitterte. Eine graue Decke? Das gibt es ja alles gar nicht. Martin beobachtete seine Mutter, und plötzlich war er sich sicher, dass sie nicht auf dem Dachboden gewesen sein konnte. Dazu wäre sie viel zu schwach gewesen.

Wie er es auch drehte und wendete, irgendwie ergab das alles keinen Sinn.

»Ich lege mich wieder hin«, sagte seine Mutter und stand auf. Martin begleitete sie ins Zimmer. »Zieh die Vorhänge ein bisschen auf«, bat sie, während sie umständlich ihre Bettdecke richtete.

Martin öffnete die Vorhänge, zog sie aber gleich wieder zu. »Draußen ist es noch finster, und der Regen hat auch nicht nachgelassen. Ich mache die Vorhänge später auf, wenn es hell ist. Dann kann ich auch ein wenig lüften.«

»Setz dich her und bete ein Vaterunser mit mir.«

Martin atmete tief durch und setzte sich zu seiner Mutter ans Bett.

»Zünde eine Kerze an«, flüsterte sie. Sie sah ihren Sohn mit ausdruckslosem Gesicht an.

Martin zündete die Fatima-Kerze an, die neben dem Bett auf dem kleinen Beistelltischchen stand, und griff nach der Hand seiner Mutter. Sie schloss die Augen und begann mit schwacher Stimme zu beten: »Vater unser, der du bist im Himmel, geheiligt werde dein Name …«

Martin senkte den Blick und murmelte das Gebet im schleppenden Tempo seiner Mutter mit. »… sondern erlöse uns von dem Bösen, Amen.«

Als Kind und später als Ministrant hatte Martin das Vaterunser hunderte Male gebetet, aber wenn ihn jetzt jemand gefragt hätte, was »erlöse uns von dem Bösen« genau bedeutete, hätte er es nicht sagen können. Dass seine Mutter schwer krank war, hatte nichts mit *dem Bösen* zu tun, auch nicht, dass er sich zur Zeit in einem Ausnahmezustand befand. Das Böse, von dem im Vaterunser die Rede war, war etwas Diffuses und stand nicht zufällig am Ende dieses Gebets, das bei Martin ein Gefühl absoluter Hoffnungslosigkeit hinterließ.

Nachdem seine Mutter wieder eingeschlafen war, verließ Martin das Zimmer und ging die Treppe hinauf. Verdammt noch einmal, es muss doch eine logische Erklärung dafür geben, wie diese Schuhschachtel wieder ins Gitterbett gekommen ist. Er sperrte die Dachbodentür auf, schaltete das Licht ein und hätte am liebsten laut aufgeschrien. »Das gibt es nicht, das gibt es nicht, das gibt es nicht«, wiederholte er gebetsmühlenartig, als er sah, dass die graue Decke nicht mehr an der Leine hing. Er raufte sich die Haare und dachte nach. Vielleicht war seine Mutter ja doch auf dem Dachboden gewesen und hatte die Schachtel ins Gitterbett gelegt und anschließend die graue Decke mitgenommen. Aber Martin konnte sich nicht erinnern, die Decke in ihrem Zimmer gesehen zu haben.

Ging es nach Barbaras Speiseplan, sollte es heute zum Mittagessen Gemüsesuppe und Champignonsauce mit Semmelknödel geben. Die Speisen für jeden einzelnen Tag ihrer Abwesenheit hatte sie, pflichtbewusst wie sie nun einmal war, entweder bereits zubereitet oder sie hatte die entsprechenden Zutaten im Kühlschrank deponiert. *Faschierte Laibchen, Krautfleckerl, Gebackene Fischfilets, Gemüseauflauf, Wiener Schnitzel.* Martin fragte sich, was dieser üppige Speiseplan überhaupt für einen Sinn hatte, wenn seine Mutter ohnehin keinen Appetit mehr hatte. Ihm fiel das Wort »Henkersmahlzeit« ein, und er musste an den übergewichtigen amerikanischen Serienmörder John »The Clown« Gacy denken, der sich vor seiner Hinrichtung eine Diet Coke bestellt hatte. Wahrscheinlich wollte er in den letzten Minuten seines Lebens nicht mehr zunehmen.

Martin horchte, ob seine Mutter schlief, und legte sich auf die Couch. Er dachte an Manuela und massierte seinen Pimmel, musste aber erneut feststellen, dass sich dort absolut nichts tat.

»Mit dem Schneebesen, nicht mit dem Mixer«, hörte er seine Mutter murmeln.

Martin wischte sich die Hand an der Hose ab und öffnete vorsichtig die angelehnte Tür. Er sah, dass seine Mutter im Schlaf redete. Er ging zu ihr. Hoffentlich stirbt sie bald. Der Gedanke war aus dem Nichts gekommen, und Martin kam sich sofort schäbig vor. Fast entschuldigend flüsterte er: »Mama, danke für alles.«

Wieder in der Küche öffnete Martin den Kühlschrank und fand in einem Tupperware-Behälter zwei Semmelknödel und einen Topf mit Champignonsauce. Daneben befanden sich in zwei beschrifteten Tupperware-Dosen die Krautfleckerl und der Gemüseauflauf. Die Wiener Schnitzel, die faschierten Laibchen und die Fischfilets lagen im Tiefkühlfach. Seine Schwester hatte also wirklich an alles gedacht. Sie traute Martin wohl nicht zu, eine Woche lang für sich und seine Mutter sorgen zu können. Wie zum Trotz beschloss er, bei nächster Gelegenheit in den Supermarkt zu fahren. Da er vom Kochen aber nichts verstand, würde sich sein Einkauf wahrscheinlich auf Tiefkühlware beschränken. Und auf ein paar gute Flaschen Wein, vorausgesetzt, dass es so etwas in Schwarzmoos überhaupt gab. Er stellte sich vor, wie er beim Abendessen mit Manuela Rotwein trank, und wurde sofort wieder wütend, weil er sich immer noch wie ein Stück Holz fühlte.

Martin gab in das Suchfeld seines iPhones das Stichwort »Potenzmittel« ein. 7490000 Einträge gab es dazu, und bereits die Startseite war voll von Werbeeinschaltungen für Arzneien mit so vertrauenserweckenden Namen wie *Toro 3000, Arginin, Maca* oder *Prelox.* Martin erinnerten diese Namen eher an Schmiermittel als an Medikamente, die *längeres Stehvermögen und maximale Potenz* versprachen.

Martin dachte an das Abendessen bei Manuela, und in seinem Kopf lief ein Katastrophenszenario ab. Sofort hatte er das Gefühl, etwas gegen seine Impotenz unternehmen zu müssen. Dabei spielte es gar keine Rolle, ob er tatsächlich impotent war oder er sich die Impotenz nur einbildete. Auch stellte er sich gar nicht die Frage, weshalb er so sicher war, dass Manuela überhaupt mit ihm schlafen wollte. Offenbar hatte er die Einladung zum Abendessen automatisch mit einer Einladung zum Sex gleichgesetzt. Das war insofern absurd, als Manuela während ihres Gesprächs kein einziges Mal auch nur die kleinste Andeutung in diese Richtung gemacht hatte.

Martin saß in der Falle seiner Paranoia. Als Nächstes suchte er nach Urologen in Rödt. Er klickte die Ordinationszeiten der fünf Urologen im Ort an und sah, dass sich nur noch bei einem ein Besuch ohne Terminvereinbarung ausgehen würde. Der Arzt hieß Doktor Zsombor Barkony und hatte seine Praxis in einer Straße, die Martin nicht kannte. Er öffnete die Tür zum Zimmer seiner Mutter und flüsterte ihr zu: »Mama, ich fahre kurz nach Rödt einkaufen. In spätestens einer Stunde bin ich wieder zurück. Ist das okay für dich?« Seine Mutter nickte müde und drehte sich zur Seite. Martin richtete ihre Decke. Er fühlte sich elend.

In der Diele suchte er in einem Kästchen nach dem Stadtplan von Rödt und hatte plötzlich einen Zeitungsausschnitt in der Hand.

Fünfjähriger stirbt bei Bootsausflug

Besonders tragisch: Bub hatte Geburtstag

Eigentlich hätte es ein gemütlicher Angelausflug werden sollen: Um seinem Sohn Simon (5) eine Geburtstagsfreude zu bereiten, nahm der Jurist Dr. Bernhard B. (34) seinen Sohn zum Hechtangeln auf den Buchensee mit. Auf der Höhe von Buchenau, nur 500 Meter vom Ufer entfernt, kam es dann zu dem tragischen Unfall: Aufgrund einer Unachtsamkeit verhedderte sich der Fünfjährige just in dem Augenblick in der Angelschnur, als ein Hecht anbiss und den Buben ins Wasser zog. Obwohl Simon eine Schwimmweste trug und sein Vater sofort ins Wasser sprang, gelang es dem Juristen wegen des hohen Wellengangs erst nach einigen Minuten, seinen Sohn wieder ins Boot zu hieven. Verzögert wurde die Rettung schließlich auch noch durch aufkommenden Nebel und die Tatsache, dass das Handy des Vaters nach seinem Sprung ins Wasser nicht mehr funktionierte. Erst nachdem der Mann am Ufer einen Spaziergänger um Hilfe gebeten hatte, konnten die Rettungskräfte alarmiert werden.
Die sofort durchgeführten Wiederbelebungsmaßnahmen blieben allerdings ohne Erfolg. Der Vater und die in der Zwischenzeit am Unfallort eingetroffene Mutter des Jungen, die Ärztin Dr. Manuela B., mussten von Mitarbeitern der Krisenintervention des Roten Kreuzes psychologisch betreut werden. Zur genauen

Klärung der Todesursache wurde eine Obduktion angeordnet.

Martin ließ den zerknitterten Zeitungsausschnitt sinken und dachte an das Foto mit dem lachenden Jungen, der den kleinen Fisch in die Kamera hielt. Die Vorstellung, dass dieser Bub jämmerlich ertrunken war, machte ihn noch trauriger, als er ohnehin schon war. Martin fragte sich, ob die Hausschuhe und die Socken, die er bei Manuela getragen hatte, ihrem Mann gehört hatten. Er legte den Zeitungsartikel in die Schublade zurück und suchte weiter nach dem Stadtplan.

Die Praxis von Doktor Zsombor Barkony befand sich in einer alten Villa am Stadtrand von Rödt und machte einen verwahrlosten Eindruck. Da Martins Angst, sich vor Manuela zu blamieren, aber größer war als die Peinlichkeit, sich ein Potenzmittel verschreiben zu lassen, öffnete er trotz aller Zweifel die schwere Holztür. Im Gang roch es muffig, und bereits das erste Plakat, das er erblickte, löste bei Martin ein gewisses Unbehagen aus: *BLASENSCHWÄCHE – KEIN GRUND ZUM SCHÄMEN* war darauf in großen Lettern zu lesen. Martin fragte sich, ob es nicht doch besser gewesen wäre, sich zu Hause im Bett zu verkriechen. Neben dem Eingang zum Warteraum saß hinter einem braunen Schreibtischungetüm eine Frau, die ungefähr genau so alt war wie die Tapeten an der Wand. »Grüß Gott«, sagte Martin und rang sich ein Lächeln ab.

Die Frau nickte und warf ihm einen kritischen Blick zu. »Haben Sie einen Termin?«

»Nein«, antwortete Martin verlegen, »ich bin aus Wien und nur für ein paar Tage hier, und nachdem ich im Internet gelesen habe, dass der Herr Doktor heute ordiniert, bin ich spontan hergekommen.«

»Ach so, aber wenn es sich um etwas Akutes handelt«, antwortete die Sprechstundenhilfe lauernd, »dann müssten Sie ins Krankenhaus in die Notaufnahme fahren.«

»Nein, akut, also akut im eigentlichen Sinn ist es nicht. Ich wollte nur, äh – wäre es möglich, mit dem Herrn Doktor persönlich zu sprechen?« Martin kam sich vor wie ein Kind, das etwas angestellt hatte.

»Worum geht es denn?«, fragte die alte Frau mit einem Unterton, aus dem Martin herauszuhören glaubte, dass sie bereits wusste, worum es ging.

»Ist es möglich, das mit dem Herrn Doktor persönlich zu besprechen? Hier ist meine e-Card.« Martin legte seine Versicherungskarte auf den Tisch.

Die Frau nahm die Karte und betrachtete sie interessiert. »Na ja, Herr Koller, also eigentlich habe ich ja heute keinen Termin mehr frei, und solange ich nicht weiß, was Ihnen fehlt, kann ich das Datenblatt nicht ausfüllen.«

Hinter der Frau hing ein Plakat, von dem ein weißhaariger Mann herunterlachte, der offenbar wusste, worauf es ankam: *Andro-Check – Fit und Potent bis ins hohe Alter.* Martin fragte sich, weshalb Werbegrafiker nicht einmal das einfache Wort »potent« richtig schreiben konnten.

Er spürte den fragenden Blick der Ordinationshelferin und hörte sich plötzlich sagen: »Ich glaube, ich brauche, also – ich habe Schmerzen beim Harnlassen, und da brauche ich ein Rezept für ein Medikament.«

Die Frau machte sich ein paar Notizen und reichte Martin einen Plastikbecher. »Sie können im Wartezimmer Platz nehmen. Zuerst brauche ich aber noch Ihren Harn.« Sie deutete vage Richtung Vorraum. »Sie können das im WC erledigen. Aber den Becher höchstens halbvoll machen.«

Wie von der Sprechstundenhilfe befohlen, urinierte Martin in den Plastikbecher und stellte ihn neben dem WC auf eine Ablage. Das Wartezimmer, in dem nicht einmal Licht brannte, war menschenleer. Außer einigen Holzstühlen befanden sich darin nur ein paar Topfpflanzen, die in einer Ecke traurig vor sich hinwelkten. Martin überlegte, ob er nicht besser gleich wieder gehen sollte. Er sah beim Fenster hinaus, vor dem sich eine mächtige Tanne – oder war es eine Fichte? – im Wind hin und her bewegte. Während er an seine Mutter dachte, fiel sein Blick auf einige Aufnahmen von Budapest, die in verschnörkelten Rahmen an der fleckigen Tapetenwand hingen: *Kettenbrücke, Vörösmarty Platz, Matthiaskirche*. Er dachte an seinen verstorbenen Bruder, wobei er sich fragte, ob man Mathias mit einem oder mit zwei t schrieb. Er überlegte, wann er das letzte Mal in Budapest gewesen war, und ihm fiel ein, dass er mit Paula dort einmal ein Wochenende verbracht hatte. Das musste ewig her sein, denn Martin konnte sich nur noch daran erinnern, dass sie sich die meiste Zeit in ihrem Hotelzimmer aufgehalten hatten, um zu vögeln. Martin dachte an den Satz, den Paula in ihrem Buch auf dem Nachtkästchen unterstrichen hatte: *Sex ist die einzige Rettung auf Erden*. Vielleicht war das nicht der exakte Wortlaut, aber sinngemäß war das die Aussage, die Paula immerhin so wichtig war, dass sie sie in ihr Buch hineinschrieb.

»Herr Koller, dorf ich bitten!« Ein grauhaariger Mann in einem weißen Arztkittel stand in der Tür und sah Martin über den Brillenrand hinweg an.

»Ja, grüß Gott«, antwortete Martin und reichte dem Arzt die Hand.

Doktor Barkony nahm hinter seinem Schreibtisch Platz und warf einen Blick auf einen Computerausdruck. »Olso, ich sähe do nicht, doss Sie eine Blosenentzündung hätten«, sagte er mit unüberhörbar ungarischem Akzent und zuckte dabei mit den Schultern. »Wos hoben Sie denn für ein Problem?«

»Na ja, das ist so«, druckste Martin herum, »also ich glaube, dass ich möglicherweise Erektionsprobleme habe. Ich hatte damit bisher nie Probleme, aber seit ich wegen eines Hörsturzes mit Kortison vollgepumpt wurde, habe ich das Gefühl, dass da etwas nicht in Ordnung ist. Ich habe gelesen, dass sich Kortison negativ auf die Potenz auswirken kann, und da habe ich mir gedacht, dass ich einmal frage, ob Sie mir etwas in diese Richtung verschreiben könnten. Ich lebe ja eigentlich in Wien, bin aber jetzt für ein paar Tage in Schwarzmoos, weil ich meine schwerkranke Mutter betreuen muss – also, betreuen soll.«

Doktor Barkony nickte jovial und lächelte. »Jo, dos ist jo olles kein Problem. Sie sind jo noch jung, do wird sich dos schon wieder geben. Ober wissen Sie, ich bin zweiundsechzig, und wonn ich merk, doss meine Frau Lust zum Schnackseln hot, donn nehm ich eine *Levidoxin* und olles ist in Ordnung. Ich moche mir in meinem Olter jedenfolls nicht mehr den Stress, ob ich konn oder nicht.«

Dass der Arzt so offen mit Martin sprach, beruhigte

ihn irgendwie, und er sah in dem weißhaarigen Mann mit den viel zu großen Brillen fast so etwas wie einen Verbündeten. Zumindest einen Verbündeten auf Zeit.

Doktor Barkony öffnete eine Schublade und entnahm ihr eine Medikamentenschachtel. »Hier hoben Sie eine Schochtel *Levidoxin*. Do nehmen Sie eine Toblette, und Sie werden sehen, doss olles wieder einwondfrei funktioniert. Bei mir kriegen Sie die Schochtel um fünfzig Euro, do ersporen Sie sich zwonzig Euro gegenüber der Apotheke.«

Martin griff nach der Medikamentenpackung und sah, dass es sich dabei um ein *unverkäufliches Ärztemuster* handelte. Er überlegte, ob er etwas sagen sollte, zahlte dann aber kommentarlos. »Wie und wann ich das nehmen muss, steht ja wahrscheinlich auf dem Beipackzettel?«

»Jo, jo, do steht olles drinnen. Außerdem ist dos Mittel deppensicher.« Doktor Barkony erhob sich und gab Martin die Hand. »Olles Gute und viel Spaß damit.«

Während Martin bei strömendem Regen nach Schwarzmoos zurückfuhr, fragte er sich, ob Doktor Barkony überhaupt ausgebildeter Arzt war oder bloß so ein Kurpfuscher, der den Patienten das Geld aus der Tasche zog. »Ach, scheiß drauf«, seufzte er und hielt Ausschau nach der Kreuzung, an der er zum Supermarkt abbiegen musste.

Martin parkte seinen Wagen in der Nähe der Eingangstür, auf der ein buntes Plakat hing: *Diese Filiale wird zu 100 Prozent mit Grünstrom aus heimischer Was-*

serkraft versorgt. Selbstverständlich wurden in dieser mit Grünstrom versorgten Filiale im November Ananas aus Costa Rica, Äpfel aus Israel, Kiwis aus Neuseeland und Spargel aus Argentinien verkauft.

Im Weinregal fand Martin nach langem Suchen einen Rotwein, der nicht zur Marke *Original Schädelspalter* gehörte. Es war ein *Côtes du Rhône* um zwölf Euro, der von der Filialleiterin wahrscheinlich nur irrtümlich bestellt worden war. Martin konnte sich jedenfalls nicht vorstellen, dass es in Schwarzmoos Leute gab, die Wein um zwölf Euro tranken.

Als er an einem Kühlregal vorbeiging, fiel ihm eine vorweihnachtliche Werbung für Räucherlachs auf. *NORSSON Gravadlachs geschnitten* stand auf der Verpackung. Und auf der Rückseite war zu lesen: *Atlantischer lachs mehrheitlich in Norwegen gezuchtet. Andere mogliche herkunft: chile. Abgepackt in St Geours de Maremne (Frankreich).* Auch wenn Martins Geographiekenntnisse nicht die besten waren, wusste er, dass Chile am Pazifik und nicht am Atlantik lag. Aber wen interessierte das schon in einer Supermarkt-Filiale, die zu 100 Prozent mit Grünstrom aus heimischer Wasserkraft versorgt wurde?

Während er mit seiner Weinflasche an der Kasse wartete, rieselte aus den Lautsprechern: *Last Christmas, I gave you my heart.* Zum Glück für alle Anwesenden hatte Martin Koller keine Waffe bei sich.

Was ist denn hier los? Das darf doch nicht wahr sein! In der Einfahrt stand ein Wagen mit einem Münchener Kennzeichen. Warum taucht dieser Idiot ausgerechnet heute hier auf? Martin spürte, wie die Wut in ihm aufstieg.

Im Treppenhaus hörte er, wie sein Bruder mit jemandem telefonierte. Martin war sich zunächst nicht sicher, aus welcher Richtung das Gespräch kam, aber nachdem er sich sein linkes Ohr zugehalten hatte, wusste er, dass sein Bruder oben war. Er ging die Treppe hinauf und ärgerte sich über die nassen Fußspuren, die er mit jedem Schritt hinterließ. Er nahm sich vor, sie später wegzuwischen.

»Ich habe keine Ahnung, wie lange das hier noch dauert, aber ich werde schauen, dass ich vor Mitternacht zu Hause bin.« Gerhard sagte das in einem unfreundlichen Tonfall. Nach einer kurzen Pause fuhr er fort: »Entschuldige, aber ich kann auch nichts dafür, dass meine Mutter so schwer krank ist. Machst halt früher Schluss, dann kannst du die Petra noch pünktlich von der Schule abholen. – Nein, ich will keinen Streit, aber es ist immer dasselbe mit dir. – Du, ich muss jetzt aufhören, meine Mutter ruft nach mir. – Ja, ich melde mich, tschüss.«

Martin wollte gerade die Tür öffnen, als sein Bruder ein weiteres Telefonat begann. »Hallo Schatz«, sagte er gut gelaunt, »ich habe das Geld. – Ja, ich werde schauen, dass ich spätestens um sechs bei dir bin, dann können wir alles besprechen. – Was musst du mir unbedingt sagen? – – – Bitte was? – – – Entschuldige, was bist du? – – – Aber, das gibt es ja gar nicht. Und du bist dir ganz sicher? – Was? Im dritten Monat? Und das hast du nicht gemerkt? – Freuen? Ich soll mich freuen? – Okay, ganz ruhig, wir besprechen das alles heute Abend. Und ich zahle natürlich den Eingriff. – Bitte, weine jetzt nicht. Wir können ja über alles reden. – Ja, ich rufe dich an, sobald ich in München bin. – Bis dann.« Gerhard legte auf und fluchte: »Verdammte Scheiße, verdammte.«

Martin ging die Treppe wieder hinunter und tat so, als hätte er gerade das Haus betreten. »Hallo, ich bin wieder da«, rief er, während er seinen nassen Mantel an der Garderobe aufhängte und die Schuhe auszog. Sein Bruder kam mit einem verstörten Gesichtsausdruck die Treppe herunter.

»Hallo, was machst du denn hier?« Martin bemühte sich, einen freundlichen Ton anzuschlagen. Er reichte Gerhard die Hand, die dieser leicht drückte. Martin verzog das Gesicht, weil Gerhards Kleider nach Zigarettenrauch stanken.

»Na ja, ich habe mir gedacht, ich schaue einmal vorbei, weil die Babsi ja gesagt hat, dass es der Mama nicht so gut geht.« Gerhard warf einen Blick auf die nassen Fußspuren und schüttelte den Kopf.

Martin hatte seinen Bruder zwar schon längere Zeit nicht gesehen, war sich aber sicher, dass er zugenommen hatte. Möglicherweise lag das aber auch an dem merkwürdigen braunen Cordanzug, den er trug. Außerdem sah er abgekämpft und müde aus, jedenfalls nicht so, wie man sich einen dynamischen Vermögensberater landläufig vorstellt.

»Bleibst du länger?«, fragte Martin pro forma, während er seinen Bruder in die Küche begleitete.

»Kommt's her, Buben!«, hörten sie ihre Mutter rufen.

Die beiden sahen einander an, und Martin deutete seinem Bruder, ins Krankenzimmer zu gehen. Er öffnete die Tür und schob seinen Bruder Richtung Bett.

»Hallo Mama, ich bin wieder zurück vom Einkaufen«, sagte Martin und blieb in der Tür stehen.

»Schön, dass ihr zwei euch wieder vertragt.« Über das Gesicht seiner Mutter huschte ein schwaches Lächeln. »Setzt euch her zu mir.«

Gerhard zögerte, ehe er unbeholfen auf der Bettkante Platz nahm. »Ich lasse euch jetzt allein«, sagte Martin, »ich bin ja ohnehin noch die ganze Woche hier.« Gerhard warf ihm einen fragenden Blick zu. Martin ging in die Küche und zog die Tür hinter sich zu.

Dieser Arsch muss doch irgendeinen Grund haben, warum er ausgerechnet jetzt gekommen ist. Martin ordnete gedankenverloren die Medikamente seiner Mutter und hielt plötzlich inne. Moment, der hat doch zuvor irgendetwas von Geld gesagt –. Nein, das ist absurd.

Eine Viertelstunde später saß Gerhard bei Martin am Tisch und aß ein Wurstbrot, das ihm sein Bruder hergerichtet hatte. Dazu trank er eine Flasche Bier.

»Und? Bist du noch bei dieser Versicherungsfirma?« Martins Frage klang nicht gerade so, als würde ihn die Antwort seines Bruders wirklich interessieren.

»Ja, aber das ist momentan kein Honiglecken. Die Krise, weißt eh, die trifft mich als Vermögensberater ja besonders hart. Aber, na ja, wird auch vorübergehen.«

»Und wie geht es deiner Frau und der Kleinen?« Martin war gespannt, was sein Bruder antworten würde.

»Na ja, eh gut«, murmelte er und zuckte mit den Schultern. »Und bei dir? Passt das wieder mit den Ohren? Die Babsi hat mir ja eine Mail geschickt, dass du im Krankenhaus warst.« Er nahm den letzten Schluck Bier.

»Ja, ja, ist alles wieder in Ordnung.«

»Ja, also, danke für die Jause.« Gerhard warf einen Blick auf das Display seines Handys. »Du, ich muss jetzt leider sausen. Weißt eh, die Sabine und die Petra warten auf mich, und zu spät sollte ich nicht nach Hause kommen. Ja, und wenn was ist wegen der Mama, ruf mich an.«

»Ja, okay, mach ich.« Martin stand auf und trug den Teller und die leere Bierflasche zur Anrichte.

»Ich verabschiede mich noch schnell von ihr.« Gerhard ging in das angrenzende Zimmer und schloss die Tür.

Eine Stunde später saßen Martin und seine Mutter am Küchentisch und aßen Champignonsauce mit Semmelknödel. Als Beilage schluckte Martins Mutter zwischen den kleinen Bissen ihre sieben Tabletten.

»Sag einmal, hat der Gerhard heute zu dir gesagt, dass er in Geldschwierigkeiten ist?«

Martins Mutter starrte demonstrativ auf ihren Teller und tat so, als hätte sie die Frage nicht gehört.

»Mama, was wollte denn der Gerhard eigentlich? Worüber habt ihr geredet, als ich in Rödt einkaufen war?«

»Bub, du hast einen guten Beruf und die Paula verdient auch gut. Der Gerhard hat's nicht leicht. Seine Frau arbeitet ja nicht, und dann kostet so ein Kind viel Geld. Und München ist eine teure Stadt.« Sie klang verzagt.

»Das heißt, dass du ihm Geld gegeben hast?« Martins Stimme zitterte vor Wut. Am liebsten wäre er aufgestanden und hätte die Küchentür zugeknallt. Wie früher. Diese familiären Konflikte zerrten an seinen

Nerven, weil er wieder einmal das Gefühl hatte, der Benachteiligte zu sein. Obwohl sein Bruder vier Jahre älter war als er, hatte es dieser anscheinend noch immer nicht geschafft, sich einen Job zu suchen, mit dem er seine Familie ernähren konnte. Es war immer das gleiche Lied: Zuerst wurde hinausposaunt, dass Gerhard einen Job gefunden habe, mit dem er viel Geld verdienen würde, und dann hieß es, dass die Sache leider schief gegangen sei und der arme Bub wieder einmal Unterstützung von seinen Eltern brauche. Dass Martin seine Eltern nie um Geld angebettelt hatte, war diesen in all den Jahren offenbar gar nicht aufgefallen.

»Ja, ein bisschen was habe ich ihm gegeben. Er war ja ganz verzweifelt.« Martins Mutter würgte die letzte Tablette hinunter und sah erschöpft aus.

»Wie viel hast du ihm denn gegeben?« Die Frage klang blechern und asynchron in Martins Ohren, und er merkte, dass er kurz davor war, durchzudrehen.

»Ich weiß auch nicht so genau, wie viel auf dem Sparbuch noch drauf war. Ich lege mich jetzt wieder hin. Komm, hilf mir.« Sie stand auf und wartete, bis sie sich bei ihrem Sohn unterhaken konnte.

Martin lag auf der Couch und fand keine Ruhe. Die Sache mit seinem Bruder ärgerte ihn dermaßen, dass davon sogar die Vorfreude auf das Treffen mit Manuela getrübt wurde. Es reichte offenbar nicht, dass Gerhard seiner Mutter auf schäbigste Weise Geld abluchste, nein, dieser Idiot musste auch noch seine Geliebte schwängern. Besonders wütend machte Martin aber, dass es sein Bruder offenbar mühelos geschafft hatte, seiner Geliebten ein Kind anzuhängen, während Paula seit Jahren vergeblich darauf wartete, von Martin endlich schwanger zu werden. Aber diese Wut war nur ein Vorwand, weil sich Martin ärgerte, dass er keine Lust empfand, wenn er an Manuela dachte. Und schuld daran waren Paula, sein Job, die Tabletten, sein Bruder, der Hörsturz, der Volontär und der endlose Regen. Und natürlich der kaputte Autoscheinwerfer.

Es war jetzt kurz vor sechs, und wenn Martin für einen allfälligen Fick mit Manuela gerüstet sein wollte, blieb ihm gar nichts anderes übrig, als diese ominöse Potenzpille zu nehmen. Er hatte zwar keine Ahnung, wie das alles gehen sollte, aber da er nach wie vor der festen Überzeugung war, dass Manuela mit ihm ins Bett gehen wollte, las er sich den Beipackzettel des *unverkäuflichen Ärztemusters* noch einmal durch: *Sie sollten LEVIDOXIN mindestens zwei Stunden vor einer sexuellen Aktivität einnehmen. Es ist wichtig zu beachten, dass LEVIDOXIN nur bei sexueller Stimulierung wirkt.* Als er den Absatz über die *möglichen Nebenwirkungen* überflog, stach ihm ein Satz ins Auge, den er beim ersten Lesen übersehen haben musste: *Einige Patienten berichten über plötzliche Schwerhörigkeit (Hörsturz) oder Taubheit.* Das hat mir gerade noch gefehlt. Mit einer gewissen Skepsis betrachtete er die ovale Tablette in der Blisterpackung. »Ach, scheiß der Hund aufs Feuerzeug«, raunte er und ging zur Abwasch, wo er die Wunderpille aus der Packung drückte und mit einem Glas Wasser hinunterspülte.

»Hast du eine Waschmaschine zu Hause oder wäschst du mit der Hand?«, hörte er seine Mutter durch die angelehnte Tür im Halbschlaf fragen.

Martin näherte sich ihrem Bett und griff nach ihrer Hand. »Natürlich habe ich eine Waschmaschine, Mama«, flüsterte er. »Ich habe nie mit der Hand gewaschen. Die Oma hat früher mit der Hand gewaschen. Am Schwarzenbach, am Steg.«

Seine Mutter öffnete kurz die Augen und sah ihn an. »Dann ist ja alles gut«, antwortete sie zufrieden und schlief wieder ein.

Martin blieb neben dem Bett stehen und betrachtete im Halbdunkel das Gesicht seiner Mutter. Zum ersten Mal wurde ihm bewusst, dass seine Mutter wahrscheinlich schon mehr als neunundneunzig Prozent ihrer Lebenszeit hinter sich hatte. Sie war zweiundsiebzig Jahre alt und hatte im besten Fall noch ein paar Wochen zu leben. Martin überlegte, wieviel Prozent seiner Lebenszeit bereits vergangen waren, und er erschrak, als bei der überschlagsmäßigen Rechnung mehr als fünfzig Prozent herauskamen.

»Hier sind die Socken, die ich mir gestern ausgeborgt habe. Ich habe sie sogar gewaschen.« Martin lachte unsicher, als er Manuela das Plastiksackerl mit den fremden Wintersocken überreichte. »Und hier ist eine Flasche Wein. *Côtes du Rhône,* ich glaube, der ist ganz gut.«

»Oh, danke, das wäre aber nicht nötig gewesen.« Manuela legte das Plastiksackerl auf das Schuhkästchen und ging mit der Flasche in der Hand Richtung Küche. Der Tisch war für zwei Personen gedeckt. Martin versuchte herauszufinden, ob das Abendessen bereits als Vorspiel gedeutet werden könnte, aber da es weder eine intime Kerzenbeleuchtung gab, noch Manuela halbnackt am Herd stand, musste er wohl oder übel auf andere Zeichen warten.

Im Gegensatz zum Abend davor, trug Manuela dieses Mal eine schwarze Strumpfhose, ein rotes Strickkleid und eine Jacke, deren Farbe Martin nicht identifizieren konnte. Statt Hausschuhen hatte sie schwarze Ballerinas an, und ihren Hals schmückte eine exotische Kette, die entweder aus Asien, Afrika oder einer Geschenkboutique in Rödt stammte.

»Komm, setz dich.« Manuela deutete auf den Platz am Tisch, von dem aus Martin ihr bei den letzten Handgriffen zusehen konnte. »Es ist gleich fertig. Ich hoffe, es schmeckt dir, ich bin nämlich keine sehr gute Köchin. In letzter Zeit koche ich nur noch selten. Für mich alleine zahlt es sich nicht aus, und meistens esse ich ohnehin in der Kantine. Wobei das Essen dort eher zum Vergessen ist. Und du? Kochst du?«

»Äh, nein, eigentlich nicht. Bei uns, also, ich esse auch meistens in der Kantine.« Martin biss sich auf die Zunge, weil er keine Sekunde darüber nachgedacht hatte, was er Manuela über sich und Paula erzählen sollte. Er wusste auch nicht, ob Barbara ihr erzählt hatte, dass er verheiratet war. Dass Manuela meistens in der Kantine aß, deutete Martin aber dahingehend, dass sie keinen Freund hatte. Was ihn irgendwie beruhigte. Allerdings hoffte er, dass das Thema Kantinenessen damit abgehakt war, weil es bei seiner Zeitung ja überhaupt keine Kantine gab.

»So, ich gebe dir das Fleisch und den Reis gleich auf den Teller. Ich habe das Huhn bereits zerlegt gekauft, damit ich mir das Tranchieren erspare.« Manuela servierte die beiden Portionen und holte eine Flasche Wein aus dem Kühlschrank. »Ist Weißwein okay für dich?«

»Ja, ja, wunderbar.«

Manuela schenkte ein und setzte sich Martin gegenüber.

»Und danke noch einmal für die Einladung«, sagte er.

»Nichts zu danken.« Manuela hob ihr Glas und stieß mit Martin an. Sie kostete den Wein und spitzte die Lippen. »Der ist gut, glaube ich zumindest. Also, guten Appetit.«

»Ja, guten Appetit.« Martin nahm ein Stück vom Huhn und wunderte sich, dass er kaum etwas schmeckte. Auch der Wein schmeckte nach nichts. Er war sich nicht sicher, ob das am Wein oder an den Tabletten lag, die er seit mittlerweile fast zwei Wochen nahm. Außerdem waren seine Nasenlöcher verstopft. Er schniefte, ohne dass sich dadurch die Verstopfung löste. Als er das Weinglas abstellte, musste er daran denken, dass er wenige Tage zuvor beim Essen mit Paula sein Glas umgestoßen hatte. »Also, dafür, dass du nicht oft kochst, schmeckt das Essen sehr gut«, log Martin und nahm einen großen Schluck. Falls er sein Glas umstoßen sollte, wäre es wenigstens fast leer.

Manuela nahm das Kompliment mit einem Lächeln entgegen und schenkte nach. »Ich habe mir übrigens die Beipackzettel durchgelesen. Wir können ja nachher im Wohnzimmer darüber reden.«

Die Nachricht, dass sie sich nach dem Essen ins Wohnzimmer begeben würden, ließ Martins Herz ein wenig schneller schlagen. »Oh, danke«, sagte er aufgeräumt, »ich habe ihr jetzt einfach weiterhin die Dosis gegeben, die ihr der Arzt verschrieben hat. Aber ich glaube nach wie vor, dass das alles zu viel ist.«

Nach dem dritten Glas Wein stellte sich bei Martin eine gewisse Dumpfheit ein, die ihn beunruhigte. Er hatte das Gefühl, als würde er sich in einer Blase befinden und alles um sich herum nur noch verschwommen wahrnehmen. »Entschuldige, ich muss kurz auf die Toilette.«

»Draußen links.« Manuela deutete vage Richtung Vorzimmer.

Im Bad wusch sich Martin das Gesicht mit kaltem Wasser, danach fühlte er sich ein wenig besser. Allerdings vermied er es, in den Spiegel zu schauen.

Als er zurückkam, schien Manuela ein wenig irritiert zu sein. »Passt alles?«, fragte sie, während sich Martin wieder an den Tisch setzte. »Ich kann mir vorstellen, dass dich das mit deiner Mutter ziemlich mitnimmt. Ist ja nicht einfach, wenn man zusehen muss, wie jemand so leidet.«

»Glaubst du, dass sie überhaupt noch jemals gesund wird?« Die Frage war eigentlich überflüssig, weil Martin längst wusste, dass sich seine Mutter nicht mehr erholen würde.

»Das ist schwer zu sagen. Aber nach dem, was ich weiß, glaube ich es ehrlich gesagt nicht mehr. Aber das ist nur eine Ferndiagnose aufgrund der Medikamante.«

Das Geräusch in seinem Ohr und die zunehmende Angst, im Bett zu versagen, machten es für Martin schwer, dem Gespräch zu folgen. Als er sich zum wiederholten Mal an sein linkes Ohr griff, sah ihn Manuela fragend an. »Ist irgend etwas mit deinem Ohr? Hast du dich verkühlt?«

Martin schüttelte den Kopf und lächelte gezwungen. »Nein, nein, ich weiß auch nicht, ab und zu höre ich so ein Rauschen, aber das vergeht gleich wieder.«

Manuela nahm einen Schluck und nickte erleichtert. »Da kannst du froh sein, dass es kein Tinnitus ist. Seit ich im Krankenhaus arbeite, platzt die HNO förmlich aus allen Nähten. Ganz schlimm ist es mit den Hörstürzen. Die haben in den letzten Jahren derart rapide zugenommen, dass die Infusionstherapien mittlerweile schon von den Hausärzten übernommen werden müssen, weil es auf der Station zu wenig Betten gibt. Na ja, aber lass uns von etwas Erfreulicherem reden. Erzähl doch ein bisschen, wie es dir in Wien so geht.«

Nach dem, was Manuela soeben gesagt hatte, fiel es Martin schwer, einen unverbindlichen Plauderton anzuschlagen. »Ja, eigentlich geht es mir ganz gut«, antwortete er schwammig und fügte nicht weniger schwammig hinzu: »Ich kann nicht klagen, obwohl ich ja insgesamt kein großer Wien-Fan bin. Aber jobmäßig gäbe es für mich gar keine Alternative.«

»Und sonst? Bist du verheiratet?« Manuela machte eine kurze Pause. »Entschuldige, dass ich das frage, aber es interessiert mich einfach.«

Martin kam sich vor wie bei einer Prüfung, für die er nichts gelernt hatte. »Nein, verheiratet bin ich nicht«, log er und kam sich im selben Augenblick wie ein Verräter vor. Aber da er sich nun einmal in die Bredouille gebracht hatte, war es für einen Rückzieher ohnehin zu spät. »Eine Freundin habe ich. Aber zur Zeit kriselt es ein bisschen in unserer Beziehung. Wenn ich ehrlich bin, überlege ich mir, sie zu verlassen.«

Was hatte sich Martin von seinen Lügen erwartet?

Dass Manuela einen Freudenschrei ausstoßen würde und ihn sofort auf dem Küchentisch vögelte? Stattdessen schien sie nachzudenken und sagte schließlich: »Tja, es tut mir leid für euch, aber ich weiß ja aus eigener Erfahrung, wie schwer es heutzutage ist, eine funktionierende Beziehung zu führen.« Sie nahm wieder einen Schluck und räusperte sich. »Wir können ins Wohnzimmer gehen, wenn du willst. Eine kleine Nachspeise gibt es später auch noch.«

Wie am Abend zuvor saß Manuela auf der Couch und Martin auf dem Fauteuil. Als Erstes warf sie einen Blick auf das Display ihres Handys, das neben den Beipackzetteln auf dem Couchtisch lag. »Entschuldige«, sagte sie, »aber ich muss kurz schauen, ob ich von der Patho eine Nachricht bekommen habe. Ich bin gespannt, ob die sich heute noch einmal melden.«

Martin machte ein fragendes Gesicht.

»Es geht da um eine merkwürdige Leiche, die wir heute hereinbekommen haben. Normalerweise werde ich ja ganz selten zu Obduktionen beigezogen, aber heute sind alle Spezialisten um Rat gefragt worden, weil der Ramaseder, das ist der Pathologe, komplett angestanden ist.«

»Was ist denn passiert?«

»Ich möchte dich jetzt nicht mit medizinischen Details langweilen, aber diese Tote, die außer einer Decke nichts bei sich hatte, keine Papiere, rein gar nichts, die hatte keine Gebärmutter. Also, das wäre ja noch nichts Besonderes, weil es natürlich massenhaft Frauen gibt, denen man die Gebärmutter entfernt hat. Aber dieser Frau fehlten sämtliche Reproduktionsorgane. Ich habe so etwas noch nie gesehen. Und das Irrste ist, dass in ihrem Gehirn die beiden Amygdalae gefehlt haben. Das sind die so genannten Mandelkerne, die zuständig sind für das Erkennen von gefährlichen Situationen. Ohne diese Amygdalae kann der Mensch zum Beispiel keine Angst empfinden, was wiederum bedeutet, dass er eigentlich kaum überlebensfähig ist, weil er nicht weiß, wann etwas für ihn gefährlich ist oder nicht. Das erklärt vielleicht auch, weshalb diese Frau auf der Straße einfach stehengeblieben ist, als das Auto auf sie zukam. Der Autofahrer, der die Frau überfahren hat, dachte, dass sie die Straße überqueren wollte, was sie aber nicht getan hat. Jedenfalls ist das alles sehr mysteriös.«

»Und man weiß überhaupt nicht, wer diese Frau ist?« Martin verstand nur in Ansätzen, worum es überhaupt ging.

»Nein, laut Polizei gibt es in der ganzen Umgebung keine Abgängige, auf die ihre Beschreibung passen würde. Und Papiere hatte sie auch keine bei sich.«

»Vielleicht war sie ja aus dem Osten und ist illegal nach Österreich eingereist. Man hört ja immer wieder von Schlepperbanden, die den Leuten alles wegnehmen, damit man keine Rückschlüsse auf die Schlepper ziehen kann.«

Manuela zuckte mit den Schultern. »Ja, schon möglich, aber das erklärt nicht die Sache mit der Gebärmutter und dem Gehirn. Das ist absolut rätselhaft. Und was auch noch merkwürdig ist: Die Frau trug weder Strümpfe noch Schuhe. Und das bei diesem Sauwetter.«

Martin hörte, wie der Regen gegen die Fenster prasselte. Er dachte an die schattenhafte Gestalt, die er in der Nacht zuvor auf dem Weg zu Manuela gesehen hatte. Hatte die Gestalt nicht wie eine Frau ausgesehen, die ein Bündel unter dem Arm trug? Plötzlich durchzuckte ihn ein Gedanke. »Entschuldige, Manuela, du hast zuvor etwas von einer Decke gesagt, die diese Frau bei sich hatte. Was war das für eine Decke?«

Manuela sah Martin überrascht an. »Na ja, wenn ich mich recht erinnere, war das so eine graue Decke. Warum interessiert dich das?«

Martin spürte, wie sich sein Magen zusammenzog. Er griff nach dem Weinglas und leerte es in einem Zug. »Ach, nichts, ich habe nur über etwas nachgedacht.«

Manuela stand auf. »Möchtest du noch ein Glas Wein? Ich kann gerne noch eine Flasche aufmachen. Morgen habe ich ja ohnehin frei.«

»Ja, eine gute Idee.« Martin zwang sich zu einem Lächeln. Das ist alles absurd, dachte er und starrte auf die Beipackzettel auf dem Couchtisch. Wie wäre diese Frau auf unseren Dachboden gekommen? Und das mit der grauen Decke ist wahrscheinlich reiner Zufall. Nein, nein, nein, das ergibt alles keinen Sinn.

Manuela kam mit der neuen Flasche Wein zurück und füllte die beiden Gläser. »Stört es dich, wenn ich ein bisschen Musik mache? Dann hört man wenigstens den Regen und den Wind nicht so laut.«

»Nein, nein, ist schon in Ordnung.«

»Ich könnte Joan Baez spielen, die hat voriges Jahr in Rödt ein Konzert gegeben. Das habe ich mir angehört und dort gleich diese CD gekauft.« Wie zum Beweis hielt Manuela das CD-Cover in die Höhe.

»Joan Baez hat in Rödt ein Konzert gegeben?«, fragte Martin erstaunt.

»Ja, in Rödt haben kurz vor ihrem Durchbruch sogar *Nirvana* gespielt. Das ist leider spurlos an mir vorübergegangen, obwohl ich gestehen muss, dass ich von *Nirvana* nicht die geringste Ahnung habe.« Manuela stand immer noch mit dem Cover in der Hand da.

»Joan Baez ist schon okay«, sagte Martin und war froh, dass sich Manuela nicht für die *Scorpions* oder *AC/DC* entschieden hatte.

Sie legte die CD ein und drückte den Play-Knopf, dann setzte sie sich wieder auf die Couch. Während im Hintergrund Joan Baez *Blowin' in the Wind* sang, griff Manuela nach den Beipackzetteln. »Also, ich habe mir das angesehen und glaube, dass du die *Debax* und die *Deanxit* absetzen kannst, ohne dass das irgendwelche Auswirkungen hätte. Wie gesagt, ich möchte mich da nicht einmischen, aber ein bisschen übertrieben erscheint mir das schon, was der Doktor Lambert da verschrieben hat. Allerdings muss ich dich bitten, Martin, dass du diese Sache für dich behältst. Sag bitte auch deiner Schwester nichts, sonst –«

»Nein, da brauchst du dir keine Sorgen zu machen«, unterbrach sie Martin.

How many ears must one man have
before he can hear people cry?

Martin dachte, dass ihm schon zwei Ohren genügen würden, um Menschen schreien hören zu können, vorausgesetzt, beide Ohren wären gesund.

Manuela gab ihm die Beipackzettel zurück. »Danke«, sagte er und steckte sie in seine Sakkotasche. Er warf Manuela einen verlegenen Blick zu und nahm einen Schluck Wein. Je länger der Abend dauerte, desto schwächer fühlte er sich. Unter normalen Umständen hätte er kein Problem gehabt, die Unterhaltung in eine bestimmte Richtung zu lenken, aber jetzt fehlte ihm schlicht und einfach die Kraft dazu. Er war sich auch nicht mehr sicher, ob Manuela tatsächlich mit ihm ins Bett gehen wollte. Sie war freundlich, und wahrscheinlich fand sie ihn sogar sympathisch, aber wenn er es sich genau überlegte, hatte sie die Signale, auf die er gewartet hatte, noch immer nicht ausgesandt. Dazu kam, dass er nicht einschätzen konnte, ob dieses Zeug, das ihm der ungarische Urologe am Nachmittag verkauft hatte, überhaupt ein Medikament war oder ob es sich dabei bloß um ein Placebo handelte. In diesem Fall wäre er im Bett erst recht der Blamierte gewesen. Irgendwie war Martin jetzt sogar froh, dass sich Manuela noch nicht die Kleider vom Leib gerissen hatte.

Vom Typ her war Manuela anders als Paula. Sie war nicht unbedingt das Gegenteil von seiner Frau, aber während Paula eher pingelig war, nahm Manuela, soweit Martin das beurteilen konnte, gewisse Dinge nicht allzu genau. Darauf verwiesen so kleine Details wie die offene Zahnpastatube auf der Spiegelablage im Bad oder die Strumpfhose, die achtlos neben dem Wäschekorb lag, oder das defekte Schloss an der WC-Tür – *Funktioniert nicht* stand auf einem Zettel – oder die welken Äpfel in der Obstschale auf der Anrichte. Einerseits war Martin froh, dass ihm Paulas Pedanterie im Alltag einiges an Arbeit ersparte – das tägliche Putzen des Badezimmers, das Bettenmachen, das Reinigen des Herds, all das war im Laufe der Jahre an Paula hängengeblieben –, andererseits ging ihm gerade diese Pedanterie mehr und mehr auf die Nerven. Manuela schien in dieser Hinsicht anders zu sein, woraus Martin wiederum schloss, dass sie wahrscheinlich auch im Bett entspannter war als Paula. Wobei sich Martin aus guten Gründen nicht fragte, ob für die Langeweile im Ehebett nicht auch er verantwortlich war. Während Martin seinen Gedanken nachhing und sich fragte, welche Farbe Manuelas Schamhaare wohl hatten, läutete ihr Handy.

»Ah, das ist der Ramaseder«, sagte sie aufgeregt. Sie stand auf und drehte die Musik leiser. *Where are you now, my son?* war jetzt kaum noch zu hören.

»Was? Das gibt es ja nicht!« Manuela starrte auf einen Punkt am Boden und schüttelte in einem fort den Kopf. »Aber – ich verstehe nicht.« Wieder schüttelte sie den Kopf. »Ja, natürlich kann ich um neun kommen, aber soll ich nicht jetzt gleich —?« Sie hörte aufmerksam zu. »Ja, klar lasse ich das Handy an. – In Ordnung, also bis morgen um neun.«

Manuela sank auf die Couch. Sie nahm einen tiefen Schluck aus ihrem Weinglas und sah ihn an.

»Was ist denn los?«, fragte Martin, der seine Felle endgültig davonschwimmen sah.

»Die Leiche von dieser Frau ist veschwunden. Aber nicht nur die Leiche ist weg, auch die Decke und ihre Kleider. Es ist praktisch nichts mehr da von ihr. Und niemand hat eine Erklärung dafür. Weder die Leute von der Patho noch die beim Empfang haben irgendetwas gesehen.«

Martin brauchte einige Augenblicke, um zu verstehen, was Manuela soeben gesagt hatte. »Aber wie kann denn so etwas passieren?«

Sie zuckte mit den Schultern. »Ich habe nicht die geringste Ahnung. Ich kann mich jedenfalls nicht erinnern, von so einem Fall jemals gehört zu haben. Ja, okay, während des Studiums ist es ein paar Mal vorgekommen, dass im Seziersaal Leichen versteckt wurden, aber die sind natürlich alle wieder aufgetaucht. Das war so ein blöder Scherz, den sich einige höhersemestrige Studenten erlaubt hatten. Aber dass eine Leiche aus der Pathologie eines Krankenhauses verschwindet, ist eigentlich ein Ding der Unmöglichkeit.«

Da Martin wusste, dass Manuela in den nächsten Stunden nur an die verschwundene Leiche denken würde, war es höchste Zeit, den Rückzug anzutreten. Er warf einen Blick auf seine Armbanduhr und machte eine bedauernde Geste. »Tja, Manuela, ich glaube, ich werde dann einmal aufbrechen. Vielleicht kann ich dich ja morgen anrufen. Es interessiert mich natürlich, was bei dieser Sache herausgekommen ist.«

Manuela hielt kurz inne und sah Martin forschend an. »Martin, ich muss dich dringend bitten, diese Geschichte für dich zu behalten. Ich hätte dir ja eigentlich gar nichts erzählen dürfen, aber ich konnte natürlich nicht wissen, dass so etwas passieren würde. Verstehst du, wenn du darüber irgendetwas in deiner Zeitung schreibst, dann bin ich geliefert. Die hängen mir ein Disziplinarverfahren an, und ich kann mir einen anderen Job suchen.« Manuela zupfte nervös an ihrer Halskette.

»Keine Angst, Manuela. Das kann ich dir garantieren, dass ich die Sache für mich behalte.« Tatsächlich wäre es Martin nie in den Sinn gekommen, über diesen merkwürdigen Fall etwas zu schreiben, auch wenn es vom journalistischen Standpunkt aus eine durchaus interessante Story gewesen wäre. Aber Martin saß nicht als Journalist hier.

»Das beruhigt mich, danke. Du, vielleicht holen wir das mit der Nachspeise ein andermal nach. Lass uns morgen am Nachmittag telefonieren, da weiß ich dann schon mehr. Es tut mir leid, dass das jetzt ein bisschen hektisch ist, aber das sind halt so Sachen, die man sich nicht aussuchen kann.«

»Mach dir keine Gedanken, Manuela«, sagte Martin und stand auf. »Das passt schon.«

Nachdem er in der Diele seinen Mantel angezogen und den Schirm aus dem Ständer genommen hatte, wandte er sich noch einmal an Manuela. »Was ich dich noch fragen wollte: Du hast gestern gesagt, dass die Familie im Haus gegenüber zur Zeit auf Urlaub ist. Ich kann mich auch getäuscht haben, aber ich hatte gestern beim Nachhausegehen das Gefühl, dass da im Parterre eine alte Frau aus dem Fenster geschaut hat.«

Manuela machte ein nachdenkliches Gesicht. »Das wäre mir neu, dass da drüben eine alte Frau wohnen würde. Allerdings fällt mir jetzt ein, dass ich gestern in der Nacht so ein komisches Geräusch im Garten gehört habe. Das war lange, nachdem du gegangen warst. Aber wahrscheinlich war es bloß eine Katze.« Manuela versuchte, mit einem Lächeln ihre Unsicherheit zu überspielen. »Na ja, Martin, es werden schon keine Geister sein, die das Moor verlassen haben, um Schwarzmoos unsicher zu machen.« Sie öffnete die Haustür und sagte mit Blick auf den Regen: »Obwohl das Wetter dafür eigentlich ganz gut passen würde.«

Martin lag auf seinem provisorischen Bett in der Küche und lauschte dem Ticken der Uhr, die seit ewigen Zeiten an der Wand neben dem Kruzifix hing. Jede Sekunde, die verging, war unwiederbringlich verloren, und er stellte sich vor, dass exakt in dieser Sekunde irgendwo auf der Welt ein Mensch starb. Und wieder einer und wieder einer und wieder einer. Das gleichmäßige Ticken der Uhr machte ihn nervös, weil er sich plötzlich bewusst wurde, dass letztendlich keine Sekunde der anderen glich. Mit jeder Sekunde gingen auf der Erde endlos viele Veränderungen vor sich, die auf ein einziges Ziel zusteuerten: den Tod. Das unregelmäßige Atmen seiner Mutter und das gleichförmige Ticken der Uhr verdeutlichten ihm auf brutale Weise, dass jede Bewegung des Sekundenzeigers seine Mutter dem Tod ein weiteres Stück näher brachte. Gerade als sich Martin überlegte, wie viele Sekunden seine Mutter wohl noch zu leben hatte, läutete sein Handy. Er erschrak, weil er fürchtete, dass das Klingeln seine Mutter wecken könnte. Im selben Augenblick schoss ihm durch den Kopf, dass er ganz vergessen hatte, Paula anzurufen. Auf dem Display erschien allerdings nicht Paulas Name, sondern Manuelas Nummer. Er warf einen Blick auf die Uhr: Es war kurz vor Mitternacht. Martin war verwirrt.

»Hallo Manuela«, sagte er und versuchte, sich seine Überraschung nicht anmerken zu lassen. Um seine Mutter nicht zu wecken, ging er in die Diele.

»Hallo Martin, entschuldige, dass ich dich so spät noch anrufe. Ich hoffe, ich habe dich nicht geweckt.«

Manuela klang aufgeregt.

»Nein, nein, das ist schon in Ordnung. Was –«

»Martin, ich weiß nicht, wie ich es sagen soll, aber ich habe furchtbare Angst. Ich habe das Gefühl, dass jemand um mein Haus schleicht. Es ist gespenstisch. Und vor-

hin habe ich sogar im Haus Geräusche gehört. Ich habe mich im Schlafzimmer eingeschlossen, und ich traue mich nicht mehr hinaus.«

Martin überlegte, was er von Manuelas Anruf halten sollte. Einen ängstlichen Eindruck hatte sie jedenfalls auf ihn nicht gemacht, und wenn er daran dachte, dass sie bereits seit längerer Zeit allein lebte, kam ihm ihr panischer Anruf reichlich merkwürdig vor.

»Hast du jemanden gesehen? Ich meine, hast du draußen tatsächlich jemanden herumschleichen sehen oder nur etwas gehört? Vielleicht war es ja eine Katze oder sonst irgendein Tier.« Martin musste an die schattenhafte Gestalt denken, die er auf dem Weg zu Manuela gesehen hatte.

»Gesehen habe ich niemanden, aber ich bin mir sicher, dass da jemand ist. Martin, kannst du nicht zu mir kommen? Ich habe wirklich Angst.«

Martin schluckte und wusste nicht, was er sagen sollte. Auf der einen Seite hätte es ihn gereizt, die Nacht mit Manuela zu verbringen, auf der anderen Seite konnte er seine Mutter nicht einfach alleine lassen. Trotz aller Zweifel hatte er plötzlich das Gefühl, dass er sich diese Chance nicht entgehen lassen durfte. Er dachte an das Potenzmittel, das er sechs Stunden zuvor genommen hatte, und hoffte inständig, dass es im Fall des Falles noch wirken würde. Dass er gerade im Begriff war, seine Mutter im Stich zu lassen und seine Frau zu betrügen, verdrängte er. »In Ordnung«, sagte er und fragte sich gleichzeitig, ob er überhaupt noch zurechnungsfähig war. »Ich bin spätestens in zehn Minuten bei dir. Bleib so lange einfach im Schlafzimmer, okay?«

»Danke, Martin, du weißt gar nicht, wie mich das jetzt beruhigt.«

Manuela klang tatsächlich erleichtert, und Martin spürte, wie sich seit Ewigkeiten endlich wieder etwas in seiner Pyjamahose rührte. Mit klopfendem Herzen betrat er die Küche und hoffte, dass er seine Mutter durch das Telefonat nicht geweckt hatte. Martin öffnete die Tür einen Spalt und stellte beruhigt fest, dass seine Mutter schlief. Dann zog er sich an und schlich wie ein Dieb aus dem Haus.

Auf der Straße sah sich Martin mehrmals ängstlich um, und er war froh, als er endlich vor Manuelas Haustür stand. Bereits nach dem ersten Klingeln hörte er, wie sich Manuela mit raschen Schritten näherte.

»Martin, bist du es?«, fragte sie aufgeregt durch die Tür, und erst nachdem Martin mit Ja geantwortet hatte, drehte sie den Schlüssel um.

Manuela trug über ihrem Pyjama einen Schlafmantel, den sie in der Aufregung nicht einmal zugebunden hatte. Sie zog Martin förmlich ins Haus und sperrte sofort wieder zu. »Martin, ich bin so froh, dass du da bist«, sagte sie und schmiegte sich an ihn.

»Manuela, warte, ich bin ja ganz nass.« Martin hängte seinen Mantel an einen Haken und holte aus dem Kästchen die Hausschuhe, die er kurz zuvor bereits getragen hatte. Er kam sich vor, als wäre er hier zu Hause.

Manuela nahm Martin an der Hand und zog ihn ins Schlafzimmer. Sie drehte den Schlüssel um und ging zum Fenster. »Komm her«, flüsterte sie, »hörst du das da draußen?«

Martin folgte ihr zum Fenster, aber außer dem Regen, der gegen die Scheiben schlug, hörte er nur das Rauschen in seinem linken Ohr. Das enervierende Geräusch war wieder lauter geworden, und Martin hoffte, dass sich sein Zustand nicht verschlimmerte.

Manuela öffnete den Vorhang einen Spalt und starrte hinaus. »Mach bitte das Licht aus!«, bat sie Martin, der zum Nachtkästchen ging und die Lampe ausschaltete. Dass auf dem Doppelbett eine zweite Decke und ein zweiter Polster lagen, wertete er als gutes Zeichen. Auf der Wohnzimmercouch würde er heute Nacht jedenfalls nicht schlafen müssen.

»Ich glaube, ich sehe dort hinten beim Baum einen Schatten. Komm her, schau dir das an.«

Martin stellte sich neben Manuela ans Fenster und spürte ihren Körper neben sich. Er kniff die Augen zusammen und versuchte, sich in der Dunkelheit zu orientieren. Aber außer einem Baumgerippe und den Umrissen eines Schuppens konnte er nichts erkennen. Ihm wäre es auch eigenartig vorgekommen, wenn bei diesem Sauwetter jemand stundenlang im Freien herumgeschlichen wäre. Möglicherweise bildet sich Manuela das alles ja nur ein, überlegte er. Er schirmte seine Augen mit den Händen ab, aber sosehr er sich auch bemühte, er konnte nichts erkennen. »Manuela, ich weiß nicht, aber ich glaube, da draußen ist niemand.«

Manuela sah verzweifelt aus. »Aber ich schwöre dir, es war jemand im Garten. Und ich bin mir auch sicher, dass jemand im Haus war.«

»Na ja, aber wie soll denn dieser Jemand ins Haus gekommen sein?« Im selben Augenblick fiel Martin das Licht ein, das im Keller gebrannt hatte, als er in der

Nacht zuvor nach Hause gekommen war. Er zog die Vorhänge wieder zu.

»Ich weiß es auch nicht«, antwortete Manuela niedergeschlagen, »aber vielleicht ist jemand durch das Kellerfenster eingestiegen.« Sie schaltete die Nachttischlampe ein.

Martin überlegte kurz und bemühte sich, einen entschlossenen Eindruck zu machen. »Ist die Kellertür abgesperrt? Ich gehe hinunter und schaue nach.«

»Ja, der Schlüssel steckt in der Tür. Aber bist du dir sicher, dass du da hinuntergehen willst?«

Martin rang sich ein Lächeln ab. »Wie du schon gesagt hast, ich glaube auch nicht, dass sich da irgendwelche Moorgeister herumtreiben.«

Während Martin die Kellerstiege hinunterschlich, fragte er sich, ob es nicht besser gewesen wäre, zu Hause bei seiner kranken Mutter zu bleiben. Im Keller warf er einen Blick zum Fenster, und im selben Moment krampfte sich sein Magen zusammen. Das darf doch nicht wahr sein! Das Kellerfenster stand offen. Am Boden hatte sich durch den Regen bereits eine Lache gebildet. Er überlegte fieberhaft, was das alles zu bedeuten hatte. Da die Tür von außen abgeschlossen war, konnte vom Keller aus niemand in die Wohnung eingedrungen sein. Aber auch im Keller, der aus einem einzigen Raum bestand, in dem sich bis auf ein paar vollgeräumte Regale nichts befand, konnte sich jetzt niemand versteckt halten, ohne von Martin gesehen zu werden. Er atmete tief durch und ging zum Fenster, durch das es immer noch hereinregnete. Er stellte sich auf die Zehenspitzen und hatte panische Angst, dass plötzlich jemand vor dem Fenster auftauchen könnte. Aber außer braunem, aufgeweichtem Gras und ein paar kahlen Sträuchern war draußen nichts zu sehen. Er verriegelte das Fenster und stieg dabei in die Wasserlache. »Verdammte Scheiße!«, fluchte er. Er sah sich noch einmal um und eilte dann die Treppe hinauf.

Oben angekommen schlüpfte er aus den nassen Hausschuhen und klopfte an die Schlafzimmertür. »Manuela, du kannst aufmachen, es ist alles in Ordnung.«

Manuela öffnete die Tür und warf ihm einen ängstlichen Blick zu. »Martin, ich habe draußen wieder etwas gehört. Da ist jemand, ich bin mir ganz sicher. Ist im Keller alles in Ordnung?«

»Ja, ja«, antwortete Martin, während Manuela die Tür sofort wieder zusperrte. Er war erschöpft und spürte, wie ihn seine Kräfte langsam verließen. »Mir wäre nichts aufgefallen da unten. Es kann auch gar niemand vom Keller in das Haus gekommen sein, weil ja die Tür von außen abgesperrt war. Und das Fenster war auch zu.«

Manuela sah Martin unschlüssig an. »Ich weiß auch nicht, vielleicht bin ich schon ein bisschen paranoid. Aber diese Geschichte mit der verschwundenen Leiche hat mich ganz schön durcheinandergebracht. Und dann diese eigenartigen Geräusche.« Sie sah auf den Digitalwecker, der auf dem Nachtkästchen stand. »Puh, jetzt ist es schon fast eins. Glaubst du, dass du noch ein bisschen bei mir bleiben kannst? Ich weiß, dass du eigentlich bei deiner Mutter sein solltest, aber bei den Medikamenten, die sie nimmt, sollte sie eigentlich die Nacht durchschlafen.«

Martin dachte an Paula, die sicher längst im Bett lag und keine Ahnung hatte, dass sich ihr Mann gerade im

Schlafzimmer einer anderen Frau aufhielt. Was seine Mutter betraf, so hoffte er, dass Manuela recht hatte. »Ja, ein bisschen kann ich schon noch bleiben.« Er zuckte mit den Schultern. »Sollen wir uns ins Wohnzimmer setzen?«

»Nein, nein, auf keinen Fall.« Manuela machte eine abwehrende Geste. Sie zog ihren Schlafmantel aus und hängte ihn an den Haken an der Tür. Martin spürte, wie sein Herz bis zum Hals pochte. »Komm, leg dich her«, sagte Manuela, während sie unter die Decke schlüpfte.

Martin zog sein Sakko aus und legte es auf den Stuhl, auf dem bereits Manuelas Unterhose und BH lagen.

»Du kannst ruhig auch deine Hose ausziehen.«

Martin fühlte sich, als wäre er in Watte gepackt. Er war erstaunt, als er plötzlich in Unterhose und T-Shirt neben dem Bett stand. Es kam ihm vor, als würde er die Szene als unbeteiligter Dritter beobachten.

»Ich hoffe, ich habe dich nicht überrumpelt«, sagte Manuela und hob die Decke. Martin wusste plötzlich nicht mehr, was man machen musste, um sich in ein Bett zu legen. Musste man sich zuerst aufs Bett setzen oder zuerst hinknien und mit den Händen abstützen? Er hatte keine Ahnung.

Manuela sah ihn an. »Komm doch ins Bett, hier ist es wärmer.«

Wie Martin ins Bett kam, wusste er nicht mehr, aber als er unter der Decke lag, schmiegte sich Manuela sofort an ihn. Ihr Gesicht verschwamm vor seinen Augen. Martin konzentrierte sich auf seinen Pimmel, der tatsächlich ein wenig härter wurde. Das war also mit der sexuellen Stimulierung gemeint, dachte er beruhigt. Er war heilfroh, dass er das Potenzmittel trotz aller Bedenken doch noch genommen hatte. Manuela bewegte ihr Becken vor und zurück, und Martin war sich plötzlich sicher, dass Paula exakt in diesem Moment aufwachte und an ihn dachte. Um sich abzulenken, öffnete er die Knöpfe von Manuelas Pyjamajacke. Aber noch bevor er sich ihren Brüsten widmen konnte, drückte sie seinen Kopf sanft nach unten. Das Rauschen in seinem Ohr war jetzt so laut, dass er Angst hatte, die Kontrolle über sich zu verlieren. Martin versuchte, sich auf Manuelas Möse zu konzentrieren.

Im Gegensatz zu Paulas exakt geschnittenen Schamhaaren – selbst hier galt das Motto: Ordnung muss sein – war Manuelas Möse von struppigen Haaren bedeckt. Martin vergrub sein Gesicht in diesem wildwuchernden, ingwerfarbigen Busch und bemühte sich, mit seiner Zunge den Rhythmus von Manuelas Bewegungen aufzunehmen. Aber irgendetwas irritierte ihn, und er kam ständig aus dem Takt. Er hob den Kopf, um ihre Möse ein wenig genauer zu inspizieren, aber Manuela ließ ihm gar keine Zeit dazu. Sie hob ihr Becken und drückte es gegen sein Gesicht. Er leckte und leckte und hatte das Gefühl, als würde er von einem Teller Gulaschreste ablecken. Verdammte Scheiße!, ärgerte er sich. Warum muss ich ausgerechnet jetzt an ein Gulasch denken?

»Komm«, flüsterte Manuela, »komm, ich möchte dich in mir spüren.« Sie zog ihre Knie an und spreizte ihre Beine. Martin musste schlucken, als er dieses archaische Bild vor sich sah. Er schob seine Boxershorts hinunter und stellte zu seiner Beruhigung fest, dass sein Schwanz noch nicht schlapp gemacht hatte. Morgen werde ich dem ungarischen Urologen einen Dankesbrief schreiben. Manuela packte seinen Pimmel und schob ihn sich in ihre triefnasse Möse. Martin hatte das Gefühl, von etwas Monsterartigem verschlungen zu werden. Manuelas Gesicht verschwamm vor seinen Augen, und er war sich nicht mehr sicher, ob Manuela überhaupt wusste, mit wem sie im Bett lag. Es war, als wären zwei Fremdkörper aufeinander geprallt. Manuela krallte sich an seinem Rücken fest, und Martin fragte sich, wie er die Kratzspuren seiner Frau erklären sollte. Als er spürte, dass sich sein Samen schön langsam auf den Weg machte, geriet er in Panik. Er versuchte krampfhaft, sich abzulenken. Er dachte an die blutverschmierte Windschutzscheibe. Dann dachte er an die hässliche Alte mit ihrem noch hässlicheren Hund in Wien, aber es nützte alles nichts: Der Samen wollte nur noch raus aus Martins Körper. In seiner Verzweiflung begann er zu zählen, aber bereits bei drei war alles vorbei. Während sich sein Ejakulat stoßweise in Manuelas Vagina ergoss, spürte er, wie ihre Bewegungen immer fahriger wurden. Sie drückte ihre Beine zusammen und versuchte so zu verhindern, dass sein Schwanz aus ihrer Grotte rutschte. Aber so schnell konnte Martin gar nicht schauen, hatte sein Zauberstab bereits wieder die Form einer verschrumpelten Karotte angenommen. Wie leblos glitt er auf die Seite.

Manuela öffnete ihre Augen und warf Martin einen Blick zu, der eindeutig sagte, dass sie von diesem abrupt zu Ende gegangenen Liebesakt enttäuscht war. Sie zog die Decke hoch, so als schämte sie sich, nackt neben einem fremden Mann zu liegen.

Martin fühlte sich hundeelend und sehnte sich nach Paula. »Entschuldige«, sagte er und stieg aus dem Bett,

»ich muss kurz aufs Klo.« Er streifte sich sein T-Shirt über und ging zur Tür.

»Ja, ja«, antwortete Manuela, »aber schließ bitte ab!« Sie drehte sich zur Seite und schien über irgendetwas nachzudenken.

Beim Pinkeln spürte Martin, wie das zurückgebliebene Sperma gemeinsam mit dem Urin in die Klomuschel plätscherte. Während die Avantgarde in Manuelas Vagina ein temporäres Zuhause gefunden hatte, würde die Nachhut seines Samens schon in wenigen Sekunden in der Kanalisation von Schwarzmoos verschwinden. Beim Anblick der Samenfäden stutzte Martin. Ach du Scheiße! Er hatte Manuela ja gar nicht gefragt, ob sie überhaupt die Pille nimmt. Scheiße, scheiße, scheiße. Dass er beispielsweise ein Kondom hätte verwenden können, fiel ihm erst gar nicht ein. Er spülte die mit weißen Samenklümpchen vermischte gelbe Flüssigkeit hinunter und verzog das Gesicht. In seinem Kopf dröhnte es wie in einer Maschinenhalle.

»Danke übrigens, dass du bei mir geblieben bist«, sagte Manuela, als er ins Schlafzimmer zurückkam und die Tür hinter sich wie befohlen wieder absperrte. Ihrem Gesichtsausdruck nach schien sich ihre Enttäuschung über den misslungenen Liebesakt ein wenig gelegt zu haben.

»Keine Ursache«, antwortete Martin und blieb unschlüssig stehen.

»Ich weiß auch nicht, irgendwie ist das alles ein bisschen komisch. Ich –« Sie stockte und rieb sich das Kinn. »Wir kennen uns ja gar nicht, und – ach, Blödsinn. Ich meine, das Letzte, was ich möchte, ist, dass du jetzt wegen deiner Freundin ein schlechtes Gewissen bekommst.«

Martin zuckte mit den Schultern. »Also, deswegen brauchst du dir keine Sorgen zu machen. Das ist schon in Ordnung.«

Manuela fixierte seinen Pimmel, dessen Spitze unter seinem T-Shirt hervorlugte. Sie lächelte zweideutig und schob die Bettdecke zur Seite. Martin sah, dass ihre Hand auf ihrer Möse lag und sie ihre Klitoris massierte. Er schluckte und kam sich vor wie ein Schuljunge, der zum ersten Mal eine nackte Frau sah. Er hatte keine Ahnung, was das alles zu bedeuten hatte. Machte sich Manuela über ihn lustig oder wollte sie ihn dazu animieren, es noch einmal mit ihr zu probieren? Während er wie paralysiert auf Manuelas Möse starrte, hatte er plötzlich Angst, dass Paula hier auftauchen könnte. Vielleicht steckten Manuela und Paula ja unter einer Decke und warteten nur darauf, ihn endgültig fertigzumachen. Und womöglich kannte Manuela ja auch diesen zwielichtigen Urologen, der ihm ein Präparat verschrieben hatte, das ihn noch kränker machen sollte, als er ohnehin schon war.

Martin hatte das Gefühl, immer tiefer in irgendetwas hineingezogen zu werden, von dem er nicht wusste, was es war. Er griff sich an sein Ohr und hätte am liebsten laut geschrien. Wenn er diesen verdammten Hörsturz nicht bekommen hätte, wäre er jetzt der glücklichste Mensch der Welt gewesen. Er hätte mit Manuela vögeln können, sie hätten Wein getrunken, und dann hätten sie wieder gevögelt. Dann wäre er nach Hause gegangen, hätte sich um seine kranke Mutter gekümmert, und am

Abend wäre er wieder zu dieser tollen Frau gegangen, die in diesem Augenblick vor ihm im Bett lag und ihre Klitoris massierte. Und was machte er? Er stand da wie der größte Idiot und musste zur Kenntnis nehmen, dass er mit seinen zweiundvierzig Jahren nicht einmal mehr in der Lage war, eine Frau zu vögeln.

»Komm doch her«, flüsterte Manuela. Ihr heftiges Atmen erinnerte Martin an einen hechelnden Hund.

Wie ferngesteuert näherte er sich ihrem Bett. Er versuchte, sich ein Lächeln abzuringen, aber wahrscheinlich schnitt er nur eine Grimasse. Zu seinem Glück hatte Manuela die Augen geschlossen und schien sich ganz auf ihre Klitoris zu konzentrieren. Martin zupfte verstohlen an seinem Pimmel, der sich zumindest ein wenig aus seiner Deckung hervorwagte. Das Dröhnen und Rauschen in seinem Kopf wurde wieder lauter, und er wünschte sich nichts sehnlicher, als auf der Küchencouch zu liegen und in einen Tiefschlaf zu versinken.

Aber Manuela hatte offenbar andere Pläne. Sie griff nach Martins Pimmel und zog ihn wie einen Hund an der Leine zu sich heran. Martin hatte gar keine andere Wahl, als sich über sie zu knien. Er schloss die Augen und stellte sich vor, dass er mit Sandra im Bett lag, konnte sich allerdings nicht mehr erinnern, wie sie überhaupt aussah. In der Zwischenzeit fummelte Manuela an ihm herum. Ihre Kunstgriffe bewirkten immerhin, dass er mit seinem halberigierten Penis erneut in sie eindringen konnte. Aber bereits nach den ersten Stößen spürte Martin, dass es auch dieses Mal gleich wieder vorbei sein würde. Er versuchte noch einmal, seine letzten Kräfte zu mobilisieren – vergebens. Ohne einen Laut von sich zu geben, ergoss er sich ein zweites Mal in Manuelas Möse.

Wie ein schlaffer Sack lag Martin auf Manuela und schloss die Augen. Er konnte sich nicht erinnern, wann er sich zuletzt so miserabel gefühlt hatte. Aber scheinbar war dieser peinliche Versuch eines Geschlechtsakts nur ein weiterer Beweis dafür, dass er an allen Fronten verlor.

V

Let it rain, rain, rain.
R.E.M., »Lotus«

Wie ein geprügelter Hund schlich Martin die nächtliche Straße entlang und ärgerte sich maßlos darüber, dass er sich auf diese hirnverbrannte Aktion mit Manuela überhaupt eingelassen hatte. Eigentlich hätte er wissen müssen, dass in seiner momentanen Lage nicht einmal ein One-Night-Stand funktionieren würde. Als einziger Trost blieb ihm, dass er Manuela nie wieder treffen würde. So gesehen war die ganze Geschichte vielleicht weniger schlimm, als er gedacht hatte. Wenn er allerdings wissen wollte, was es mit der verschwundenen Leiche und der grauen Decke auf sich hatte, dann blieb ihm freilich nichts anderes übrig, als Manuela doch noch einmal anzurufen. Martin schwor sich, seine Mutter nie mehr alleine zu lassen.

Er bog von der Straße um die Thujenhecke und erstarrte. Sein Herz pochte bis zum Hals und seine Knie zitterten. Um Gottes willen, was ist denn hier los? Wer steht denn da in der Einfahrt, und warum brennen im Haus alle Lichter? Martin spannte den Schirm ab und rannte auf den Mann zu, der im strömenden Regen in der Einfahrt stand.

»Was wollen Sie hier?«, schrie er ihn an. Martin hielt ihm seinen Regenschirm wie eine Waffe entgegen. »Wer sind Sie und was haben Sie hier verloren? Das hier ist Privatbesitz.«

Der Mann zeigte keinerlei Reaktion und starrte Martin mit ausdruckslosem Gesicht an.

Martin sah zu seinem Wagen, der am Ende der Einfahrt stand. »Haben Sie versucht, mein Auto zu stehlen? Es ist mitten in der Nacht. Was wollen Sie hier? Haben Sie meine Mutter geweckt?« Martin merkte, dass er bereits vollkommen durchnässt war. Auch der dunkle Anzug des Mannes, der immer noch regungslos vor ihm stand, war klatschnass. Jetzt erst fiel Martin die zusammengefaltete graue Decke auf, die der Mann unter den Arm geklemmt hatte. Ach, du meine Güte! Ist das die graue Decke vom Dachboden? Martin deutete auf die Decke. »Woher haben Sie diese Decke? Ich rufe sofort die Polizei, wenn Sie nicht augenblicklich verschwinden.« Er öffnete den obersten Knopf seines Mantels und griff in die Innentasche seines Sakkos. »Hier«, sagte er zu dem Mann, und hielt ihm sein iPhone vors Gesicht. »Hier ist mein Handy. Ich werde sofort die Polizei rufen, wenn Sie nicht augenblicklich verschwinden.« Mit zitternden Fingern versuchte er, eine Nummer zu wählen, überlegte es sich aber wieder anders. Was hätte er der Polizei auch sagen sollen?

Der Mann verhielt sich ruhig und machte keinerlei Anstalten, sich von seinem Platz wegzubewegen. Auch der Regen, der über sein blasses Gesicht lief, schien ihn nicht weiter zu stören.

Martin fragte sich, ob ihn der Mann überhaupt verstand. »Sprechen Sie deutsch? Where do you come from? What do you want here?« Der Mann verzog keine Miene.

Martin wurde wütend und packte den Mann am Arm. Für den Bruchteil einer Sekunde stieg ihm ein eigenartiger Geruch in die Nase. Irgendwie roch es nach nassem Hund. »Los! Sie kommen sofort mit, ich möchte Ihre Personalien aufnehmen!« Während er den Mann hinter sich her zog, sah er auf dessen Füße. Er blieb abrupt stehen. Wie die Tote im Krankenhaus, von der ihm Manuela erzählt hatte, trug auch der Mann keine Schuhe. Martin bekam es mit der Angst zu tun und überlegte, ob er davonlaufen sollte. Aber im selben Augenblick wurde ihm klar, dass er das wegen seiner Mutter gar nicht konnte. »Los, weiter!«, sagte er und bog, den Mann hinter sich herziehend, um die Hausecke.

»Hilfe!«, schrie er. Er ließ den Mann los. Sein Schrei klang mehr wie ein Krächzen. Martin musste sich an der Hauswand abstützen. Sein Schirm fiel zu Boden, und Martin begann am ganzen Körper zu zittern. Er biss sich in die Hand und spürte etwas Warmes in seinem Mund.

Das Bild, das sich ihm bot, ergab absolut keinen Sinn. In der offenen Haustür stand eine Frau in einem dunklen Kleid, die eine graue Decke bei sich hatte. Auch sie trug keine Schuhe. »Was wollen Sie hier? Wer sind Sie?«, stammelte Martin, der plötzlich das Gefühl hatte, dass seiner Mutter etwas Schreckliches zugestoßen war. Er schleppte sich zur Tür und sah die Frau an. Sie war vielleicht fünfzig Jahre alt und zeigte genau wie der Mann keinerlei Reaktionen. »Hat Ihnen meine Mutter die Tür aufgemacht? Was wollen Sie hier?«, fragte Martin fast flehend und wischte sich über sein nasses Gesicht. Die Augen der Frau flößten ihm Angst ein. Er überlegte fieberhaft, was er tun sollte. Er zog die Frau von der Tür weg und gab ihr einen heftigen Stoß. Sie taumelte kurz und blieb dann einfach im Regen stehen. Martin schlug die Tür zu und holte aus der Manteltasche den Schlüssel. Mit zitternden Fingern steckte er den Schlüssel ins Schloss und drehte ihn zweimal um. Er sah, dass seine Hand leicht blutete.

Er atmete tief durch und öffnete die Tür zum Treppenhaus. »Nein!«, schrie er. Er raufte sich die Haare. »Mama, Mama, wo bist du?« Seine Frage verhallte ungehört im Treppenhaus. Die Angst hatte ihm die Kehle zugeschnürt.

Die beiden Frauen, die auf grauen Decken am Boden saßen, blickten Martin an. Sie waren höchstens dreißig und sahen einander zum Verwechseln ähnlich. Waren es Zwillinge? Eine von ihnen neigte den Kopf leicht zur Seite und betrachtete Martin, als wäre er ein exotisches Wesen.

»Bitte, bitte, sagen Sie mir, wer Sie sind und was Sie hier wollen! In diesem Haus gibt es nichts zu stehlen. Und was ist mit meiner Mutter? Was ist mit meiner Mutter?« Martin begann zu heulen, aber selbst darauf reagierten die beiden nicht.

Wimmernd schlich Martin an ihnen vorbei. Auch sie waren barfuß. Er hatte das Gefühl, sich übergeben zu müssen. Überall am Boden waren dreckig-nasse Fußspuren zu sehen. Er betrat die Diele und sah durch die offene Wohnzimmertür, dass sich auch dort mehrere schwarz gekleidete Menschen aufhielten. Martin wankte und hielt sich die Hand vor den Mund. Er würgte und konnte gerade noch verhindern, dass er sich erbrach. Er hatte einen säuerlichen Geschmack im Mund und versuchte zu schlucken, aber sein Mund war vollkommen trocken. Die Leute im Wohnzimmer sahen Martin mit maskenhaften Gesichtern an und schwiegen. Er hob verzweifelt die Hände, ließ sie aber resigniert gleich wieder sinken. Er betete zu Gott, dass seiner Mutter nichts zugestoßen war. Er schwor sich, nie wieder von ihrer Seite zu weichen. Was habe ich verbrochen, dass ich so gestraft werde?, fragte er sich, während er die Küche betrat. Auch dort saßen dunkel gekleidete Männer und Frauen, die graue Decken bei sich hatten und barfuß waren. Durch sein Gehirn zuckten Gedankenblitze, die in keiner vernünftigen Beziehung zu dem standen, was in seinem Elternhaus gerade vor sich ging.

Martin stieß die angelehnte Tür zum Nebenzimmer auf und blieb wie angewurzelt stehen. Im Bruchteil einer Sekunde wurde ihm bewusst, dass er dieses Bild bereits einmal gesehen hatte. Seine Mutter lag schlafend im Bett und wurde von einer jungen Frau, die sich an sie geschmiegt hatte, umarmt. Die Frau trug ein dunkles Kleid und war barfuß. Ihre graue Decke lag am Boden.

Martin hielt sich am Türstock fest und begann zu stammeln. »Was tun Sie mit meiner Mutter?« Er drehte sich um, aber die Leute in der Küche schienen von den Vorgängen im Zimmer keinerlei Notiz zu nehmen. Martin wankte zum Bett und berührte mit zitternden Händen seine Mutter. Erleichtert stellte er fest, dass sie noch atmete. Er nahm den Arm der Frau und versuchte, ihn von seiner Mutter zu lösen. Die Frau, die vielleicht dreißig Jahre alt sein mochte und schwarze, lange Haare hatte, wimmerte nur und schlang ihren Arm gleich wieder um Martins Mutter.

Martin kniete sich neben das Bett, er wurde von einem Weinkrampf geschüttelt. Er krallte sich am Leintuch fest und warf der Frau einen flehenden Blick zu. Das Geräusch in seinem Ohr war jetzt so laut, dass er glaubte, sein Kopf würde jeden Augenblick explodieren. Durch die tränenverschleierten Augen sah er das Kruzifix an der Wand, und er verfluchte jede Sekunde seines Lebens, in der er an Gott geglaubt hatte. Nie zuvor hatte Martin eine so tiefe, unerträgliche Verzweiflung gespürt.

Seine Mutter begann zu stöhnen. Martin fuhr erschrocken auf. Wenn Mama jetzt aufwacht, wird sie einen solchen Schock bekommen, dass sie sofort stirbt. Er nahm erneut den Arm der Frau und hielt ihn fest. »Bitte, bitte«, flüsterte er, »bitte verschwinden Sie von hier! Meine Mutter ist schwer krank. Gehen Sie wenigstens in die Küche, damit meine Mutter in Ruhe weiterschlafen kann. In der Küche können wir über alles sprechen.«

Die Frau setzte sich auf und warf Martin einen Blick zu, der ihm Angst einjagte. Jetzt schoss es ihm wie ein Blitz durch den Kopf. Die Frau erinnerte ihn an seine Mutter auf dem Foto mit seinem verstorbenen Bruder, und Martin war sich sicher, dass er sie bereits einmal im Bett mit seiner Mutter gesehen hatte, und zwar am Tag zuvor, als er das Blackout hatte.

Ohne ein Wort zu sagen, stieg die Frau aus dem Bett und griff nach ihrer Decke. Martin sah, dass ihre nassen Füße auf der nach unten geschobenen Bettdecke bereits

Spuren hinterlassen hatten. Sie blieb neben dem Bett stehen und legte eine Hand auf die Wange von Martins Mutter. Entgeistert beobachtete er den Vorgang. Die Frau schloss die Augen und gab unverständliche, heisere Laute von sich. Anschließend breitete sie die graue Decke auf dem Boden aus und legte sich hin.

Martin kniete noch immer neben dem Bett und wartete darauf, von den Eindringlingen attackiert zu werden. Aber weder die Fremden in der Küche noch die Frau im Zimmer machten irgendwelche Anstalten in diese Richtung. Ihm fiel ein, dass seine Mutter am Tag zuvor im Halbschlaf etwas von einer Decke gemurmelt hatte, die ihr Vater bei seinem angeblichen nächtlichen Besuch bei sich gehabt hatte. Und hatte sie nicht auch erwähnt, dass sie von ihrer Mutter, »der Oma«, berührt worden war? Halten sich diese Menschen schon länger im Haus auf? Langsam dämmerte Martin auch, woher die graue Decke stammte, die am Dachboden gehangen hatte. Aber trotzdem ergab das alles keinen Sinn. Wenn die Eindringlinge etwas hätten stehlen wollen, warum hatten sie das nicht schon längst getan? Aber was hätten sie überhaupt stehlen können? Soviel Martin wusste, befanden sich im Haus weder Wertgegenstände noch Bargeld, und das einzige Sparbuch, das seine Mutter besaß, hatte am Tag zuvor sein Bruder mitgenommen. Also, was konnten diese Menschen hier wollen?

Martin fiel die Geschichte von der verschwundenen Leiche ein. Manuelas Beschreibung der Leiche passte exakt auf die Frauen hier: Sie alle trugen dunkle Kleider, waren barfuß und hatten graue Decken bei sich. Ob ihnen allerdings auch ihre Reproduktionsorgane fehlten, konnte Martin natürlich nicht wissen. Er überlegte, ob er Manuela anrufen sollte, hatte aber Angst, dass ihm die Fremden sein iPhone wegnehmen könnten.

Das Wichtigste war jetzt, dass seiner Mutter nichts geschah. Dazu war es zunächst einmal notwendig, dass die Frau aus dem Zimmer verschwand. Am schlimmsten wäre es gewesen, wenn seine Mutter jetzt aufgewacht wäre und mitten in der Nacht wildfremde Menschen in ihrem Haus gesehen hätte.

Martin dachte nach, wie er die Eindringlinge vertreiben könnte, ohne selbst Schaden zu nehmen. Vielleicht sollte ich mich hier im Zimmer einsperren und die Polizei rufen. Er ging zum Fenster und schob den Vorhang zur Seite. Er wollte nachsehen, ob sich der Mann und die Frau immer noch im Freien aufhielten. Was er sah, raubte ihm fast den Verstand. Soweit er in der Dunkelheit erkennen konnte, standen auf dem matschigen Rasen jetzt nicht nur der Mann und die Frau, sondern noch mindestens fünf weitere dunkle Gestalten. Mechanisch zog er den Vorhang wieder zu und fixierte die Frau auf der grauen Decke. Wie ferngesteuert stürzte er sich auf sie. »Ich bringe Sie um!«, krächzte er und drückte mit seinen beiden Daumen so fest auf ihren Kehlkopf, dass er sich wunderte, wie leicht es war, einen Menschen zu erwürgen. Die Frau verdrehte ihre Augen, wehrte sich aber nicht. Die angenehme Wärme, die von ihrer Decke aufstieg, nahm Martin nur unbewusst wahr.

»Martin, Bub, was machst du da?«, hörte er seine Mutter flüstern.

Er ließ von der Frau ab und betrachtete verwirrt seine zitternden Hände. Er hoffte inständig, dass er die

Fremde nicht umgebracht hatte. Die Eindringlinge, die immer noch in der Küche saßen, beobachteten teilnahmslos das Geschehen und machten keinerlei Anstalten, der Frau zu helfen.

Martin rutschte auf den Knien zu seiner Mutter und umarmte sie. »Mama, Mama«, sagte er mit bebender Stimme, »bitte schlafe weiter, es ist alles in Ordnung. Du hast nur schlecht geträumt.« Mit seinem Oberkörper versperrte er ihr die Sicht auf die Frau. Er verzerrte den Mund zu einem Lächeln.

»Du bist ja ganz nass«, murmelte seine Mutter mit besorgter Miene. »Warum hast du denn deinen Mantel an?« Umständlich versuchte sie, sich aufzurichten.

»Es ist alles gut, Mama«, flüsterte er und streichelte ihr Gesicht. »Komm, schließ die Augen und schlaf weiter. Es ist schon spät, und du bist müde.« Sanft drückte er sie auf den Polster zurück. Er spürte, wie kraftlos sie war. Die blutende Wunde an seiner Hand hatte rote Spuren auf ihren Wangen hinterlassen. Sie neigte den Kopf zur Seite und schlief wieder ein. »Ja, schlaf weiter, das ist gut«, flüsterte er, als läge ein kleines Kind vor ihm. Den Tränen nahe drehte er sich um und sah, dass die Frau das Zimmer verlassen hatte.

Martin schloss die Augen und wünschte sich nichts sehnlicher, als bald aus diesem Alptraum zu erwachen. Aber das höllische Geräusch in seinem Kopf und der Schmerz, der jede Faser seines Körpers erfasst hatte, machten ihm mit aller Unerbittlichkeit klar, dass er nicht träumte. Er war Teil einer Wirklichkeit, in der sich alles gegen ihn verschworen hatte. Durch die offene Tür sah er, dass die junge Frau gerade dabei war, ihre Decke auf dem Küchenboden auszubreiten, um sich hinzulegen.

Am Boden sitzend starrte Martin auf seine nassen Schuhe. Er nahm sich vor, die Fußspuren im Haus zu beseitigen, sobald die Eindringlinge verschwunden waren. Der Regen klatschte monoton gegen die Scheiben, und Martin fragte sich, ob er möglicherweise halluzinierte. Vielleicht waren das ja auch gar keine Potenzpillen gewesen, die ihm der ungarische Urologe am Nachmittag verkauft hatte, sondern irgendein Halluzinogen, das diese Bewusstseinstrübung bei ihm hervorgerufen hatte.

Vor vielen Jahren war es ihm doch schon einmal so ergangen. Damals hatten er und Ashley auf Kasos Marihuana geraucht, das mit Mescalin versetzt war. *Kolumbianisches Gold* hatte das Gras geheißen, das er von einem südamerikanischen Straßensänger gekauft hatte und das so stark war, dass er und Ashley zwölf Stunden lang wie paralysiert in ihrem Strandhäuschen gelegen waren. Während dieser Zeit war Martin auf einem Horrortrip gewesen, in dessen Verlauf er sogar sein eigenes Begräbnis miterlebt hatte. Dabei hatte er sich nicht nur im Sarg liegen sehen, sondern auch mitverfolgt, wie er seinen eigenen Sarg trug. Als der Sarg ins Grab gesenkt wurde und Martin sich darin liegend dabei beobachtete, wie er sein eigenes Grab zuschaufelte, wäre er beinahe verrückt geworden. Nach diesem Trip hatte Martin längere Zeit kein Marihuana mehr geraucht, dafür aber umso mehr Alkohol getrunken.

Während er zusammengesunken am Boden kauerte und an Ashley dachte, hörte er, wie von draußen ans Küchenfenster geklopft wurde. Er kannte dieses Geräusch, weil sein Vater früher immer ans Küchenfenster geklopft hatte, wenn er von der Arbeit nach Hause kam. Martin rieb sich die Augen und erschrak, als er die Fremden immer noch in der Küche sah. Einer der Männer stand auf und verschwand aus Martins Gesichtsfeld. Martin rappelte sich auf und schleppte sich in die Küche. »Das geht nicht!«, rief er dem Mann hinterher und blickte sich hilfesuchend um. Keiner der Anwesenden reagierte. Durch die Tür sah er zu seiner Mutter. Er entschloss sich, dem Mann erst zu folgen, wenn er sich sicher sein konnte, dass seiner Mutter keine unmittelbare Gefahr drohte. Er drehte in ihrem Zimmer das Licht ab und sperrte die Tür zu. Den Schlüssel steckte er in seine Manteltasche.

Die beiden Frauen, die wie Zwillinge aussahen, saßen immer noch im Treppenhaus auf ihren Decken. Entgeistert blieb Martin stehen, als eine Gruppe durchnässter Gestalten das Haus betrat. Es waren die, die er zuvor vor dem Haus auf dem Rasen gesehen hatte. Soweit er erkennen konnte, handelte es sich um vier Männer und drei Frauen. Alle waren dunkel gekleidet, hatten graue Decken bei sich und waren barfuß.

Panische Angst erfasste ihn, weil ihm nun bewusst wurde, dass er gegen die Eindringlinge keine Chance mehr hatte. Sie hatten sein Elternhaus endgültig unter ihre Kontrolle gebracht. »Wer sind Sie und was wollen Sie hier?«, fragte Martin zum wiederholten Male, bekam aber auch jetzt keine Antwort. Er griff nach seiner Geldbörse und holte ein paar Euro-Scheine heraus.

»Hier, das ist alles, was ich habe«, krächzte er und hielt ihnen die Banknoten entgegen.

Die Eindringlinge nahmen aber keine Notiz von seinem Geld und gingen, ohne ein Wort zu sagen, die Treppe hinauf. Am Boden hinterließen sie dreckignasse Spuren. Er dachte an seinen Laptop, den er oben im Zimmer auf den Tisch gestellt hatte, und an das Etui mit seinen Kredit- und Bankomatkarten, das er daneben gelegt hatte. Hatten sie es darauf abgesehen? »Was wollen Sie da oben? Sie haben kein Recht, hier einzudringen!«, schrie Martin, der gleichzeitig froh war, dass sie nicht in die Küche gegangen waren. Wenn er gewollt hätte, hätte er jetzt wahrscheinlich ungehindert davonlaufen können. Möglicherweise wollen sie ja gar nichts von mir, sondern suchen etwas im Haus. Er dachte nach, was das hätte sein können, aber außer dem Laptop und den Kreditkarten fiel ihm nichts ein. Soweit er wusste, befanden sich in den Kästen im ersten Stock außer alten Kleidern und Modezeitschriften, die seiner Mutter früher beim Schneidern als Inspirationsquelle gedient hatten, lediglich ein paar Kisten mit zerkratzten Schallplatten und zerfledderten Büchern. Also wertloses Zeug.

Martin spürte, wie von seinem nassen Mantel die Kälte langsam in seinen Körper kroch. Er zog den Mantel aus und hängte ihn an einen Garderobenhaken. Als er sein Gesicht im Spiegel sah, zuckte er zusammen. Oft hatte er sich gefragt, wie es wäre, wenn er an seinem Spiegelbild erkennen würde, dass es dem Ende zuging. Jetzt schien dieser Augenblick gekommen zu sein.

Er überlegte, welche Chancen er überhaupt noch hatte, und beschloss, Paula anzurufen. Er griff nach seinem Handy und sah auf dem Display, dass es kurz nach halb zwei war. Paula würde er um diese Zeit nicht mehr erreichen, aber er könnte ihr zumindest eine Nachricht hinterlassen. Und dann? Dann würde Paula um sechs Uhr zurückrufen und ihn fragen, weshalb er nicht schon längst die Polizei geholt hatte. Aber was hätte er der Polizei sagen sollen? Dass sich fremde Personen in seinem Elternhaus aufhielten, die herumsaßen, ihn aber weder attackierten noch etwas gestohlen hatten? Er brauchte Beweise für die Gefahr, in der er und seine Mutter sich befanden.

Im Haus war es in den letzten Minuten auffällig ruhig geworden. Martin versuchte einen klaren Gedanken zu fassen, was ihm aber nicht gelang. Das alles ergab keinen Sinn: Da drangen mitten in der Nacht wildfremde Menschen in sein Elternhaus ein, die mit keinem Wort erwähnten, was sie eigentlich wollten. Auch war sich Martin nicht sicher, ob ihn die Eindringlinge überhaupt verstanden. Möglicherweise waren es ja Ausländer. Dass es sich um Asylwerber handelte, war zwar unwahrscheinlich, aber nicht auszuschließen. Er dachte an das Gespräch mit Manuela über die verschwundene Leiche. Im Krankenhaus hatten die Ärzte anfangs ja auch die Vermutung angestellt, dass es sich bei der Toten um eine Asylwerberin handeln könnte. Nein, das passt alles hinten und vorne nicht zusammen. Weshalb sollten Asylwerber ausgerechnet in unser Haus eindringen? Und was haben die grauen Decken zu bedeuten? Und warum tragen diese Leute keine Schuhe? Und überhaupt: Wie kommt es, dass sie im November nicht wärmer angezogen sind? Je mehr Fragen er sich stellte, desto verwirrter wurde er.

Mit zitternden Fingern tippte er auf dem Touchscreen das Photo-Icon an. Er hielt das Handy so, dass er auf dem Monitor die beiden jungen Frauen, die im Treppenhaus auf ihren Decken saßen und ihm ihre Rücken zukehrten, sehen konnte. Martin drückte ab und erschrak, als das Blitzlicht aufleuchtete. Sofort ließ er sein iPhone in der Sakkotasche verschwinden. Scheiße, dachte er, hoffentlich nehmen sie mir jetzt mein Handy nicht weg. Aber die beiden drehten sich nur kurz um. Sie schienen nicht einmal realisiert zu haben, dass sie soeben fotografiert worden waren.

Martin war froh, dass er jetzt zumindest ein Beweisfoto hatte, wenngleich es wahrscheinlich zu wenig Aussagekraft haben würde. Auf dem Foto wären zwei junge Frauen zu sehen, die auf dem Boden saßen und dem Betrachter ihre Rücken zukehrten. Wenn er mit diesem Foto zur Polizei ginge, würde man ihn vermutlich auslachen und wieder nach Hause schicken. Martin brauchte ein Foto, auf dem eindeutig zu erkennen wäre, dass er und seine Mutter sich in höchster Gefahr befanden. Er überlegte, ob er in die Küche oder in den ersten Stock gehen sollte, und entschied sich schließlich für den ersten Stock.

Martin schleppte sich die Treppe hinauf und spürte, wie ihn seine Kräfte verließen. Außerdem war ihm so übel, dass er sich am liebsten sofort übergeben hätte. Allerdings hatte er seine Zweifel, ob es ihm danach besser gegangen wäre. Oben angekommen sah er an den nassen Fußabdrücken am Treppenabsatz, dass einige der Eindringlinge auf den Dachboden weitergegangen waren. Er beschloss, sich zunächst einmal in den beiden Zimmern im ersten Stock umzusehen. Hier bot sich ihm dasselbe Bild wie unten: Dunkel gekleidete Männer und Frauen saßen auf ihren grauen Decken und schienen auf etwas zu warten. Sie warfen Martin gleichgültige Blicke zu und schwiegen. Ein animalischer Geruch hing im Raum. »Ist hier jemand, der mich versteht?« Niemand reagierte auf Martins Frage.

Erleichtert stellte er fest, dass sein Laptop immer noch auf dem Tisch stand. Und auch das Etui mit den Kreditkarten lag unangetastet daneben. Martin hob das Etui in die Höhe. »Hier sind meine Kreditkarten. Ist es das, was Sie wollen?« Die Frage klang blechern in seinen Ohren, und er wusste, dass sie eigentlich sinnlos war. Martin sah die Fremden an und versuchte, aus ihrem Aussehen irgendwelche Rückschlüsse zu ziehen. Die drei Männer und die beiden Frauen, die sich hier aufhielten, waren vielleicht zwischen vierzig und fünfzig Jahre alt und hatten auffallend blasse Haut. Das war aber schon das Einzige, was sie von anderen Menschen unterschied. Martin griff nach seinem iPhone. Er war gespannt, was passieren würde. Aber den Fremden schien es gleichgültig zu sein, was er mit seinem Handy machte. Er trat einen Schritt zurück und konnte jetzt auf dem Monitor deutlich drei schwarz gekleidete Gestalten sehen, die in die Kamera blickten. Martin drückte ab und wartete, aber die Eindringlinge blieben einfach sitzen. Er steckte sein Handy wieder ein und verließ das Zimmer. Er war beruhigt, weil er jetzt zumindest schon zwei Beweisfotos hatte. Bevor er auf den Dachboden ging, wollte er Paula noch rasch die Fotos schicken. Martin wählte ihre Nummer und hoffte, dass ihm nicht plötzlich einer sein iPhone aus der Hand riss.

»Hier ist die Mailbox von Paula Koller. Ich bin zur Zeit leider nicht erreichbar. Wenn Sie mir eine Nachricht hinterlassen möchten, sprechen Sie bitte nach dem Signalton. Ich rufe Sie so bald wie möglich zurück. Vielen Dank.«

Paulas Stimme löste bei Martin sofort Schuldgefühle aus. Nicht nur, weil er vor einer Stunde noch mit einer anderen Frau im Bett gelegen war, sondern auch, weil er sie trotz seines Versprechens nicht zurückgerufen hatte.

»Hallo Paula. Ich bin's. Bitte hör mir zu, es ist ganz wichtig. Hier ist etwas Schreckliches passiert. Als ich in der Nacht nach Hause gekommen bin – also, wie ich am Abend heim gekommen bin, waren da plötzlich wildfremde Menschen im Haus. Wie sie ins Haus gekommen sind, weiß ich nicht. Vermutlich hat ihnen meine Mutter aufgesperrt. Ich habe keine Ahnung. Es sind mindestens zwanzig Leute hier. Ich bin total fertig, weil ich nicht weiß, was ich machen soll. Ich habe panische Angst, dass Mama etwas passieren könnte. Ich stehe gerade im Treppenhaus und schicke dir gleich zwei Fotos von diesen Fremden. Ich habe die Polizei noch nicht gerufen, weil ich Angst habe, dass sie uns womöglich umbringen, wenn die Polizei eingreift. Also, nein, nicht dass du jetzt glaubst, dass sie uns gefangen halten oder so etwas. Aber es könnte natürlich sein, dass die Lage eskaliert. Ja, und reden konnte ich auch nicht mit ihnen, weil sie mich nicht verstehen. Aber Ausländer sind es auch nicht. Glaube ich zumindest. Egal, ruf mich bitte sofort zurück. Ich bin ratlos, ich weiß nicht, was ich tun soll. Mama und ich sind noch beide unverletzt. Ich liebe dich.«

Der letzte Satz klang blechern in Martins Ohren. Außerdem ärgerte er sich maßlos, dass er gesagt hatte, er wäre »in der Nacht« nach Hause gekommen. Er hoffte, dass Paula das einfach überhörte.

Auf dem Treppenabsatz blieb Martin stehen. Er horchte, ob sich im Parterre etwas rührte, aber soweit er feststellen konnte, war alles ruhig. Er wählte erneut Paulas Handy-Nummer und schickte ihr die beiden Fotos.

Martin schlich nach oben und öffnete vorsichtig die Dachbodentür. Er hielt den Atem an und spürte einen stechenden Schmerz im Kopf. Was er sah, überstieg alles, was er sich in seinen kühnsten Alpträumen je ausgemalt hatte. In der Mitte des Dachbodens lag auf einer grauen Decke eine nackte, dunkelhaarige Frau, deren Beine merkwürdig verdreht waren. Einige Stellen ihres Körpers waren mit schwarzen Flecken übersät, die wie Blutergüsse aussahen. Am schockierendsten war aber ein mit Spagat schlampig vernähter Schnitt, der vom Hals bis zu den Schamhaaren reichte. Deutlich zu sehen war auch, dass ihre schwarzen Achselhaare nicht rasiert waren. Um die Tote knieten Männer und Frauen, die einander an den Händen hielten. Sie schienen sehr konzentriert zu sein und nahmen von Martin keinerlei Notiz. Soweit er erkennen konnte, gehörten einige der Knienden zu jener Gruppe, die erst kurz zuvor ins Haus gekommen war. Wie ferngesteuert näherte sich Martin dieser gespenstischen Szenerie und zuckte zusammen, als er neben der Toten die Strampelhose und das Wickeljäckchen seines verstorbenen Bruders liegen sah. Er hatte rasende Kopfschmerzen und fürchtete, jeden Augenblick ohnmächtig zu werden. Hatte sein Gehirn einen Sprung bekommen?

Martin war klar, dass es sich bei der Frau um jene Leiche handeln musste, die aus dem Krankenhaus in

Rödt verschwunden war. Allerdings war ihm vollkommen unverständlich, weshalb man die Tote ausgerechnet hierher gebracht hatte. Das Krankenhaus von Rödt war mindestens fünf Kilometer von seinem Elternhaus entfernt, und die Leute konnten unmöglich mitten in der Nacht unbemerkt eine Leiche zu Fuß hierher geschleppt haben. Er erinnerte sich, dass Manuela erzählt hatte, der Frau würde jener Teil des Gehirns fehlen, der für das Erkennen von Angst verantwortlich ist. War das der Grund, weshalb die Eindringlinge keine Gefühlsregungen zeigten?

Martin merkte, wie seine Beine nachließen und er immer schwächer wurde. Er stützte sich an einem Holzbalken ab und ging langsam zu Boden. Mit einem würgenden Laut übergab er sich. Er spürte ein säuerliches Brennen im Hals. Unter Aufbietung seiner letzten Kräfte erbrach er alles, was sich in seinem Magen befand. Erschöpft legte er sich auf den kalten Betonboden und schloss die Augen.

Martin stand am Fenster und sah eine Gruppe dunkel gekleideter Männer, die vor seinem Elternhaus mit vorgebeugtem Oberkörper in kniender Position reglos verharrten. Er fragte seine Mutter, was da draußen los sei, und sie antwortete, dass es eine große Katastrophe gegeben habe: Über europäischen Städten seien hunderte Flugzeuge abgestürzt, die gigantische Brände ausgelöst hätten.

Er ging in den Keller, wo sein Vater auf einem Feldbett schlief, um ihn über die Katastrophe zu informieren. Martin betrachtete seinen schlafenden Vater und fand es merkwürdig, dass er hier lag, obwohl er ja eigentlich schon längst tot war. Martin hoffte, dass er nur geträumt hatte, dass sein Vater tot war, dass er in Wirklichkeit aber noch lebte.

Er ging zurück zu seiner Mutter, die sich mittlerweile ins Bett gelegt hatte. Da ihm kalt war, legte er sich zu ihr und schmiegte sich an sie. Eine wohlige Wärme ging von ihr aus, und Martin war froh, endlich schlafen zu können. Das Einzige, was ihn irritierte, war ein eigenartiges Kribbeln zwischen seinen Beinen. Er drehte sich von seiner Mutter weg auf den Rücken. Ihm war immer noch angenehm warm.

Martin wunderte sich, dass er trotz dieses beglückenden Gefühls ein dumpfes Rauschen in seinen Ohren hörte, das sich mit dem Geräusch eines heftig niederprasselnden Regens zu einem unangenehmen Lärm vermischte. Aber noch mehr verwunderte ihn, dass er neben seiner Mutter eine heftige Erektion bekommen hatte. Verwirrt fragte er sich, weshalb er das bei Manuela nicht geschafft hatte.

Martin blinzelte und hob den Kopf. Er befand sich immer noch auf dem Dachboden und lag nackt auf einer grauen Decke, von der eine angenehme Wärme ausging. Gleichzeitig nahm er einen stechenden, animalischen Geruch wahr. Entgeistert blickte er auf seinen halberigierten Penis, aus dem Sperma tropfte. Er wollte etwas sagen, brachte aber keinen Ton heraus. Er stützte sich mit dem Ellenbogen ab und sah, dass neben ihm auf der Decke jene Frau lag, die zuvor bei seiner Mutter im Bett gelegen war. Sie war wach, und an ihrem

Hals entdeckte Martin zwei dunkle Flecken. Wahrscheinlich stammten sie von seiner Würgeattacke. Um die Frau herum standen ein paar Fremde, die mit starren Gesichtern beobachteten, wie ein Mann den Bauch der Frau mit Öl einrieb. Als er auf ihrem Bauch eine Tätowierung sah, zuckte er zusammen: Es war das Bild eines ausgewachsenen Fötus. Gedankenfetzen schossen durch seinen Kopf. Er erinnerte sich, dass ihm Manuela erzählt hatte, der toten Frau in der Klinik hätten sämtliche Reproduktionsorgane gefehlt. Diese Frau lag jetzt mit verrenkten Gliedern abseits der Gruppe auf dem Betonboden, ohne dass jemand Notiz von ihr genommen hätte. Martin bekam eine Gänsehaut.

Aber wenn diesen Frauen die Reproduktionsorgane fehlten, weshalb lag dann die schwarzhaarige Frau mit nacktem Bauch und entblößter Scham direkt neben ihm auf der Decke? Und wie kam es, dass er im Schlaf offenbar ejakuliert hatte? Hatte er in die Vagina dieser Frau ejakuliert? Samenreste auf ihren Schamhaaren ließen diesen Schluss zu. Martin fühlte sich leer, und er war viel zu schwach, um diesen Fragen auf den Grund zu gehen. Außerdem war ihm egal, was mit ihm passierte. Schlimmer konnte es ohnehin nicht mehr kommen.

Die herumstehenden Gestalten und die neben ihm liegende Frau mit der Tätowierung nahmen von Martin keinerlei Notiz. Mühsam erhob er sich von der warmen Decke und suchte seine Kleider zusammen, die man achtlos in eine Ecke geworfen hatte. Als er sein Erbrochenes sah, verzog er angeekelt das Gesicht. Die feuchte Kälte kroch von allen Seiten in seinen nackten Körper, und obwohl ihn die Eindringlinge weiterhin irgnorierten, empfand er fast so etwas wie Scham. Während er sich umständlich anzog, sah er, dass sich die Fremden von der am Bauch tätowierten Frau entfernten und wieder auf ihre Decken legten.

Mit letzter Kraft verließ Martin den Dachboden. Er war so schwach, dass er sich am Handlauf des schmiedeeisernen Treppengeländers festhalten musste. Überall im Haus lagen jetzt die Fremden auf ihren Decken und schliefen. Martin überlegte, ob er aus dem Keller eine Axt holen und sie damit erschlagen sollte, ließ aber bei der Vorstellung von dem Blutbad, das er in seinem Elternhaus anrichten würde, den Gedanken gleich wieder fallen. Unten angekommen setzte er sich auf die Treppe und wählte Manuelas Nummer.

Nach mehrmaligem Läuten hob Manuela ab. Sie klang verschlafen.

»Hallo Martin, was ist denn los? Ist etwas mit deiner Mutter passiert?«

»Manuela, hör mir bitte zu. Ich weiß nicht, was ich tun soll. Hier sind überall Fremde im Haus. Und ich glaube, ich weiß jetzt auch, wo sich die Leiche befindet, die heute aus der Pathologie verschwunden ist. Die liegt auf dem Dachboden. Ich habe sie mit eigenen Augen gesehen und –«

»Entschuldige, Martin, was redest du da? Wo bist du überhaupt? Und was für Fremde sind in eurem Haus? Martin, ist irgendetwas mit deiner Mutter?«

»Manuela, du musst mir zuhören. Ich weiß nicht, wie viele es sind, aber überall im Haus liegen Männer und Frauen auf ihren grauen Decken und schlafen. Und am Dachboden liegt die Leiche, die aus eurem Krankenhaus verschwunden ist. Kannst du nicht herkommen und dir das alles ansehen? Bis jetzt haben uns die Fremden nichts getan, aber irgendetwas muss ich unternehmen. Kannst du nicht herkommen?«

»Martin, beruhige dich. Es ist halb drei, und ich kann jetzt nicht zu dir kommen. Außerdem habe ich das Gefühl, dass immer noch jemand um mein Haus schleicht. Und ich muss morgen ganz früh raus. Martin, wo bist du gerade? Und was sollen das für Leute sein, die bei euch im Haus auf Decken schlafen?«

»Ich sitze im Treppenhaus und komme gerade vom Dachboden, wo die Leiche liegt. Die Fremden schlafen jetzt alle, aber ich habe panische Angst, dass sie mich und Mama attackieren könnten.«

»Martin, wenn da wirklich Leute im Haus sind, musst du die Polizei rufen.«

»Nein, nein, das habe ich mir auch schon überlegt, aber das könnte gefährlich werden. Sie sind in der Überzahl, und ich weiß nicht, was passiert, wenn sie das Gefühl haben, dass sie angegriffen werden. Die könnten meine Mutter als Geisel nehmen.«

»Martin, darf ich dich fragen, welche Tabletten du heute genommen hast?«

»Was soll die Frage? Du meinst doch nicht im Ernst, dass ich mir das alles nur einbilde? Manuela, ich werde dir gleich zwei Fotos auf dein Handy schicken, damit du siehst, dass ich nicht spinne.«

»Ja, nein, das meine ich ja auch nicht, aber das alles ist ein bisschen viel auf einmal. Ich meine – auch das, was zwischen uns passiert ist. Und natürlich das mit deiner Mutter. Vielleicht solltest du jetzt einfach einmal schlafen, und um acht könnte ich ja kurz bei euch vorbeischauen, bevor ich ins Krankenhaus fahre.«

»Ja, okay, ich schicke dir jetzt die Fotos. Also, gute Nacht. Und entschuldige, dass ich dich so spät gestört habe.«

»Nein, Martin, das ist schon in Ordnung. Wir sehen uns morgen in der Früh. Schlaf gut.«

Resigniert öffnete Martin auf dem Touchscreen die Fotodatei und schickte Manuela die beiden Bilder auf ihr Handy. Er stand auf und holte aus seinem Mantel, der an der Garderobe hing, den Schlüssel zum Zimmer seiner Mutter. Auch in der Küche lagen die Eindringlinge auf ihren Decken und schliefen. Vorsichtig sperrte er die Tür auf und versuchte, sich in der Dunkelheit zu orientieren. Erleichtert hörte er das gleichmäßige Atmen seiner Mutter und legte sich erschöpft auf den Boden.

Während Manuela kopfschüttelnd die beiden Fotos auf ihrem Handy betrachtete, wanderten Martins Spermien durch ihre Gebärmutter bis zu ihrem Eileiter, wo bereits eine Eizelle auf ihre Ankunft wartete. Einem der Spermien, die an der Eizelle haften blieben, gelang es, durch die Schutzschicht der Eizelle einzudringen. Sofort verhärtete sich diese Schicht und verhinderte dadurch das Eindringen weiterer Samenzellen. Der Kopf des Spermiums löste sich vom Schwanzteil, und es kam zur Verschmelzung des genetischen Materials von Ei- und Samenzelle.

Martin stand vor einem Stall, an dessen Holzwand ein Pferd mit gefesselten Hinterläufen an einem Galgen hing. Das Pferd wehrte sich verzweifelt gegen seine Lage und schlug mit den Vorderbeinen immer wieder ins Leere. Sein Wiehern klang wie ein Röcheln, und man hörte, wie die Knochen seiner Hinterläufe mit lautem Knacken brachen. Zwei Männer beobachteten die Szene und nickten zufrieden. Schließlich ging einer der beiden Männer auf das Pferd zu und rammte ihm ein Messer in den Hals. Blut spritzte, und irgendwo läutete ein Telefon.

Mit einem muffigen Geruch in der Nase wachte Martin auf. Es war stockdunkel, und er hatte keine Ahnung, wo er sich gerade befand. Erst nach und nach wurde ihm klar, dass er im Zimmer seiner Mutter auf dem Teppichboden lag. Das Geräusch in seinem Ohr war jetzt so laut, dass es sogar das Trommeln des Regens übertönte. Martin fror. Er wollte sich gerade umdrehen, als sein Handy klingelte. Verwirrt setzte er sich auf und holte das Telefon aus seiner Sakkotasche. Auf dem Display stand Paulas Name. Die Digitaluhr zeigte zwölf Minuten nach sechs.

Martin rappelte sich auf und schlich ins Badezimmer. In der Küche lagen die Männer und Frauen immer noch auf ihren Decken und schliefen. Selbst das Klingeln seines Handys schien sie nicht zu stören. Im Badezimmer setzte sich Martin auf den Rand der Wanne und versuchte, seine Gedanken zu ordnen.

»Paula, gut, dass du anrufst. Hast du meine Nachricht abgehört? Und hast du die Fotos bekommen? Ich bin total fertig und weiß überhaupt nicht, was ich machen soll. Das ganze Haus ist voll von diesen Fremden.«

»Martin, beruhige dich. Wo bist du denn gerade? Und wo ist deine Mutter?«

»Ich bin im Badezimmer, damit ich niemanden aufwecke. Ich bin völlig durcheinander.«

»Martin, hör mir einmal zu und beruhige dich. Ich habe die beiden Fotos bekommen, aber da ist niemand darauf zu sehen. Ich weiß gar nicht, warum du mir diese Fotos überhaupt geschickt hast. Und wo warst du gestern in der Nacht? Du hast gesagt, dass du erst in der Nacht nach Hause gekommen bist.«

»Bitte, was hast du da gerade gesagt? Auf den Fotos ist niemand zu sehen? Machst du dich lustig über mich? Paula, weißt du, dass sich meine Mutter und ich in Lebensgefahr befinden? Im Haus wimmelt es von Fremden, und auf dem Dachboden liegt die Leiche einer Frau. Das ist die Leiche, die aus dem Krankenhaus in Rödt verschwunden ist. Wenn du es nicht glaubst, kannst du die Manuela Brandner fragen, die wird dir –«

»Manuela Brandner? Wer ist Manuela Brandner? Entschuldige, Martin, kannst du dich beruhigen und mir erklären, was da gerade vor sich geht? Was für eine Leiche liegt auf dem Dachboden? Und wer ist Manuela Brandner?«

»Das ist eine Ärztin im Krankenhaus von Rödt und eine Freundin von Babsi. Sie hat mir wegen der vielen Medikamente, die Mama nehmen muss, ein paar Tipps gegeben. Aber bitte erklär mir das jetzt noch einmal mit den Fotos: Hast du einen Fehler beim Öffnen gemacht? Da sind doch auf beiden Fotos dunkel gekleidete Gestalten zu sehen. Paula, ich bin vollkommen erledigt, und du erzählst mir, dass auf den Fotos niemand zu sehen ist.«

»Martin, bitte, es ist viertel nach sechs, und ich muss um halb acht in der Schule sein. Ich habe einen anstren-

genden Tag vor mir. Ich weiß ehrlich gesagt auch nicht, was ich tun soll. Ich habe heute bis zwei Unterricht, und wenn du möchtest, kann ich anschließend mit dem Zug nach Rödt fahren. Ich müsste halt mit dem Direktor sprechen und jemanden finden, der morgen für mich suppliert. Aber das würde sich schon irgendwie machen lassen.«

»Paula, ich muss *jetzt* etwas unternehmen, bevor die Fremden wieder aufwachen. Ich habe keine Ahnung, was sie vorhaben. Vielleicht bringen sie uns ja um. Verstehst du das denn nicht? Sie sagen ja nichts, und ich weiß nicht, was ich tun soll. Ich bin am Ende meiner Kräfte.«

»Martin, hör mir bitte zu! Bist du dir ganz sicher, dass da fremde Leute in eurem Haus sind? Auf den Fotos kann ich jedenfalls nichts erkennen. Martin, ich mache mir große Sorgen. Wie geht es dir eigentlich mit den Ohren? Hast du möglicherweise zu viele Medikamente genommen? Und wie geht es überhaupt deiner Mutter?«

»Das mit dem Geräusch wird immer schlimmer, und die Medikamente helfen überhaupt nichts. Die Ärzte sind doch Idioten, die haben nicht die geringste Ahnung. Und Mama geht es auch total schlecht.«

»Martin, wäre es nicht besser, wenn du dich noch ein paar Stunden hinlegst? Ich habe um dreiviertel zehn große Pause, da kann ich dich noch einmal anrufen, und wir reden dann weiter. Was hältst du davon? Und wenn du möchtest, kann ich dann immer noch mit dem Direktor sprechen und mir morgen frei nehmen.«

»Paula, ich weiß nicht, was diese Leute von mir wollen. Überall liegen sie auf ihren grauen Decken und schlafen. Aber was passiert, wenn sie aufwachen?«

»Okay, Martin, wenn das wirklich der Fall ist, dann musst du die Polizei rufen. Aber du musst aufpassen, dass da nicht irgendein Blödsinn herauskommt. Verstehst du?«

»Was für ein Blödsinn? Wovon redest du?«

»Na ja, ich meine, wenn die kommen und keine Fremden im Haus finden, glauben sie womöglich, dass du – na ja –. Ach, ich weiß auch nicht.«

»Paula, wieso glaubst du mir nicht, verdammt noch einmal? Niemand glaubt mir.«

»Was meinst du mit: ›Niemand glaubt mir‹? Mit wem hast du noch gesprochen? Hast du deine Schwester angerufen?«

»Ach, egal. Ist doch alles egal.«

»Martin, mit wem außer mir hast du noch über diese Fremden gesprochen?«

»Ich habe mit niemandem darüber gesprochen, Paula. Ich muss aufhören, mir wird das alles zu viel. Du kannst mich ja in der großen Pause anrufen. Falls ich dann überhaupt noch lebe.«

»Martin, bitte, jetzt reiß dich doch ein bisschen zusammen! Leg dich wieder hin, und vielleicht sind diese Fremden dann ja weg, wenn du aufwachst. Ich melde mich in der großen Pause. Ist das okay?«

»Ja, ja.«

»Und schau, dass du schlafen kannst. Tschüss.«

Martin starrte in die Öffnung des Abflusses der Badewanne und erinnerte sich, dass er als kleiner Bub einmal ins Badewasser gekackt hatte. So wie damals die Scheiße im Abfluss verschwunden war, wäre auch er jetzt gerne in einem schwarzen Loch verschwunden. Und zwar für immer.

In der Küche machte er Licht und beobachtete die schlafenden Fremden. Wie kann Paula behaupten, dass auf den Fotos niemand zu sehen ist? Das ist doch völlig absurd. Martin öffnete auf seinem Handy die beiden Fotos, die er an Paula und Manuela geschickt hatte, und traute seinen Augen nicht. »Das darf doch nicht wahr sein!«, stammelte er und schüttelte ungläubig den Kopf. »Das gibt es doch nicht. Ich habe die Leute im Zimmer und im Treppenhaus fotografiert. Die waren hundertprozentig auf den Fotos.« Martin begann am ganzen Körper zu zittern. Er beugte sich vor und berührte einen der am Boden Liegenden an der Schulter. Von der Decke ging eine angenehme Wärme aus. Aus der Schublade des Küchentischs holte er eine Schere und schnitt damit ein Stück von der Decke ab. Er steckte es ein und tippte auf dem Touchscreen das Foto-Icon an. Auf dem Monitor waren klar und deutlich die beiden Schlafenden zu sehen, auf die er gerade sein Handy gerichtet hatte. Er drückte ab. Dann stieß er einen Verzweiflungsschrei aus: Auf dem Foto war tatsächlich nichts zu sehen. Panisch überlegte Martin, woran das liegen konnte. Möglicherweise hängt das ja mit den Decken zusammen. Vielleicht senden die irgendwelche Strahlen aus, die verhindern, dass man die darauf liegenden Personen fotografieren kann. Martin fühlte sich elend. Was waren das für Menschen? Woher kamen sie? Und vor allem: Was wollten sie hier?

»Die Wilde Jagd ist unterwegs«, hörte er seine Mutter im Nebenzimmer seufzen. Martin erschrak und drehte in der Küche das Licht ab. Er schlich ins Zimmer und sperrte hinter sich zu. Draußen regnete es immer noch in Strömen, und es klang tatsächlich so, als würde die Wilde Jagd unter Schreien, Ächzen und Stöhnen durch die Lüfte ziehen.

Gerade als Martin zum Fenster gehen wollte, bekam seine Mutter einen Hustenanfall. Er kniete sich neben ihr Bett und horchte. Sie röchelte jetzt mehr, als sie atmete. Mit zittrigen Fingern streichelte er ihre Wange. Ihr Gesicht war schweißnass, und Martin merkte, dass sie am ganzen Körper zitterte. Er zündete die Kerze auf dem Beistelltischchen an und erschrak, als er im flackernden Licht ihr graues und abgezehrtes Gesicht sah. Es war ein Bild des Jammers.

»Mama, Mama, ist alles in Ordnung?«

Seine Mutter öffnete kurz die Augen und starrte ihn an.

»Wer bist du?« Ihre Frage war kaum hörbar.

Martin begann zu schluchzen. »Mama, ich bin's, der Martin.« Er griff nach ihrer Hand, die kalt und feucht war. »Ich bin's, Mama. Es wird alles wieder gut.« Schwachsinn, nichts wird gut, dachte er im selben Augenblick.

»Gib mir Wasser«, bat sie stöhnend.

Martin erhob sich mit weichen Knien und holte aus der Küche ein Glas Wasser. Die Fremden lagen immer noch auf dem Boden und schliefen auf ihren Decken.

Seine Mutter versuchte, sich aufzusetzen, was ihr aber nicht gelang. Sie nahm einen winzigen Schluck und sank erschöpft zurück. Sie starrte an die Decke und begann zu röcheln. Im flackernden Kerzenlicht sah ihr Gesicht gespenstisch aus. Verzweifelt streichelte Martin ihre Wange. »Mama, Mama!«, rief er.

Während er mechanisch ihr Gesicht streichelte, wurde plötzlich die Tür geöffnet. Einige der Fremden machten einen Schritt ins Zimmer und beobachteten das Geschehen. Martin wandte sich den schattenhaften Gestalten zu. »Helfen Sie mir bitte. Meine Mutter stirbt.« Niemand rührte sich.

Immer mehr Fremde kamen und versammelten sich in der Tür. Wegen der spärlichen Beleuchtung konnte Martin nicht erkennen, was sie vorhatten. Martins Herz raste, und in seinem Kopf schoben sich Bilder übereinander, die keinen Sinn ergaben. Die Augen seiner Mutter waren jetzt starr auf einen Punkt an der Decke gerichtet. Ihr Blick verlieh ihrer Aura etwas Jenseitiges. »Mama, hörst du mich?«, fragte er. Sie antwortete mit einem langgezogenen Röcheln.

Martin, der noch nie einen Menschen sterben gesehen hatte, wusste nicht, was er tun sollte. Der Brustkorb seiner Mutter hob und senkte sich. Sie rang nach Luft. Es klang, als würde sie ersticken. Entsetzt sah Martin, dass sich ihr Kiefer verkrampfte und sie sich am Leintuch festkrallte. Die Abstände zwischen ihren Anfällen wurden immer länger, und Martin fragte sich, warum das Sterben so lange dauerte. Im Kino ging es immer ganz schnell, wenn ein Mensch starb. Aber im richtigen Leben gab es weder schnelle Schnitte noch die entsprechende Musik. Im richtigen Leben starb wirklich jeder für sich allein.

Während Martin wie paralysiert auf seine Mutter starrte, löste sich eine Gestalt aus der Gruppe. Es war die Frau mit dem tätowierten Fötus am Bauch, die bei Martins Mutter im Bett gelegen war. Die Frau, die ihre graue Decke unter den Arm geklemmt hatte, blieb neben dem Bett stehen und berührte vorsichtig das Gesicht von Martins Mutter. Dann schloss sie die Augen. Im flackernden Kerzenlicht sah er, dass der Frau Tränen über die Wangen liefen. Sie murmelte unverständliche Worte und deutete eine Verbeugung an, so als wollte sie sich von Martins Mutter verabschieden. Dann öffnete sie das Fenster. Sofort blies der Wind Regen ins Zimmer, der vom Teppichboden aufgesogen wurde.

Aufgewühlt beobachtete Martin das Geschehen, ohne zu verstehen, was hier vor sich ging. Soweit er in der Dunkelheit erkennen konnte, verließen die Fremden jetzt einer nach dem anderen die Küche. Er erhob sich und folgte ihnen ins Treppenhaus. Dort sah er, dass auch die Eindringlinge, die sich am Dachboden und im ersten Stock aufgehalten hatten, in der Zwischenzeit heruntergekommen waren. Einer der Männer trug über der Schulter die aus dem Krankenhaus verschwundene Leiche, die notdürftig in eine graue Decke eingewickelt war. Kurze Zeit später hatten die Eindringlinge das Haus verlassen.

Martin ging in die Küche zurück und zog den Vorhang zur Seite. Im strömenden Regen gingen die dunkel gekleideten Gestalten durch den verwahrlosten Gemüsegarten auf die angrenzende Wiese. Die Erde, eine zähe, schmierige Masse, blieb an ihren nackten Füßen kleben. Wie eine geisterhafte Prozession bewegten sich die barfüßigen Fremden Richtung Kavernenwald und wurden irgendwann vom Regen und der Morgendämmerung verschluckt. Was machten diese Menschen um diese Jahreszeit im Wald? Und wie konnten sie dort überleben? Martin hatte keine Antworten auf seine Fragen.

Er schlich ins Zimmer, wo seine Mutter mit aufgerissenen Augen und offenem Mund tot im Bett lag. Er schloss das Fenster und kniete sich neben das Bett. Dann begann er hemmungslos zu weinen. Er legte seinen Kopf auf das Bett, wo es nach Schweiß, Krankheit und Tod roch. Minutenlang verharrte er in dieser Position, ehe er seine Hand auf die offenen Augen seiner Mutter legte. Er wagte es aber nicht, sie zu schließen, weil er Angst hatte, dass sie sich wieder öffnen würden.

VI

I'm upside down.
R.E.M., »You're In The Air«

Martin saß am Küchentisch und wunderte sich, dass er so ruhig war. Er überlegte, ob er zuerst Paula, Manuela oder seine Schwester anrufen sollte. Nach kurzem Zögern wählte er die Nummer seiner Schwester. Ihre Mailbox war eingeschaltet. Er entschied sich, mit der Todesnachricht noch zu warten. »Hallo Babsi, ich bin's. Ruf mich bitte sofort zurück, sobald du diese Nachricht hörst. Bis dann.« Die ungewöhnliche Zeit des Anrufs, verbunden mit dem bedrohlichen Wörtchen »sofort«, würden bei Barbara ohnehin die Alarmglocken läuten lassen.

Obwohl seine Mutter tot im Nebenzimmer lag, fühlte Martin keine Trauer. Das Einzige, was er fühlte, war eine tiefe Verzweiflung. Aber nicht, weil seine Mutter gestorben war, sondern weil er nicht wusste, was mit ihm gerade geschah.

Er griff in seine Sakkotasche und legte das graue Stück Stoff auf den Tisch. Martin war froh, dass er wenigstens dieses Beweisstück gerettet hatte. Allerdings war er gespannt, ob auf den Fotos, die er Manuela geschickt hatte, die Fremden ebenfalls nicht zu sehen sein würden. In einer halben Stunde würde er mehr wissen.

Martin dachte über die Eindringlinge nach und hatte plötzlich Angst, dass sie zurückkommen könnten. Er eilte ins Treppenhaus und schloss die Haustür ab. Dann sah er mit einem mulmigen Gefühl im Bauch in den einzelnen Zimmern nach, wo immer noch ein animalischer Geruch in der Luft hing. Das war die einzige – unsichtbare – Spur, die die Fremden hinterlassen hatten. Auf den Dachboden getraute er sich nicht zu gehen.

Im Wohnzimmer schaltete Martin geistesabwesend den Fernseher ein. Neben Kochsendungen und Zeichentrickfilmen für Kinder zeigten Wetterkameras verregnete Landschaften. Er schaltete wieder aus und suchte den Boden nach Spuren der Fremden ab. Aber außer ein paar schmutzigen Wasserflecken fand er nichts, was auf ihre Anwesenheit hingedeutet hätte. Er holte sein Handy aus der Sakkotasche und hinterließ auf Paulas Mailbox die Nachricht vom Tod seiner Mutter. Er fühlte sich, als wäre er meterdick in Watte gehüllt.

Kurz vor acht hörte er in der Einfahrt ein Auto. Noch bevor Manuela läuten konnte, hatte er schon die Haustür geöffnet. Manuela spannte den Schirm ab und betrat das Vorhaus.

»Martin, was ist denn los mit dir? Du siehst ja fürchterlich aus.« Manuela machte einen verstörten Eindruck.

»Meine Mutter ist tot«, sagte er mit ausdrucksloser Stimme.

»Oh, das tut mir leid. Wann ist sie denn gestorben?« Manuela ging an Martin vorbei ins Treppenhaus. »Soll ich die Schuhe ausziehen?«

»Nein, nein, das ist schon okay.«

Wie die Fremden hinterließ auch sie nasse Spuren auf dem Boden.

»Wo liegt sie denn? Und was ist mit diesen Fremden?«

»Sie liegt im Zimmer neben der Küche.« Er deutete vage in die Richtung. »Und die Fremden sind verschwunden.«

Manuela warf Martin einen verunsicherten Blick zu und folgte ihm in das Zimmer, in dem seine Mutter lag. Auf dem Beistelltischchen brannte immer noch die Kerze. Mit zwei Fingern drückte sie auf die Halsschlagader der Toten und wartete ein paar Sekunden. »Mein Beileid«, sagte sie in einem fast amtlichen Ton. »Wann ist sie denn gestorben?«

»Vor ungefähr einer Stunde. Der Todeskampf hat ewig gedauert. Sie hat noch minutenlang geröchelt.«

Manuela schüttelte den Kopf. »Nein, nein, Martin. Sie war sicher sofort tot. Das, was du beschreibst, nennt man Todesrasseln. Das ist ein ganz normales Symptom. Ich kann dir versichern, dass deine Mutter in dieser Phase nichts mehr gespürt hat. Hast du schon bei der Bestattung angerufen? Die kümmern sich um die Formalitäten.«

»Nein, ich muss erst die Nummer heraussuchen. Macht das immer noch der Enzenhofer?«

»Ja, ja, der hat sogar expandiert. Hast du seine Nummer, oder soll ich sie dir geben?« Manuela griff nach ihrem Handy.

»Nein, nein, das passt schon. Was ich dich fragen wollte: Ich habe dir doch in der Nacht zwei Fotos auf dein Handy geschickt.«

Manuela warf einen zaghaften Blick auf ihr Display. »Ja, Martin, aber auf den Fotos war niemand zu sehen. Vielleicht hast du mir ja auch die falschen Fotos geschickt.« Sie klickte die Fotos an und zeigte sie Martin.

»Ich kapiere das nicht.« Martin hob verzagt die Hände. »Die Fremden waren doch die ganze Nacht hier. Ich habe sie mit eigenen Augen gesehen. Außerdem riecht es ja noch nach ihnen. Riechst du das nicht?«

Manuela hob die Nase und schnüffelte. »Ich weiß nicht«, sagte sie achselzuckend. »Martin, was waren das für Leute? Und was wollten sie hier?«

Martin kratzte sich mechanisch am Kinn. »Ich habe keine Ahnung, aber sie waren hier. Und zwar mindestens zwanzig oder dreißig Leute. Sie waren überall. Sogar auf dem Dachboden waren sie. Dort lag auch die Leiche der Frau, die aus eurem Krankenhaus verschwunden ist.« Er hatte höllische Kopfschmerzen, die das Rauschen und Dröhnen in seinem Ohr vorübergehend in den Hintergrund drängten.

Manuela sah Martin mit einem besorgten Gesichtsausdruck an. »Martin, aber wenn diese Leute hier waren, muss es doch irgendwelche Spuren geben. Und wieso sind sie nicht auf den Fotos zu sehen, die du mir geschickt hast?«

»Ich weiß es nicht. Wirklich, ich weiß es nicht. Hier«, er deutete auf das Stück Stoff, das auf dem Küchentisch lag, »hier habe ich ein Stück von einer dieser Decken abgeschnitten, auf denen sie gelegen sind. Du hast doch selbst gesagt, dass bei der Leiche im Krankenhaus eine graue Decke gefunden wurde. Die sind alle auf solchen Decken gelegen, die irgendwie, was weiß ich, beheizt waren. Die Decken waren jedenfalls warm.« Martin konnte sich kaum mehr auf den Beinen halten.

»Martin, komm, setz dich.« Manuela deutete auf einen Stuhl und nahm dann ebenfalls am Küchentisch Platz. Sie griff nach dem Stoff und strich mit den Fingern über die raue Oberfläche. »Auf diesen Decken sind sie also gelegen, sagst du?«

»Ja, und zwar alle. Es waren Männer und Frauen, sie waren dunkel gekleidet und hatten keine Schuhe an. Und ein merkwürdiger Geruch ging von ihnen aus. Sie rochen wie nasse Hunde. Ich weiß, das klingt alles absurd, aber es war so. Man riecht es ja noch.«

»Ja, okay, aber wo sind diese Leute jetzt? Ich meine, zwanzig oder dreißig Leute können doch nicht einfach in ein Haus eindringen und dann spurlos verschwinden. Warum hast du eigentlich nicht die Polizei gerufen?«

»Ich weiß nicht«, sagte Martin verunsichert. »Ich hatte Angst, dass sie dann meiner Mutter etwas antun würden.« Seine Stimme zitterte.

»Entschuldige, Martin, ich verstehe dich ja.« Manuela berührte seine Schulter. »Und was ist mit der Leiche dieser Frau, die du gesehen hast?«

»Die Leiche lag oben auf dem Dachboden. Sie war von hier bis hier aufgeschnitten.« Er deutete auf seinem Oberkörper die Länge des Schnitts an. »Und der Schnitt war mit einem groben Spagat zugenäht.«

Manuela machte ein ernstes Gesicht und dachte nach. Dann sah sie Martin an. »Martin, mir macht diese Geschichte schön langsam Angst. Wenn diese Leute tatsächlich die Leiche aus der Pathologie gestohlen haben, dann müssen wir sofort die Polizei verständigen. Die Fremden können sich ja schließlich nicht in Luft aufgelöst haben. Hast du eine Ahnung, wo sie hingegangen sein könnten?«

»Die sind hinten hinaus durch den Garten und die Wiese Richtung Kavernenwald marschiert.« Martin machte eine resignative Handbewegung. »Glaube ich zumindest.«

»Und sie waren alle barfuß? Bei diesem Sauwetter?«

Martin sagte nichts.

»Martin, versteh mich bitte nicht falsch, aber bist du dir hundertprozentig sicher, dass letzte Nacht fremde Menschen hier im Haus waren?«

Martin fixierte einen Marmeladenfleck auf dem Tischtuch und überlegte, ob das mit Marillenmarmelade bestrichene Stück Brot das Letzte war, was seine Mutter gegessen hatte. Das Letzte, was sie getrunken hatte, war jedenfalls ein Schluck Wasser gewesen. Er wandte sich wieder Manuela zu. »Manuela, du hast doch mit eigenen Augen die Leiche dieser Frau gesehen, die eine graue Decke bei sich hatte. Und du hast gestern den Anruf bekommen, dass die Leiche samt der Decke verschwunden ist. Wenn du mir nicht glaubst, dann nimm bitte dieses Stück Stoff mit ins Krankenhaus und lass es untersuchen.«

Während Manuela das Stück Stoff betrachtete, kam es in ihrem Eileiter zur ersten Zellteilung. Die durch die Verschmelzung ihrer Eizelle mit Martins Spermium entstandene Zygote würde in den nächsten drei Tagen in die Gebärmutter wandern und einen Tag später die Gebärmutterhöhle erreichen. Aus den ersten beiden Zellen würden bis zur Geburt drei Billionen werden. Im Laufe der Jahre würden sich die drei Billionen Zellen in etwa dreißig Trillionen teilen.

»Ja, in Ordnung«, sagte sie, »ich nehme das Stück mit und schaue, ob mir jemand weiterhelfen kann. Ich muss mir aber im Krankenhaus erst selbst einmal einen Überblick verschaffen.« Sie sah auf ihre Ambanduhr. »Ich sollte jetzt langsam gehen. Wenn du möchtest, könnte ich dir aus dem Krankenhaus etwas zur Beruhigung mitbringen. Ein bisschen Schlaf würde dir nicht schaden.« Sie legte ihre Hand auf Martins Arm. »Wegen heute Nacht wollte ich noch sagen, dass ich hoffe, dass du da nicht – ich meine –. Ach, ich weiß auch nicht. Ich habe mich so verdammt einsam gefühlt.«

Martin hoffte, dass Manuela ihre Hand auf seinem Arm liegen lassen würde. Reflexartig griff er sich an sein linkes Ohr und verzog das Gesicht.

»Ist etwas mit deinem Ohr?«, fragte Manuela besorgt.

»Nein, nein.« Martin schüttelte den Kopf. »Mir ist das nur alles ein bisschen zu viel, und ich habe einen ziemlichen Druck im Kopf. Aber das wird sich schon wieder geben.«

»Bist du dir sicher?« Manuela sah ihn forschend an. »Du siehst ziemlich mitgenommen aus.«

Martin zuckte mit den Schultern. Er spürte Manuelas Hand und schloss die Augen.

»Ist alles okay?«, fragte sie.

»Ja, ja.« Martin öffnete die Augen und sah Manuela an. »Darf ich dich etwas fragen, Manuela?«

»Was denn?« Sie sah Martin verunsichert an.

»Bist du eigentlich noch verheiratet?«

Manuela zog sofort ihre Hand zurück. »Martin, ich weiß nicht, ob das jetzt der richtige Augenblick ist. Warum willst du das wissen?«

»Na ja.« Martin zuckte unschlüssig mit den Schultern.

Manuela atmete hörbar durch die Nase aus. »Ja, ich bin noch verheiratet. Aber das hätte dir deine Schwester auch sagen können. Allerdings lebe ich nicht mehr mit meinem Mann zusammen, wenn du das meinst. Mein Mann ist weg. Er hat Simons Tod einfach nicht verkraftet. Ich habe keine Ahnung, wo er jetzt ist.« Sie machte eine lange Pause, in der das Ticken der Wanduhr und das Brummen des Kühlschranks besonders deutlich zu hören waren. »Tja, so ist das Leben. Was soll ich sagen?« Sie vermied es, Martin anzusehen.

»Manuela, ich wollte dich mit dieser Frage nicht –. Mir ging es heute Nacht ja ähnlich wie dir.« Ohne Vorwarnung begann Martin plötzlich wie ein Kind zu heulen. Er vergrub sein Gesicht in den Händen und musste an Paulas Kinderwunsch denken. Er kam sich vor wie ein Verräter.

Manuela zupfte verlegen an der Tischdecke. »Martin, vielleicht solltest du –. Hast du deine Schwester schon angerufen? Ich glaube, es ist nicht gut, wenn du jetzt alleine bist.«

Martin rieb sich seine nassen Augen und schniefte. »Es ist schon in Ordnung. Ich werde sie gleich nachher anrufen.«

Manuela erhob sich und steckte das Stück Stoff in die Gesäßtasche ihrer Jeans. »Wenn es okay ist für dich, rufe ich dich an, sobald ich im Krankenhaus Näheres über die verschwundene Leiche erfahren habe. Ich kann auch noch einmal vorbeischauen, wenn du möchtest.« Im Hinausgehen warf sie einen letzten Blick auf die Tote im Nebenzimmer.

»Ja«, antwortete Martin und schnäuzte sich. Er folgte Manuela ins Treppenhaus und erschrak, als sein Handy klingelte. Es war Paula. Manuela sah ihn fragend an. Martin tippte auf das Display. »Ein Kollege von der Redaktion«, log er.

»Martin, eine Bitte habe ich noch. Erwähne gegenüber Barbara oder dem Arzt auf keinen Fall, dass ich dir wegen der Medikamente Tipps gegeben habe. Vielleicht ist es überhaupt besser, wenn du gar nicht sagst, dass wir uns getroffen haben. Du weißt ja, wie das ist.«

»Ja, ja, ist schon okay.« Martin öffnete die Haustür und verabschiedete sich von Manuela mit einem zaghaften Kuss auf ihre Wange. Sie spannte den Schirm auf und lief zu ihrem Auto. Martin wartete, bis sie den Wagen gestartet hatte und ging dann ins Wohnzimmer, wo er sich in ein Fauteuil fallen ließ und seine Frau anrief. Er erwischte sie gerade noch in der kleinen Pause.

»Hallo Paula, entschuldige, aber ich habe gerade mit der Bestattung telefoniert«, log er erneut.

»Martin, ich habe gerade deine Nachricht abgehört, es tut mir so leid. Wie geht es dir denn? Warum ist denn deine Mutter so plötzlich gestorben? Ist hoffentlich jemand bei dir? Soll ich kommen?«

Paula war hörbar durcheinander.

»Nein, nein, es passt schon. Ich habe meiner Schwester auf die Mailbox gesprochen, und sie wird sicher bald hier sein. Außerdem muss ich mich um die ganzen Formalitäten kümmern.« Während er mit Paula sprach, fiel sein Blick auf die alten Familienfotos an der Wand. Als ihm bewusst wurde, dass er seinen Bruder noch gar nicht angerufen hatte, erschrak er. Er würde später Barbara bitten, diese unangenehme Aufgabe zu erledigen.

»Wie geht es dir denn mit den Ohren? Und was ist mit diesen Fremden, von denen du mir erzählt hast?«

Paula klang aufgeregt.

»Paula, ich kann dir das am Telefon nicht erklären. Das ist alles undurchschaubar, und ich kenne mich selbst hinten und vorne nicht mehr aus. Ich habe keine Ahnung, was die hier wollten und wohin sie gegangen sind. Vielleicht sollte ich wirklich die Polizei verständigen.« Er stand auf, sah durch das Wohnzimmerfenster hinaus in den regenverhangenen Himmel und spürte, wie eine Welle der Angst seinen Körper durchströmte. »Du, Paula, ich muss jetzt Schluss machen.«

»Jetzt warte doch noch. Ich muss in zwei Minuten ohnehin wieder in die Klasse. Sag mir doch endlich, was mit diesen Fremden los war. Hast du einen Alptraum gehabt? Oder haben die Tabletten –«

»Paula, das hat nichts mit den Tabletten zu tun. Verstehst du nicht, dass in der Nacht Leute ins Haus eingedrungen sind?«

»Martin, das ist ja alles ein Wahnsinn. Warum hast du nicht die Polizei verständigt?«

Paula schluchzte hörbar.

»Paula, ich brauche ein paar Minuten Ruhe. Mir tut alles weh, ich bin erledigt, ich kann bald nicht mehr.«

»Hast du wenigstens ein bisschen schlafen können? Und was ist mit deinen Ohren? Und wie geht es jetzt weiter? Du bleibst doch hoffentlich nicht bis zum Begräbnis in Schwarzmoos?«

»Paula, ich weiß es nicht. Sobald meine Schwester hier ist und wir mit der Bestattung alles besprochen haben, melde ich mich wieder.«

»In der großen Pause um dreiviertel zehn rufe ich dich auf jeden Fall wieder an. Du, Martin, ich muss jetzt aufhören, die Glocke läutet. Pass auf dich auf, mein Schatz.«

Beim Wort »Schatz« zuckte Martin unwillkürlich zusammen. »Ja, mache ich. Bis später – Schatz.«

Martin stand da und kam sich vor wie ein Tier in einem Käfig. Vielleicht war es auch der eigenartige Geruch, der ihn an dieses Bild denken ließ. Ihn überkam das dringende Bedürfnis, sich irgendwo zu verstecken. Er ging hinauf in sein ehemaliges Zimmer und kroch unter das Bett, wie er es als kleiner Junge immer gemacht hatte, wenn er seine Ruhe haben wollte. Er hatte sich dann vorgestellt, Robinson Crusoe zu sein, der allein auf einer Insel lebte und dem niemand Vorschriften machen konnte.

Aber jetzt war er nicht auf einer Insel, sondern lag unter seinem Bett und fragte sich, wie lange hier schon nicht mehr sauber gemacht worden war. Aus Angst, dass Staub in seine Ohren dringen könnte, legte er seinen Kopf auf den Arm und wünschte sich nichts sehnlicher, als einzuschlafen und nicht mehr aufzuwachen. Aber da er wusste, dass Barbara bald kommen würde, blieb ihm nichts anderes übrig, als wieder unter dem Bett hervorzukriechen. Dabei fiel sein Blick auf einen länglichen Gegenstand, der am Fußende auf dem Boden lag. Er griff nach ihm und betrachtete ihn nachdenklich. Er war etwa zehn Zentimeter lang und an einer Seite stark gebogen. Martin fuhr mit den Fingern über die Oberfläche und war sich ziemlich sicher, dass es sich um einen Knochen handeln musste. Allerdings hatte er keine Ahnung, ob er von einem Menschen oder einem Tier stammte. Er steckte den Knochen ein und wurde das Gefühl nicht los, dass er etwas mit den Fremden zu tun hatte. Während er in Gedanken versunken die Treppe hinunterging, klingelte erneut sein Handy.

»Martin, ist irgendwas mit der Mama? Warum hast du denn so früh angerufen?«

Barbaras Stimme überschlug sich fast.

Martin fühlte sich miserabel, und er hätte sich gewünscht, dieses Gespräch nicht führen zu müssen.

»Martin, was ist denn?« Barbaras Stimme zitterte. *»Martin, ist etwas mit der Mama?«*

»Babsi, es tut mir leid, aber die Mama ist um sieben Uhr gestorben. Ich war bei ihr, und sie ist ganz friedlich eingeschlafen.« Gegenüber seiner Schwester fühlte sich Martin zu dieser Notlüge berechtigt.

Barbara brach in Tränen aus und heulte so laut, dass er sein Handy von seinem Ohr weghalten musste.

»Warum hat sie denn nicht auf mich gewartet?«, wimmerte sie, um gleich darauf wieder loszuheulen. Im Hintergrund hörte er eine weibliche Stimme. *»Kommen Sie, setzen Sie sich, und trinken Sie einen Schluck Wasser.«*

Martin war froh, dass Barbara nicht alleine war. »Barbara, hörst du mich?«

»Ja, ich habe mich nur hingesetzt. Ich rufe sofort den Werner an, dass er mich abholt. Die dürfen die Mama

noch nicht wegbringen. Martin, hörst du, ich möchte die Mama unbedingt noch sehen. Und ich muss ja auch das Gewand für sie aussuchen. War der Doktor eigentlich schon da? Bist du dir überhaupt sicher, dass sie tot ist?«

»Ja, Barbara, ich bin mir ganz sicher. Die Manuela hat das auch bestätigt.« Martin biss sich auf die Lippen.

»Die Brandner Manuela war da?«, fragte Barbara hörbar erstaunt.

»Ja, du hast mir ja ihre Telefonnummer gegeben, und nachdem ich den Doktor Lambert nicht kenne, habe ich mir gedacht, ich rufe die Manuela an. Sie hat Mama untersucht und festgestellt, dass sie an einem Herzinfarkt gestorben ist. Manuela hat auch gesagt, dass Mama sicher nichts gespürt hat. Und wegen der Bestattung mach dir keine Sorgen. Ich kann ja mit dem Anruf noch warten, bis du hier bist.«

»Ja, nein, du, ich muss jetzt aufhören, ich muss ja noch alles zusammenpacken. Bis später dann.«

»Ja, bis später.«

Martin legte auf und ärgerte sich, dass er Barbara gegenüber Manuelas Namen erwähnt hatte. Er setzte sich auf sein provisorisches Bett in der Küche und starrte auf das Kruzifix an der Wand. Er empfand eine niederdrückende Leere, die ein Gefühl absoluter Hoffnungslosigkeit hinterließ. Er stand auf und ging zu seiner toten Mutter. Er betrachtete ihr Gesicht, das nicht mehr das Gesicht seiner Mutter war. Es war grau, und er begriff in diesem Augenblick, dass er auf das Gesicht eines Opfers blickte. Martin wurde wütend, weil sich seine Mutter nie gegen das System gewehrt hat, das sie zu einem Opfer gemacht hatte. Gleichzeitig überkamen ihn Schuldgefühle, weil ihm das Schicksal seiner Mutter in Wirklichkeit immer gleichgültig gewesen war. Er fragte sich, ob das Leben seiner Mutter unmittelbar vor ihrem Tod noch einmal wie ein Film vor ihrem inneren Auge abgelaufen ist. Er konnte sich das zwar nicht vorstellen, aber vor zwei Wochen hätte er sich auch nicht vorstellen können, dass eine Horde Fremder in sein Elternhaus eindringen und er heute am Bett seiner toten Mutter stehen würde.

Martin ging in die Küche und trank ein Glas Wasser. Die kalte Flüssigkeit löste in einem Zahn einen stechenden Schmerz aus. Er berührte den Zahn und zuckte zusammen. In der Tischlade fand er eine angebrochene Packung *Parkemed 500* und würgte mit lauwarmem Wasser zwei Tabletten hinunter. Ihm war übel, und er legte sich auf die Couch, wo er sofort einschlief.

Martin befand sich im ersten Stock seines Elternhauses. Es war dunkel, nur im Badezimmer brannte Licht. Auf der Waschmaschine saß, nach vorne gebeugt, eine Frau in einem weißen Nachthemd, deren lange, schwarze Haare fast bis zum Boden reichten. Martin war sich nicht sicher, ob es sich bei der Frau um seine Mutter in jungen Jahren oder um die Fremde mit dem tätowierten Bauch handelte. Auch konnte er nicht erkennen, ob die Frau noch lebte oder bereits tot war. Als irgendwo ein Telefon klingelte, verließ er fluchtartig das Badezimmer, weil er Angst hatte, dass ihn die Frau entdecken könnte.

Er rieb sich die Augen und brauchte ein paar Sekunden, um zu begreifen, dass er in der Küche auf der Couch lag. Die Tabletten hatten seine Zahnschmerzen zwar ein wenig gelindert, aber nichts an seinem Erschöpfungszustand geändert. Auf dem Display sah er, dass der Anruf von Manuela kam und dass es bereits halb zehn war.

»Ja, hallo Manuela.«

»Martin, wie geht es dir? Ist deine Schwester schon da?«

»Nein, nein, aber sie sollte demnächst hier auftauchen. Ich bin ein bisschen durcheinander, ich habe gerade geschlafen.«

»Ah, entschuldige, ich wollte dich nicht wecken.«

»Nein, nein, ist schon okay. Was gibt es denn Neues?«

»Ja, also, die Sache ist tatsächlich mysteriös. Die Leiche ist noch immer nicht aufgetaucht, und das Irre ist, dass auf den Fotos, die der Pathologie-Mitarbeiter gestern von der Toten gemacht hat, nichts zu sehen ist. Hier stehen alle vor einem Rätsel.«

»Siehst du, Manuela, und du hast mir nicht geglaubt. Hast du gesagt, dass das wahrscheinlich irgendetwas mit diesen grauen Decken zu tun hat? Hast du ihnen das Stück Stoff gezeigt? Und hast du gesagt, dass die Leiche hier am Dachboden gelegen ist?«

»Nein, Martin, ich weiß nicht, ob das eine gute Idee gewesen wäre. Ich bin gerade in der Parkgarage vom Krankenhaus. Der Empfang ist hier nicht besonders gut. Soll ich bei dir vorbeischauen?«

»Ja, wobei ich –. Aber glaubst du mir wenigstens jetzt, dass diese Fremden in der Nacht hier waren? Und dass die Leiche auf dem Dachboden gelegen ist?«

»Martin, ehrlich gesagt –«

»Manuela, bist du noch da? Hallo? – Ach, Scheiße.«

Martin stand am Küchenfenster und starrte hinaus in den Regen, der die Fußspuren der Fremden längst weggeschwemmt hatte. Erst jetzt sah er am Rande des Gartens auf einem schmalen Rasenstück eine verrostete Kinderschaukel, die sich im Wind wie von Geisterhand langsam hin- und herbewegte. War das die Schaukel, mit der er als Kind gespielt hatte? Er konnte sich nicht mehr erinnern.

Er überlegte, welche Beweise er für die Existenz der Eindringlinge überhaupt hatte, und griff nach dem Knochen in seiner Sakkotasche. Sollte dieser Knochen tatsächlich etwas mit den Fremden zu tun haben, dann wäre er neben dem Stück Stoff das einzige Beweisstück für ihren Aufenthalt im Haus gewesen. Je länger er darüber nachdachte, desto klarer wurde ihm, dass ihm aufgrund dieser Indizien niemand glauben würde, dass letzte Nacht dutzende wildfremde Menschen in sein Elternhaus eingedrungen waren.

Das Geräusch in seinem Kopf war jetzt so laut, dass Martin Angst hatte, jeden Augenblick tot umzufallen. Ohne lange zu überlegen, spülte er mit einem Glas Wasser die doppelte Dosis der Tabletten hinunter, die man ihm im Krankenhaus verschrieben hatte. Während er sich an der Abwasch abstützte und wegen des unangenehmen Geschmacks im Mund mehrmals ins Becken spuckte, klingelte sein Handy. Es war Clemens Berndorfer, und Martin wusste instinktiv, dass der Anruf nichts Gutes bedeuten würde.

»Hallo Clemens.« Martin betrachtete die schleimigen Batzen, die er ausgespuckt hatte.

»He, Martin, servus. Wie geht es dir denn? Wo bist du denn gerade?«

»Ich bin noch immer in Schwarzmoos. Meine Mutter ist heute Früh gestorben.«

»Oh, Scheiße, das tut mir leid. Mein Beileid. War das zu erwarten? Du hast mir ja erzählt, dass es ihr nicht gut geht. Aber dass es ihr so schlecht geht, habe ich nicht gewusst. Ich meine –«

Martin verzog das Gesicht, weil Berndorfers Stimme einen metallisch harten Klang hatte. »Ist schon okay. Was gibt's denn?«

»Na ja, das ist natürlich jetzt eine verdammt blöde Situation. Ich weiß auch nicht, aber ich dachte, es ist besser, wenn ich dich gleich anrufe, bevor du es von jemand anderem erfährst. – – – Bist du noch da?«

»Ja, sicher.« Martins Blick war auf einen armseligen Strauß vertrockneter Blumen gerichtet, der in einer Vase auf der Anrichte steckte.

»Also, der Peer hat offenbar ein Exklusivinterview mit diesem Walter Kelp geführt, der sich im Namen seiner Neonazi-Organisation zu den Brandanschlägen in Wien bekannt hat. Natürlich hat der Katzinger sofort alle Hebel in Bewegung gesetzt, dass die Geschichte groß herauskommt, und so wie es aussieht, dürfte dieses Kalkül auch aufgegangen sein. In der Redaktion ist jedenfalls die Hölle los. Hier rufen nicht nur ständig Journalisten von anderen Zeitungen an, sondern auch die Kripo, die wissen will, wie Peer überhaupt zu diesem Interview gekommen ist. Aber der Kelp hat dem Peer natürlich nicht gesagt, wo er sich gerade aufhält, und sein Handy ist sicher

auch längst in einem Gully verschwunden. Sag einmal, Martin, hast du nicht früher Kontakt zu diesem Kelp gehabt? Mir ist das jedenfalls ein Rätsel, wie dieser unsympathische Peer überhaupt zu diesem Interview gekommen ist.«

Martin versuchte sich an die Zeit zu erinnern, als er mit Walter Kelp befreundet war, aber ihm fielen keine Bilder dazu ein. Sein Gehirn war leer. »Ja, Clemens, was soll ich dazu sagen? Ich bin total fertig, und wenn ich ehrlich bin, interessiert mich diese Geschichte mit dem Peer und dem Kelp momentan nicht wirklich. Ich weiß, das klingt komisch, aber mir ist das alles vollkommen egal.«

»Ja, ich verstehe dich, Martin. Aber ich befürchte, dass es da noch um etwas anderes geht. Soweit ich das verstanden habe, will der Katzinger dem Peer jetzt definitiv deinen Job geben. Ich dachte, ich sage dir das einfach, damit du vorbereitet bist. Offiziell ist das Ganze natürlich noch nicht –«

Berndorfers Stimme kam jetzt von ganz weit her, und Martin tat sich schwer, zwischen dem, worüber Clemens sprach, und ihm, Martin Koller, eine Verbindung herzustellen. Durch die offene Tür sah er seine tote Mutter, und er hätte sich am liebsten zu ihr ins Bett gelegt. »Clemens, danke für deinen Anruf. Ich werde mich um diese Sache kümmern, sobald ich hier alles erledigt habe. Und sobald es mir wieder ein bisschen besser geht.«

»Martin, du klingst ziemlich fertig. Ist Paula eigentlich bei dir? Ich könnte zur Not auch für einen Tag nach Schwarzmoos kommen, wenn du Hilfe brauchst.«

»Nein, nein, meine Schwester kommt demnächst, und Paula ruft mich in ein paar Minuten an. Sie ist ja noch in Wien.« Martin spürte, wie eine bleierne Müdigkeit seinen Körper erfasste.

»In Ordnung. Wie gesagt, wenn du etwas brauchst, ruf mich an. Und ich hoffe, dass sich das alles irgendwie wieder einrenkt. So oder so. Also, mach's gut.«

»Ja, danke dir. Bis später.«

Martin legte das Handy und den Knochen auf den Küchentisch und ging zur Abwasch, wo er sich sein Gesicht mit kaltem Wasser wusch. Er trocknete die Hände an seinem Sakko ab und strich sich dabei über seinen Bauch, der ihm ziemlich aufgebläht vorkam. Ihm fiel ein, dass er seit mindestens sechs Tagen nicht mehr gekackt hatte. Alles ist verstopft in mir, dachte er resigniert. Meine Ohren sind verstopft, mein Darm ist verstopft, mein Gehirn ist verstopft.

Martin beobachtete den Sekundenzeiger der Uhr neben dem Kruzifix und wurde immer unruhiger, weil er wusste, dass es in den nächsten Minuten zu einer Kollision kommen würde. Wenn seine Schwester Barbara käme, während Manuela hier war, und gleichzeitig seine Frau Paula anrief, würde er allen drei Frauen gegenüber in einen Erklärungsnotstand geraten. Barbara würde sich über Manuelas neuerliche Anwesenheit wundern, Manuela würde mit Sicherheit mitbekommen, mit wem er telefonierte, und Paula würde an seinem Tonfall merken, dass etwas nicht stimmte. Es war jetzt 9 Uhr 43, was bedeutete, dass ihn Paula in zwei Minuten, zu Beginn der großen Pause, anrufen würde. Gleichzeitig waren Barbara und Manuela auf dem Weg hierher, wobei Martin inständig hoffte, dass sich Barbara verspätete. Gerade als die Uhr 9 Uhr 46 anzeigte, hörte er ein Auto in der Einfahrt. Er ging zum Fenster und sah, dass es Manuela war. Im selben Augenblick klingelte sein Handy. Es war Paula. »Scheiße«, fluchte Martin und schaltete das Handy kurzerhand aus. Er eilte nach draußen und öffnete die Haustür. Manuela spannte den Schirm ab und fragte erneut, ob sie die Schuhe ausziehen solle. »Nein, nein, das passt schon.« Vor seinem geistigen Auge sah Martin seine Frau, die in der Schule gerade verzweifelt versuchte, ihn am Handy zu erreichen.

In der Küche warf Manuela einen fragenden Blick in das Nebenzimmer, in dem immer noch die Leiche lag. »Ist deine Schwester noch nicht gekommen?«

»Nein, aber es kann nicht mehr lange dauern. Ich habe ihr übrigens schon gesagt, dass du hier warst und Mamas Tod festgestellt hast. Barbara war zwar ein bisschen überrascht, aber ich glaube, sie ist so durcheinander, dass sie sich darüber jetzt nicht allzu viele Gedanken machen wird. Außerdem war sie es ja, die mir deine Nummer gegeben hat. Sie wollte unbedingt, dass ich mit dem Anruf bei der Bestattung bis zu ihrer Ankunft warte, damit sie sich noch von Mama verabschieden kann. Und ihre Kleider wollte sie auch noch aussuchen.« Martin spürte eine leichte Übelkeit aufsteigen, die wahrscheinlich von den vielen Tabletten kam, die er in den letzten Stunden genommen hatte.

»Ich verstehe das ja, Martin, aber allzulange solltest du mit dem Anruf bei der Bestattung nicht mehr warten. Du musst ihnen ja nicht sagen, dass ich in der Früh hier war. Falls sie überhaupt danach fragen. Nein, warte, natürlich werden sie fragen. Vor allem, warum du nicht den Doktor Lambert angerufen hast. Wichtig ist nur, dass nicht der Eindruck entsteht, dass ich offiziell den

Tod deiner Mutter festgestellt habe. Verstehst du, was ich meine?« Manuela sah Martin an, der unentschlossen nickte. »Du siehst ziemlich mitgenommen aus.« Sie griff in ihre Handtasche und holte eine angebrochene Medikamentenschachtel hervor. »Hier habe ich etwas, was dir helfen wird.« Sie reichte Martin die Schachtel.

»Aurorix?«, fragte Martin misstrauisch.

»Das ist ein Tranquilizer, den mir eine Kollegin von der Neurologie empfohlen hat. Nimm einmal eine Tablette, und wenn du das Gefühl hast, dass es dir danach besser geht, dann kannst du ja am Abend vor dem Schlafengehen noch eine nehmen.«

Martin legte die Schachtel auf den Tisch neben den Knochen.

»Was ist denn das für ein Knochen?« Manuela warf Martin einen fragenden Blick zu.

»Den habe ich oben im Zimmer gefunden. Er ist am Boden gelegen, wo einige der Fremden geschlafen haben. Ich vermute, dass ihn einer von ihnen verloren hat. Was für ein Knochen ist das überhaupt?«

Manuela griff nach dem Knochen und runzelte die Stirn. »Also, meines Erachtens ist das eine sternale Rippe von einem Kleinkind. Bist du dir sicher, dass dieser Knochen etwas mit diesen Fremden zu tun hat?« Nachdenklich legte sie den Knochen zurück auf den Tisch.

Martin dachte an die Frau mit dem tätowierten Fötus auf dem Bauch und fragte sich, ob dieser Kinderknochen etwas damit zu tun hatte, dass er diese Frau letzte Nacht möglicherweise geschwängert hatte. Vorausgesetzt, dass ihr nicht auch die Reproduktionsorgane fehlten. »Ja, ich wüsste nicht, wie dieser Knochen sonst hierher gekommen wäre. Ich kann mir das nur so erklären, dass er einem der Fremden aus der Tasche gefallen ist. Warum die allerdings die Knochen von kleinen Kindern bei sich tragen, ist mir ein Rätsel.«

Manuela sah Martin an und sagte nichts.

»Du glaubst mir das mit den Fremden nicht, stimmt's?« Martins Frage klang kraftlos.

»Ich habe keine Ahnung, was ich glauben soll oder nicht«, antwortete Manuela. »Irgendwie überfordert mich das alles. Ich meine, versteh mich bitte nicht falsch, Martin, aber mir wird das alles langsam zu viel.«

»Mir auch, Manuela. Trotzdem würde mich jetzt interessieren, was die im Krankenhaus zu der verschwundenen Leiche gesagt haben. Ich schwöre dir, dass die Leiche dieser Frau letzte Nacht oben am Dachboden gelegen ist.«

»Ja, Martin, aber wo sind die Beweise? Verstehst du nicht, dass du außer einem Stück Stoff und dem Rippenknochen eines Kleinkindes nichts vorweisen kannst? Entschuldige, wenn ich das so direkt sage, aber wenn du zur Polizei gehst und denen erzählst, dass letzte Nacht nicht nur dutzende fremde Menschen hier im Haus waren, sondern am Dachboden auch noch eine Leiche gelegen ist, dann werden sie dir den Rat geben, dich untersuchen zu lassen.«

»Und wie erklären sie sich im Krankenhaus dann das Verschwinden der Leiche? Verstehst du nicht, dass es da einen Zusammenhang geben muss?« Martin fühlte sich wie betäubt. In der Ferne hörte er ein Donnergrollen, war sich aber nicht sicher, ob es tatsächlich von draußen kam oder nur in seinem Kopf existierte.

»Glaube mir, Martin, die hängen das nicht an die große Glocke. Da wird es eine interne Untersuchung geben und fertig. Die Tote ist nicht mehr da, es gibt keine Fotos von ihr, vermisst wird sie auch nicht, also wer soll sich da groß um sie kümmern? Natürlich ist das alles ein Wahnsinn, aber das Krankenhaus wird sicher keine Suchaktion nach einer aus der Pathologie verschwundenen Leiche starten. Weißt du, was das bedeuten würde?«

»Aber du selbst hast doch diese Frau untersucht! Ihr könnt doch jetzt alle nicht so tun, als ob da nichts gewesen wäre.«

»Ja, ich weiß. Das ist für mich ja auch der totale –«

Manuela wurde vom Geräusch eines Autos unterbrochen, das in der Einfahrt anhielt.

»Das wird meine Schwester sein«, sagte Martin und sah auf die Uhr. Paulas große Pause war in drei Minuten zu Ende, und er hatte es nicht geschafft, sie zurückzurufen. Er fühlte sich hundeelend.

Manuela stellte den Kragen ihrer Jacke auf. »Ich gehe gleich mit dir hinaus«, sagte sie und warf im Vorbeigehen noch einen skeptischen Blick auf den Rippenknochen.

Im Treppenhaus kamen ihnen Barbara und ihr Mann entgegen. Barbara zog reflexartig ihre Schuhe aus und fiel Martin um den Hals. »Jetzt sind wir Vollwaisen«, schluchzte sie.

Vollwaisen?, dachte Martin und verstand nicht, was sie damit meinte.

»Mein Beileid«, sagte Manuela unschlüssig und nickte ihr zu.

Barbara löste sich von Martin und schien Manuela

erst jetzt wahrzunehmen. »Ah, Manuela, hallo. Danke, dass du gekommen bist.«

»Nichts zu danken. Das war selbstverständlich. Wenn ihr etwas braucht, könnt ihr ja bei mir anrufen. Wegen der Bestattung weiß Martin Bescheid.«

»Warten Sie«, sagte Werner. »Ich muss ja zuerst mit dem Auto wegfahren, sonst können Sie nicht hinaus.«

»Ach so, ja, danke.« Manuela griff nach ihrem Schirm und öffnete die Haustür.

In der Küche hörte Martin, wie die beiden Autos gestartet wurden. Während Barbara mit schmerzverzerrtem Gesicht das Nebenzimmer betrat, steckte Martin den Rippenknochen in seine Sakkotasche. Barbara kniete sich neben das Bett und begann hemmungslos zu weinen.

»Mama, meine liebe Mama«, wimmerte sie und streichelte über die Wangen ihrer Mutter. Dann strich sie die Bettdecke glatt und heulte weiter.

Barbaras Mann betrat die Küche und fuhr sich durch die nassen Haare. Auch er hatte seine Schuhe im Treppenhaus ausgezogen, und Martin sah, dass einer seiner Socken ein Loch hatte. Beim Anblick der toten Schwiegermutter machte er unwillkürlich einen Schritt zurück.

»Du kannst ruhig hineingehen«, sagte Martin.

Sein Schwager zögerte einen Augenblick und schlich dann ins Zimmer. Er stellte sich neben seine Frau und bekreuzigte sich, ehe er wieder in die Küche zurückging. »Ich glaube, es ist besser, wenn sie mit ihrer Mutter alleine ist.« Werner zog die Tür hinter sich zu. Selbst durch die geschlossene Tür war Barbaras Schluchzen deutlich zu hören.

Werner trat verlegen von einem Fuß auf den anderen. »Die Babsi hat gesagt, dass du dabei warst, als sie gestorben ist.«

»Ja, aber es ist zum Glück schnell gegangen«, antwortete Martin mechanisch. »Möchtest du dich setzen?«

»Nein, danke, ich kann eh nicht so lange bleiben. Die brauchen mich auf der Baustelle. Die Babsi soll mich anrufen, wenn sie hier fertig ist, dann hole ich sie ab. Oder kannst du sie nach Hause bringen?«

Martin machte eine abwehrende Geste. »Nein, tut mir leid, aber ich schaffe das nicht. Ich bin total fertig.«

»Ach so, entschuldige, du warst ja im Krankenhaus. Das habe ich ganz vergessen. Wie geht es dir denn?«

Die Frage drang verzerrt in Martins Ohren. »Es geht schon wieder, ich brauche nur ein bisschen Ruhe.«

»Das verstehe ich«, anwortete Werner unsicher und wandte sich zum Gehen. »Sag der Babsi, dass sie mich anrufen soll. Servus.«

»Ja, mache ich.«

Nachdem sein Schwager gegangen war, spülte Martin eine *Aurorix*-Tablette mit einem Glas Wasser hinunter. Er hatte Angst, sich übergeben zu müssen.

Eine halbe Stunde später räumte Barbara das Bettzeug von der Couch in der Küche und breitete die Kleider darauf aus, die sie für ihre Mutter ausgesucht hatte. »Warum hat die Mama nicht bis zu meiner Rückkehr gewartet?«, fragte sie schluchzend, während sie einen schwarzen Rock glattstrich. Gedankenverloren öffnete sie die Knöpfe einer dunkelblauen Bluse und war ganz bestürzt, als eine Träne einen Fleck auf der Bluse hinterließ.

»Vielleicht wollte sie dir das nicht antun«, antwortete Martin und merkte, dass seine Hände leicht zitterten.

»Ja, ich weiß schon, dass man das so sagt. Aber ich wäre halt gerne bei ihr gewesen.« Wieder wurde Barbara von einem Weinkrampf geschüttelt.

Martin überlegte, ob er seiner Schwester von seinem mysteriösen Fund am Dachboden erzählen sollte, ließ es dann aber sein. In ihrem jetzigen Zustand hätte ein solches Gespräch nur zu einer noch größeren Verwirrung geführt.

»Wann kommt denn eigentlich der Gerhard?«, fragte Barbara schniefend.

»Du, ehrlich gesagt habe ich ganz darauf vergessen, ihn anzurufen«, antwortete Martin ausweichend. »Bitte ruf du ihn an. Ich schaffe das nicht. Mir ist das alles irgendwie zu viel.«

»Du machst es dir auch leicht«, sagte Barbara plötzlich hellwach. »Immer werde ich dazwischengeschoben.«

Martin spürte, wie er trotz seiner Erschöpfung wütend wurde. »Entschuldige, Babsi, was heißt das, ich mache es mir leicht? Ich habe dir noch gar nicht erzählt, dass Gerhard gestern hier war und es irgendwie geschafft hat, der Mama ein Sparbuch abzuluchsen.«

»Was sagst du da?« Barbara schien aus allen Wolken zu fallen. »Gerhard war hier, und die Mama hat ihm ein Sparbuch gegeben?« Sie eilte ins Wohnzimmer und öffnete eine Schranktür. Martin hörte, wie sie mit sich selbst sprach. Wenig später kam sie in die Küche zurück. »Das gibt es ja gar nicht. Weißt du, wofür das

Sparbuch eigentlich gedacht war? Das war das Geld, das Mama für ihr Begräbnis gespart hatte. Auf dem Sparbuch waren mehr als fünftausend Euro. Mama hat sich nämlich ausdrücklich einen Eichensarg gewünscht. Warst du dabei, als sie ihm das Sparbuch gegeben hat? Der muss das sofort zurückgeben. Das ist ja der reine Wahnsinn. Ich kümmere mich da jahrelang um sie, und jetzt soll ich am Ende vielleicht auch noch für die Begräbniskosten aufkommen.«

Die Vorstellung, wegen der Kaltschnäuzigkeit seines Bruders ebenfalls ein paar tausend Euro zu den Begräbniskosten beisteuern zu müssen, machte Martin noch wütender. Gleichzeitig hatte er das Gefühl, immer mehr Energie zu verlieren. Dass Gerhard eine Geliebte hatte, die noch dazu von ihm schwanger war, behielt er vorläufig für sich.

Barbara holte ihre Brille aus der Handtasche und wählte mit zitternden Fingern Gerhards Nummer. Ungeduldig wartete sie, dass er abhob. Nach einigen Sekunden schüttelte sie enttäuscht den Kopf. Die Nachricht, die sie auf seiner Mailbox hinterließ, klang nicht allzu freundlich. »Ja, Gerhard, hallo, ich bin's. Du, ruf mich sofort zurück. Ich bin in Schwarzmoos. Es ist etwas mit Mama passiert. Es ist dringend. Servus.« Sie legte ihr Handy auf den Tisch und kaute an ihren Fingernägeln.

»Komm, Babsi, beruhige dich. Es ist eh schon alles schlimm genug. Ich habe das mit dem Sparbuch nicht gewusst, und Mama hat nichts gesagt, als ich sie darauf angesprochen habe. Es war die alte Leier: Der arme Bub braucht Unterstützung.« Er stand auf und nahm seine Schwester an der Hand. Sie gingen ins angrenzende

Zimmer und knieten sich neben das Bett, in dem ihre tote Mutter lag. Während Barbara ihren Tränen freien Lauf ließ, hatte Martin das Gefühl, dass der Abstand zwischen ihm und der Welt immer größer wurde.

Wenig später saßen Martin und Barbara mit dem Amtsarzt am Küchentisch und hörten durch die geschlossene Tür, wie die beiden Bestattungsgehilfen ihre Arbeit verrichteten. Sie waren mit einem einfachen Transportsarg gekommen und hatten gefragt, ob sie das Nachthemd der Toten aufschneiden dürften. »Es erleichtert unsere Arbeit beim Anziehen«, hatte der Jüngere der beiden gemeint.

Der Arzt überflog den von ihm ausgefüllten Totenbeschauschein und legte ihn vor Martin und Barbara auf den Tisch. Als *Krankheit, welche den Tod unmittelbar herbeigeführt hat* wurde *akuter Herzinfarkt* angegeben. »Der Durchschlag ist für Sie, und die Sterbeurkunde können Sie morgen am Gemeindeamt abholen. Die brauchen Sie für die Abmeldungen bei der Krankenkasse und den anderen Ämtern.« Der Arzt hatte diese Sätze schon hunderte Male gesagt. Er verstaute die Unterlagen in seiner Ledertasche und erhob sich. Martin sah, dass sich in der Tasche zwei Lottoscheine befanden. Auch der Amtsarzt hoffte also auf den Zehnfach-Jackpot. »Wenn Sie noch Fragen haben, können Sie mich anrufen. Meine Telefonnummer finden Sie unten auf dem Totenbeschauschein. Auf Wiedersehen und alles Gute.« Er gab Barbara und Martin die Hand und verließ die Küche. Barbara begleitete ihn hinaus.

Martin betrachtete den Totenbeschauschein. Es war ein banales Dokument, das bestätigte, dass Frau Elisabeth Koller, geborene Sterneder, geboren am 17. Mai 1939 in Rödt, am 15. November 2011 um 6 Uhr 50 in Schwarzmoos gestorben war. Aus, Ende, Amen. Martin sah zu der Einbauküche hinüber und fragte sich, wozu man überhaupt einen Herd mit vier Kochplatten benötigte. Oder eine Dunstabzugshaube. Oder Wandteller mit den Motiven der vier Jahreszeiten. Waren das nicht alles Dinge, die letztendlich völlig überflüssig waren? Sein Blick fiel auf die Wanduhr, und ihm wurde mit einem Schlag bewusst, dass die Zeit nicht verging, sondern verendete. Jede Bewegung des Sekundenzeigers bedeutete, dass die Zeit sich selbst auffraß.

Durch die Tür hörte er gedämpft, wie einer der Bestattungsgehilfen zum anderen sagte: »Pass auf, wenn du sie unten nimmst, dass sie dir nicht wegrutscht.« Dann hörte er ein Rumpeln und ein Hin- und Hergeschiebe. »Ja, jetzt liegt sie gut. Ich richte ihr noch die Haare, und du steckst ihr das Kruzifix zwischen die Finger.«

»Ich glaube, die sind gleich fertig«, sagte er, als Barbara zurückkam. Martin sah das verzweifelte Gesicht seiner Schwester, und er spürte in seinem Inneren einen stechenden Schmerz. In wenigen Augenblicken würde seine Mutter das Haus, in dem sie den Großteil ihres Lebens verbracht hatte, für immer verlassen. Martin dachte an Paula und wie sehr sie sich ein Kind wünschte. Und er dachte an Manuela, mit der er vor wenigen Stunden Sex gehabt hatte. Und an die Frau mit dem tätowierten Bauch, die ihm letzte Nacht möglicherweise seinen Samen geraubt hatte. Samenraub, was für ein absurdes Wort. Martin fragte sich, ob die Fremden vielleicht sogar Menschenfresser waren, die kleine Babys verspeisten. Schwachsinn, dachte er und strich mit der Hand über den Rippenknochen in seiner Sakkotasche.

Die Tür zum Nebenzimmer wurde geöffnet. »Wir sind jetzt so weit. Wenn Sie sich noch von Ihrer Mutter verabschieden möchten –«

Der Rest des Satzes ging in Barbaras lautem Schluchzen unter. Martin legte den Arm um seine Schwester und ging mit ihr zu dem Sarg, der neben dem Bett auf dem Boden stand. Auf dem Bett lag das zerschnittene Nachthemd seiner Mutter, das ihn an das zerfledderte Kostüm einer Vogelscheuche erinnerte. Auf dem Beistelltischchen lag ein Kamm, in dem sich ein Büschel grauer Haare verfangen hatte. Barbara griff reflexartig danach und entfernte sie fein säuberlich. Martin fragte sich, wie lange die Haare und die Finger- und Fußnägel seiner Mutter wohl noch weiterwachsen würden.

Das Gesicht seiner Mutter sah wächsern aus, und erst jetzt, da sie angezogen im Sarg lag, wurde Martin bewusst, dass sie tatsächlich tot war. Barbara kniete sich neben den Sarg und richtete das kleine Kruzifix, das zwischen den gefalteten Händen der Toten steckte. Noch ein letztes Mal strich sie über die kalten Wangen ihrer Mutter. Martin erwartete jeden Augenblick, dass seine Mutter die Augen öffnen und zu Barbara sagen würde, dass sie nicht weinen solle.

»Komm, Babsi«, flüsterte er, »ich glaube, es ist jetzt alles gut so, wie es ist.« Aus dem hintersten Winkel seines Gehirns hörte er eine Stimme, die ihm zurief: »Schwachsinn, nichts ist gut!« Er begleitete seine Schwester in die Küche und sah aus den Augenwinkeln, wie die Bestatter den Sargdeckel mit einem provisorischen Klappverschluss fixierten.

»Babsi, Mama war schwer krank, und ich glaube, dass der Tod eine Erlösung für sie war.« Martin beugte sich zu seiner Schwester hinunter, die zusammengesunken auf der Couch saß und ihr Gesicht in den Händen vergrub. Sein Blick fiel ins Nebenzimmer auf das leere Bett, vor dem die ausgetretenen Hausschuhe seiner Mutter standen. Es gibt nichts Trostloseres als die Hausschuhe eines Toten, dachte Martin und sah auf seine eigenen Hausschuhe. Er fragte sich, wann seine Hausschuhe vor einem leeren Bett stehen würden.

Barbara stand auf und ging zur Abwasch, wo sie ein Glas Wasser trank. »Wir müssen am Nachmittag zum Bestatter«, sagte sie mit Tränen in den Augen und deutete auf ein Blatt Papier am Tisch. »Da steht alles drauf, was zu tun ist.«

»Ja, ja«, antwortete Martin abwesend und sah auf die Uhr. Obwohl er wusste, dass Paula in wenigen Minuten erneut versuchen würde, ihn zu erreichen, ließ er sein Handy ausgeschaltet. Er kam sich schäbig vor.

»Ich verstehe nicht, dass Gerhard nicht zurückruft«, sagte Barbara. »Der muss das Sparbuch sofort zurückgeben. Alleine der Eichensarg kostet dreitausend Euro, und Mama hat ausdrücklich darauf bestanden, dass sie in einem schönen Sarg beigesetzt wird. Mir ist das ein Rätsel, weshalb sie ihm dieses Sparbuch überhaupt gegeben hat.«

Martin, der nur halb zugehört hatte, zuckte mit den Schultern. »Babsi, was ich dich fragen wollte: Sagt dir eigentlich der Name Mathias etwas? Oder anders gefragt: Hat die Mama dir gegenüber jemals etwas von einem Baby mit dem Namen Mathias erwähnt?«

Barbara sah ihren Bruder überrascht an und schüttelte den Kopf. »Was für ein Baby?«

»Ich bin mir ja auch nicht ganz sicher, aber es ist nur so, dass ich –« Martin hielt inne und überlegte, ob er seiner Schwester das Foto zeigen sollte. Er griff in die Innentasche seines Sakkos, ließ das Foto dann aber doch stecken.

»Ich verstehe nicht, was du meinst. Mathias? Wer soll das sein?« Barbara wirkte verunsichert.

»Ich wollte nur wissen, ob Mama dir gegenüber jemals ein Baby mit diesem Namen erwähnt hat. Ich habe da am Dachboden eine Schuhschachtel gefunden, in der –«

»Martin, was erzählst du da? Was für eine Schuhschachtel hast du am Dachboden gefunden?« Barbara sah ihren Bruder mit sorgenvollem Gesicht an. »Wo ist die Schuhschachtel jetzt?«

»Oben am Dachboden.«

»Und was ist in dieser Schuhschachtel?« Barbara runzelte die Stirn. Martin fand, dass seine Schwester um Jahre gealtert war.

»Na ja, altes Babygewand und so ein Heiligenbild, auf dem etwas von einem Mathias hinten draufsteht.« Martin fiel ein, dass er die Schachtel zuletzt zwischen den Fremden gesehen hatte, und er bereute im selben Augenblick, dass er die Schachtel gegenüber seiner Schwester überhaupt erwähnt hatte.

Barbara ging ins Nebenzimmer und schlüpfte in die Hausschuhe ihrer toten Mutter. »Komm, gehen wir hinauf. Das interessiert mich jetzt, was da in dieser Schuhschachtel drinnen ist.«

Obwohl sich Martin erbärmlich fühlte, blieb ihm gar nichts anderes übrig, als seiner Schwester ins Treppenhaus zu folgen.

»Sag einmal, was ist denn das für ein komischer Geruch hier?« Barbara war auf der Treppe kurz stehen geblieben.

»Keine Ahnung«, antwortete Martin, der den animalischen Geruch der Fremden kaum noch wahrnahm.

Am Treppenabsatz blieb Barbara erneut stehen und deutete auf den Boden. »Was sind denn das für Spuren da? Das sieht ja so aus, als wenn mehrere Leute auf den Dachboden gegangen wären.«

»Nein, nein, das sind nur meine Spuren. Ich wollte nicht mit den Hausschuhen hinaufgehen, weil ich Angst hatte, mich zu verkühlen. Wegen meiner Ohren.«

»Wie geht es dir denn eigentlich mit den Ohren?«, fragte Barbara, während sie die Treppe hinaufging.

»Na ja, es geht schon wieder.« Martin war nervös, weil er keine Ahnung hatte, was ihn am Dachboden erwarten würde.

Barbara drückte die Klinke hinunter und öffnete die Dachbodentür. »Hier stinkt es ja fürchterlich«, sagte sie und schaltete das Licht ein. »Martin, was ist denn hier passiert?« Barbara deutete auf die Überreste von Martins Erbrochenem.

»Ja, entschuldige, ich habe ganz vergessen, dass ich das wegputze. Mir war schlecht, und ich –« Als Martin sah, dass sich Barbara nach der Schuhschachtel bückte, verstummte er. Die Schachtel war leer.

»Martin, ist das die Schachtel, von der du gesprochen hast? Aber da ist ja gar nichts drinnen. Hast du das Babygewand weggeräumt?« Barbara hob auch den Deckel der Schachtel auf.

Der Regen trommelte monoton auf das Dach und lieferte die passende Geräuschkulisse zu einer Szene, die Martin unwirklich vorkam. »Komm, gehen wir wieder«, sagte er abwesend.

Seine Schwester machte einen Schritt auf ihn zu und hielt ihm die leere Schachtel vors Gesicht. »Martin, was soll das? Wo ist das Babygewand, von dem du gesprochen hast? Und warum hast du dich hier am Dachboden übergeben? Ich verstehe das alles nicht.«

»Vielleicht habe ich das mit dem Babygewand ja auch nur geträumt. Ich hatte letzte Nacht einen Alptraum und bin plötzlich hier am Dachboden gestanden. Mir ist das alles zu viel geworden. Das mit Mama und mit meinen Ohren. Ich war total fertig, und deshalb habe ich wahrscheinlich kotzen müssen.« Martin fragte sich, weshalb die Fremden die Babysachen mitgenommen hatten, und wurde das ungute Gefühl nicht los, dass das etwas mit der Frau mit dem tätowierten Bauch zu tun hatte. Ihm wurde schwindelig, und er musste sich an der Mauer festhalten.

»Martin, bitte sag mir, was da passiert ist!« Barbara sah ihren Bruder mit sorgenvoller Miene an. »Geht es dir nicht gut? Wenn du das mit den Babysachen nur geträumt hast, wie kommst du dann darauf, dass das Baby Mathias geheißen hat?«

Martin zuckte bloß mit den Schultern und gab ein paar unverständliche Laute von sich.

»Martin, vielleicht solltest du dich ein bisschen hinlegen. Bis zum Termin beim Bestatter haben wir noch ein paar Stunden Zeit. Ich rufe den Werner an, dass er mich abholt, und wenn du möchtest, kann ich dich dann später mit dem Auto abholen.« Barbara nahm ihren Bruder am Arm und begleitete ihn nach unten.

Es war seit ewigen Zeiten das erste Mal, dass Martin in seinem Elternhaus alleine war. Er ging in den Keller, setzte sich auf einen Campingstuhl neben die Tiefkühltruhe und öffnete eine Flasche Schnaps. Die Flasche stammte noch von seinem Vater, der sich hier einen kleinen Vorrat an Schnapsflaschen angelegt hatte. Er nahm einen tiefen Schluck und trank auf das Wohl seiner Mutter und seines Vaters, die jetzt beide tot waren.

Dann ging er in das Zimmer, in dem seine Mutter gestorben war, und zündete eine Kerze an. Er zog sich nackt aus und legte sich ins Bett, wo es nach kaltem Schweiß und Tod roch. Er schloss die Augen und hörte ein fernes Donnergrollen, das immer lauter wurde. Der Donner zerriss den Himmel, und dann kam die Explosion.

Im Meer des Vergessens trieben abgeschnittene Hundeköpfe, die das Wasser rot färbten. Martin tauchte unter und befand sich in einem Kosmos der Ruhe und des Friedens. Wohlige Wärme durchströmte seinen Körper, und er fühlte sich eins mit dem Wasser. Ein riesiger Fisch näherte sich ihm mit gleichmäßigen Bewegungen und umkreiste ihn mehrmals. Schwebend drehte sich

Martin um die eigene Achse und griff nach der mächtigen Rückenflosse des Fisches. Langsam glitt der Fisch nach unten, und Martin spürte, wie der Druck in seinem Kopf nachließ und schließlich ganz verschwand. Er tauchte mit dem Fisch immer tiefer und tiefer, bis es vollkommen dunkel war und Martin im unendlichen Nichts jene Stille fand, nach der er sich so lange vergeblich gesehnt hatte.

VII

You know that something's wrong.

R.E.M., »Parakeet«

Am 25. November 2011 machte ein Jäger im Kavernenwald einen merkwürdigen Fund: Vor einem Höhleneingang lagen auf einer kleinen Lichtung dutzende graue Decken, deren Herkunft sich niemand erklären konnte.

Kurt Palm Bad Fucking Krimi

Eine Provinz-Polit-Krimi-Groteske, ein Bad Fucking Alptraum! Ausgezeichnet mit dem Friedrich-Glauser-Preis für den besten deutschsprachigen Krimi 2011.

Bad Fucking ist eine herrlich schräge Groteske, mit der sich Kurt Palm in die Liga der Herren Heinrich Steinfest, Stefan Slupetzky und Wolf Haas katapultiert. Ein großes Vergnügen!

Krimi-Couch.de

Hannelore Valencak Die Höhlen Noahs Roman

Der Weltuntergang stellt einen vor keine Fragen.
Aber was tun, wenn man ihn überlebt?

Eine Wiederentdeckung, die es lohnt – und die vielleicht dazu führen wird, dass man die Schriftstellerin Hannelore Valencak dereinst an die Seite ihrer Landsmännin Marlen Haushofer stellen wird, deren Erzählkunst der ihren durchaus ähnelt und deren Ruhm bekanntlich auch erst verkündet wurde, als er schon ein Nachruhm war.

Karl-Markus Gauß, *NZZ*

Manfred Wieninger 223 oder Das Faustpfand Roman

Ein kleiner Gendarm vor einem Berg von Toten: ein Stoff, aus dem keine Krimis sind. Manfred Wieninger dokumentiert in der Balance zwischen Bericht und Fiktion einen einzigartigen Fall österreichischer Kriminalgeschichte.

Manfred Wieninger schreibt ohne Rücksicht auf Verluste. Das können nicht viele Krimiautoren von sich behaupten.

taz